U0725609

国家社会科学基金项目

"陕西文学对延安文学的承传与发展研究"（12XZW020）

延安文学经验的当代承传

——以陕西文学为中心

王俊虎 / 著

YAN'AN WENXUE JINGYAN DE DANGDAI CHENGCHUAN

YI SHANXI WENXUE WEI ZHONGXIN

人民出版社

目　　录

绪　　论

在中国现当代文学史上,延安文学虽以地域命名,但却是具有全国甚至世界意义的一种"超地域文学",其对 20 世纪中国文学的影响并不弱于五四新文学,尽管一些学者从文学审美本质论角度对延安文学评价并不高,但延安文学的生成自有其历史合理性和必然性,延安文学对中国当代文学不但有重大影响,而且具有深远的积极意义。陕西文学因为地域原因,"近水楼台先得月",在对延安文学的传承和发展方面积累了丰富经验,取得了辉煌成就,需要引起研究者们的关注。"陕西文学有两个传统。一是源远流长的秦地古代文学传统,其中特别以司马迁的亦史亦文、"史家之绝唱,无韵之离骚"的《史记》对当代陕西文学影响最大。许多陕西作家追求的文学的"史诗"品格固然也与他们汲取苏俄等国文学艺术养分有关,但《史记》的影响则是最亲近的也是根性的。除了作品的"史诗"品格,司马迁这位韩城先贤对陕西作家还有一个更深层次的心理影响和暗示,那就是作为一个作家,所写作品要追求不朽。另一个传统是红色延安的革命文学,这是最近也是最现实的一个影响,当代陕西文学的一些开创性作家就是从这个传统的源头一路走来,并为当代陕西文学奠定了基石。这个传统对陕西作家的影响主要是深入生活,贴近现实,以艺术之笔描写普通民众,探求民族前进的光明之路。古代传统与现代传统在某些方面的有机融合,就构成了陕西作家的历史文化背景,并在一定程度上积淀为他们的艺术理想。① 陕西丰富深邃的物质文明和精神文明孕育了陕西文学

---

① 邢小利:《文学陕西:也曾灿烂　也有迷茫》,《人民日报》2013 年 5 月 3 日。

的萌生、发展与辉煌。延安文学是在特殊历史时期诞生的新型文学,是马克思主义文艺理论中国化的产物,是毛泽东思想在文艺领域结出的灿烂奇葩。延安文学这支绚丽奇葩诞生于三秦大地上,与秦地地貌、秦地文化与秦人作风密不可分。延安文学的生成与发展离不开陕西地域文化与陕北民间文艺的滋养,当延安文学成为 20 世纪中国文学史上的重要一极,便自然对于当代文学尤其陕西当代文学产生重要影响。当代陕西文学之所以能够在中国当代文学版图上占有重要位置,与对延安文学经验的承传与发展有密切的关系。

一、研究现状

据笔者了解,系统梳理和研究陕西文学与延安文学之间关系的学者并不多,李继凯的《秦地小说与“三秦文化”》与冯肖华的《文学气象与民族精神——20 世纪陕西地缘文学审美形态》分别从地域、地缘文化角度审视陕西文学,里面也涉及了延安时期部分陕西籍作家的创作,但并没有系统论述延安文学对陕西文学的重要影响以及陕西文学对延安文学优良传统的承传与发展等问题。李建军、赵德利、冯肖华、韩鲁华、梁璐、李晓峰、孙新峰等学者的陕西文学系列研究论文对陕西文学特质、形态、风格等都作出客观评价,引起较大反响,但在解读陕西文学成就的时候也没有涉及延安文学的承传与发展等问题。所以,在此问题的研究上,呈现出“两张皮”的研究状态,即众多的研究者在研究陕西文学时忽略或者轻视了延安文学对陕西文学的重要影响,也没有充分估量新时期以来陕西文学在其发展历程中对延安文学的超越和提升,呈现出各自为营、互不干涉的研究现状。下面就两者研究现状分而述之。

陕西三个地理文化板块,造就了陕西作家性格独特的写作风格,也奠定了陕西文学研究的不同阵营。以李建军、梁向阳、马泽为代表的高原学派,多年来一直致力于路遥等陕北作家作品的研究。《路遥研究资料汇编》《路遥纪念集》《路遥评论集》以及赵学勇的《生命从中午消失》、宗元的《魂断人生——路遥论》等把以路遥为代表的陕北作家作品研究推向纵深。以李国平、冯希哲、邰科祥等为代表的平原派,对以陈忠实为代表的陕西作家作品进行全方位解读,《说不尽的〈白鹿原〉》《走进陈忠实》以及由《小说评论》编辑部出面承办的全国文学期刊研讨会,均在学术界造成了一定影响。以孙见喜、韩鲁华等为代表的山地派,主要以贾平凹及其文学为研究对象,《当代商洛作家群论》《贾平凹透视》《废都后院》《秦腔大合唱》《平凹的艺术》等极大推动了以贾平凹为代表的商洛籍作家作品研究。2006 年,陕西宝鸡成立了全国第一个陕西文学研究所,该研究所凝聚了冯肖华、赵德利、马平川、孙新峰等一些中青年学者,先后出版了《陕西地域文学论稿》《情源黄土地——新时期陕西文学的民间文化阐释》《贾平凹作品生态学主题研究》《贾平凹作品商州民间文化透视》等专著,以《贾平凹当代中国文学高度问题的思考》《论陕西文学的传奇性》《陕西文学苦质精神的遗落与重铸》等标志性论文把陕西文学研究推向较高的研究水准。

延安文学是指在毛泽东文艺思想指导下,1935 年 10 月 19 日中共中央率领工农红军到达陕北吴起镇,至 1948 年 3 月 23 日中共中央离开陕北的近 13 年时间里,以延安为中心,包括所有抗日民主根据地和解放区在内的一切文学活动。延安时期,毛泽东《在延安文艺座谈会上的讲话》(以下简称《讲话》)提出了文艺为无产阶级政治服务的要求,并摸索出了一套让文学艺术服从于革命的政治、让作家服务于新政权需要的制度框架。伴随着解放区的日益扩大,"延安时期"所形成的"为工农兵服务"的文学思潮覆盖面日益深广,到中华人民共和国成立之后占据了主导地位,并且将其确立为共和国文艺的指导方针,直至 1979 年全国第四次文代会的调整。正因为有这样合理而合法的理由,国内关于延安文学的研究一直是学术热点。严格地讲,新中国成立后的很长一段历史时期(1949—1978 年),国内对延安文学(包括全国各解放区文学)尚不能说是真正意义上的学术研究,更多的是对党的文艺政策的不断阐释。直到新时期以后的 20 世纪 80 年代,延安文学研究才逐渐步入正轨,表现在:①对延安及全国各解放区文学史料的搜集整理辨析,产生一批重要成果:刘增杰的《回到原初——解放区文学研究中的一个问题》,王培元的《抗战时期的延安鲁艺》,朱鸿召的《延安文人》,王荣的《关于延安文艺史料学研究的设想》,郭国昌与孙国林对延安时期文艺奖金制度、稿酬制度的研究,高杰围绕《讲话》展开史料整理与辨析的系列研究论文等,共同特点是都归纳整理了大量的第一手资料,用描述与辨析的口吻,恢复延安文学发生、发展中文学活动的具体场景,研究延安文学制度对文学创作的影响。②延安文学传播研究:从媒体与文学的关系入手,借助史料考证的手段,对延安文学的传播环境、传播途径、传播效果进行分析,厘清延安文学的传播活动及其发展状况,重视文学与传媒的互动关系及效应,打开了认识和研究延安文学在延安特定时期政治文化和意识形态结构中发挥作用的一面新窗口,实现了从传播学视角观照延安文学的新探索,这方面的研究以李明德、郑娟《延安文学的传播学意义初探》,杨琳《容纳与建构:1935—1948 延安报刊与文学传播》,韩晓芹《延安文人的精神演进——延安〈解放日报〉副刊的文学生产与传播》等系列研究论文为代表。③朱鸿召、袁盛勇、李洁非、赵学勇、杨劼、王培元、支克坚、王荣、田刚、倪婷婷、黄科安、黄昌勇、吴敏、梁向阳、杨琳、李明德、王俊虎等高校与研究机构专家学者对延安文学的持续关注,扩大了原来由延安文学的亲历者、见证者们为主要骨干的研究队伍,给延安文学研究带来颇具冲击力的研究方法;延安大学、江汉大学、陕西师范大学等院校相继成立和组建相关的延安文艺研究机构,为学界搭建了延安文艺研究的学术交流平台,在高层次的学术会议召开、重大社科项目立项、专业人才引进与培养、延安时期文艺资料搜集整理等方面都取得了不俗的业绩。④延安文学本体研究:对"延安文学"命名、地域范围、起止时间、性质的重新界定,反思延安文学为什么研究和研究什么? 延安文学研究的现状与深化的可能,延安文学的内外部研究问题等。这方面以袁盛勇《"党的文学":后期延安文学观念的核心》等系列论文为代表的研究成果引人注目,另外王富仁的《延安文学有重新加以研究的必要》、李洁非的《延安文学研究:为什么研究和研究什么》、黄科安的《延安文人:建构现代民族国家的本土话语体系——关于延安文学研究的再思考》、周维东的《延安文学研究的现状与深化的可能》等论文均在此方面作出较大贡献,引起学界较大的关注。⑤高层次的社科项目得以立项。以国家社科基金项目为例,自 2007 年以来,每年均有数项关于延安文艺研究的项目立项,尤其以"延安文艺与二十世纪中国文学研究(首席专家赵学勇教授,2011 年获准立项)""陕甘宁文艺文献的整理与研究(首席专家李继凯教授,2016 年获准立项)""延安文艺与现代中国研究(首席专家袁盛勇教授,2018 年获准立项)"三项国家社科基金重大项目获准立项为标志,显示出国家社科工作办等有关方面对延安文艺研究的重视,这些资助项目从不同层面推动了延安文艺研究的进展。

近年来的延安文学研究继续在学理上进一步深化,研究领域与范围进一步拓展,研究者普遍看重历史场域对于还原和审视延安文艺的重要性,特别关注在延安文艺时期知识分子思想改造、《讲话》与马克思主义文艺理论的中国化、延安时期文艺生产机制的形成、延安文艺的意识形态属性及其与社会主义文化之间的关系等。如袁盛勇等就特别强调延安文艺的大传统与小传统,并把延安文艺放置在社会主义中国的文化发展历程中来解读和审视,认为在当代和未来中国,延安文艺作为一种非常重要的红色文化,在当代中国文化的建构上,它理应具有更加广泛、生动和深刻的认知价值与历史人文意义。① 还有学者对延安时期产生的重要文学现象如"赵树理方向"进行了细致考辨,深刻地揭示了过去多年诸多学者对于理解"赵树理方向"与《讲话》之间关系的错位与误读原因。进而指出《讲话》并不是如过去人们理解的是一本单纯的文艺学或美学文献,而是一种以文艺为名的文化政治实践。② 凡此种种,均推动了延安文艺研究的纵深发展,这些研究凸显了延安文艺的当下价值以及如何更好地提炼延安文学包蕴的中国智慧与中国经验。突出地表现在以下方面。

1. 关于毛泽东《在延安文艺座谈会上的讲话》的研究

毛泽东《在延安文艺座谈会上的讲话》对延安文艺的建构、发展方向以

---

① 袁盛勇:《对延安文艺的重新认知》,《河北学刊》2016 年第 5 期。
② 李杨:《"赵树理方向"与〈讲话〉的历史辩证法》,《文学评论》2015 年第 4 期。

及当代文学的走向都有深远的影响,因此,研究延安文学,毛泽东《在延安文艺座谈会上的讲话》是不能绕过和不可忽略的内容,长期受到研究者们的关注。

学术界对《讲话》的研究过去一直存在分歧,褒贬皆有,赞之者认为《讲话》是马列文论的光辉篇章,是中国文艺发展走向的指南针;贬之者则认为《讲话》戕害了文艺的自由发展个性,导致新中国成立后文艺百花园一声独唱,这种观点当然在官方媒体、正规刊物上不多见,但是在一些学者的会议发言、茶余饭后还是有一定传播空间的。如何对待《讲话》,这显然至今仍是一个需要理性、科学对待的问题。随着历史车轮的不断前进,研究者们不仅能越来越客观和公正地对待《讲话》,而且也能够从当下视角去看待《讲话》的启示意义与价值。

杨向荣从中国传统文化、中国现代文论话语、马克思主义文论中国化以及延安政治文化语境等多个方面对毛泽东《在延安文艺座谈会上的讲话》进行了透彻的分析,指出《讲话》整合了时代、语境和理论等多重理论话语,呈现出一种复调的审美文艺观。① 他从多维视角将中国传统思想文化、五四以来的文艺话语、马克思主义文论话语和中国的政治文化语境有机地结合起来来审视和研究《讲话》,视野更加宏阔,具有相当的说服力。

沈金霞从《讲话》中看到了文艺党性和人民性的统一,认为站在中国特色社会主义文艺发展的新起点上,面对文艺界的新情况、新问题,《讲话》关于文艺要坚持党性和人民性的思想仍然具有深刻的启示作用。② 郭世轩也从《讲话》中看到了人民性,并且深入地探讨了《讲话》的价值诉求便是人民性,同时也指出了人民性源于中国的历史与现实,在谈到《讲话》的意义时,作者指出了《讲话》在当时的环境下的贡献,而且作者也站在当下的社会现实中,看到了《讲话》中的人民性在当下的回响,发出了"'人民性'永远是衡量文艺健康

---

① 杨向荣:《复调语境中的〈在延安文艺座谈会上的讲话〉》,《文学评论》2015 年第 6 期。
② 沈金霞:《坚持文艺党性和人民性的统一——重读毛泽东〈在延安文艺座谈会上的讲话〉》,《湖南科技大学学报(社会科学版)》2016 年第 1 期。

发展的试金石"①的呼吁。卢燕娟从中日战争中全民族文化反思和重构的历史视野出发,重新讨论延安文艺座谈会前后,延安文艺语言风格所发生的转型,揭示这一转型并非单纯的语言风格、表达习惯的变更,而是呼应着中国现代文化转型与文化权力重构而出现的带有历史本质性的文化问题。② 她认为语言风格的转变,其实质上也是文艺人民性与通俗化的表现之一。张嫣格的文章《政治与文化视域下审视:大众审美趋势探寻——以〈在延安文艺座谈会上的讲话〉谈起》,③作者以《讲话》为起点,阐释大众审美趋势的成因与演化;以政治与文化为切入点,探讨艺术的大众审美趋势,并试图在此基础上,实现当代中国艺术的复兴之路。

李杨详细剖析考证了"赵树理方向"形成的真实路径,解构了以往学者关于赵树理写于 1943 年的《小二黑结婚》等小说是受《讲话》影响的错误观点。由于对贯穿《讲话》的"经"与"权"的历史辩证法缺乏深入的理解,赵树理在处理"政治"与"政策"、"普及"与"提高"、"为工农兵服务"与"为农民服务"等诸多关系时都遇到了无法克服的困难,导致其最终成为中国左翼文坛上极具悲剧色彩的人物。对赵树理与《讲话》之间进行辩证的相互观照,使读者得以重新思考和理解《讲话》这一现代性方案的文化政治意义。李杨认为《讲话》并不是如过去很多学者包括周扬或赵树理们理解的是一本单纯的文艺学或美学文献,而是一种以文艺为名的文化政治实践。④ 作者通过探讨延安时期代表性作家赵树理的文学道路与《讲话》之间错综复杂的关系,为我们深刻理解"赵树理方向""赵树理现象""赵树理道路"以及《讲话》提供了新的视角

---

① 郭世轩:《人民性:〈在延安文艺座谈会上的讲话〉之文化建构》,《江西社会科学》2016 年第 1 期。

② 卢燕娟:《从文艺腔到工农兵语言——延安文艺座谈会前后语言风格转型再讨论》,《首都师范大学学报(社会科学版)》2015 年第 5 期。

③ 张嫣格:《政治与文化视域下审视:大众审美趋势探寻——以〈在延安文艺座谈会上的讲话〉谈起》,《艺术研究》2015 年第 2 期。

④ 李杨:《"赵树理方向"与〈讲话〉的历史辩证法》,《文学评论》2015 年第 4 期。

与思路。孙国林①运用历史辩证的视角以及对大量资料的收集与整理,较为细致地对延安文艺座谈会的细节与花絮进行了梳理,对于还原当年召开文艺座谈会的历史现场大有裨益。

部分学者挖掘了毛泽东《在延安文艺座谈会上的讲话》对当下文学与文化的启示意义。杨琳②从主体论、方向论、价值论三个维度生成的具有中国情怀的文化美学角度考察毛泽东《在延安文艺座谈会上的讲话》中文化与工农兵大众审美主体的嵌入方式,解释当代文化美学的建构模式,并提炼出毛泽东《在延安文艺座谈会上的讲话》的当代价值。丁国旗、包明德③围绕"文艺要表现时代文化精神"这一主题,阐释了《讲话》对于当下文艺理论与创作实践的启示意义。杨家海、沈博④认为毛泽东《在延安文艺座谈会上的讲话》对当今新媒体文学坚持从实际出发、坚持人民大众的立场、坚持正确的文学批评方向具有重要的启示意义。杨帆⑤通过对原始资料的钩沉,以毛泽东《在延安文艺座谈会上的讲话》作为影响东北解放区文学的主线,从历史的视角对东北解放区的通俗小说走向进行研究,真实地呈现了当时在解放区新文学蓬勃发展的情况下时代政策对通俗小说的影响,并探求通俗小说对于解放区文学的意义和所承载的历史使命,丰富了解放区文学的研究内容。

有些学者从比较视域将1942年的文艺座谈会与新时代的文艺座谈会进行多角度和多层次的分析比较,从中获得建设新时代社会主义文化的启示意义。冯亮将毛泽东《在延安文艺座谈会上的讲话》与2014年文艺工作座谈会进行了较为全面的分析比较,不仅指出两次文艺座谈会的相通之处,而且也看

---

① 孙国林:《延安文艺座谈会的细节与花絮》,《领导文萃》2015年第8期。

② 杨琳:《文化美学与中国情怀——论〈在延安文艺座谈会上的讲话〉的当代价值》,《湖北民族学院学报(哲学社会科学版)》2015年第6期。

③ 丁国旗、包明德:《文艺要表现时代文化精神——再论毛泽东〈在延安文艺座谈会上的讲话〉的当下启示》,《社会科学家》2015年第7期。

④ 杨家海、沈博:《〈在延安文艺座谈会上的讲话〉对新媒体文学研究的启示》,《毛泽东思想研究》2015年第6期。

⑤ 杨帆:《东北解放区小说通俗化的理论号角——〈在延安文艺座谈会上的讲话〉的光辉指引》,《边疆经济与文化》2016年第11期。

到了两次文艺座谈会的不同,更为可贵的是作者在对两次文艺座谈会的分析比较中得到了发展社会主义文化的启示,即"创新是社会主义文化发展的必由之路、人民性是社会主义文化的根本属性、时代性是社会主义文化的发展要求"。① 赵炎秋将毛泽东《在延安文艺座谈会上的讲话》和习近平"在文艺工作座谈会上的讲话"进行分析研究后认为两次"讲话"的侧重点是不同的,认为毛泽东重视普及与提高的问题,强调普及;习近平则强调文艺精品是推动文艺繁荣发展的关键,但一些结构性矛盾阻碍着优秀文艺作品的产生,只有化解这些结构性矛盾,才能多出文艺精品。所谓结构性矛盾,一是经济价值与精神价值之间的矛盾。化解这两者之间的矛盾,关键在于提高作为个人的欣赏者的欣赏品位和文艺修养、科学并准确地评判文艺精品的价值且保证其能够获得适当的经济收入。二是一元和多元的矛盾。文艺为人民服务,但人民不是抽象的,是由具体的个体组成的。化解这一矛盾的关键在于首先要提倡创作自由,不要给作家艺术家多加束缚。其次是政府要真正树立执政为民的理念,将自己的利益融合在人民的利益之中。②

2: 延安文学与马克思主义中国化研究

马克思主义中国化的过程需要一定的历史契机。在抗战时期,延安文学就是马克思主义文艺理论中国化的具体实践形态。敖叶湘琼、谭元亨认为从抗战时期延安文艺工作与马克思主义大众化的关系演变中,不难发现意欲实现文艺工作有效推进马克思主义大众化进程,文艺工作就必须实现与马克思主义大众化的有机整合,发展为马克思主义大众化的具体实践形态。这也就表明共生才是文艺工作与马克思主义大众化的关

---

① 冯亮:《开启文艺发展新纪元的两次重要会议——延安文艺座谈会与2014年文艺工作座谈会比较研究》,《中共山西省委党校学报》2015年第6期。

② 赵炎秋:《重视普及与呼唤精品——读毛泽东〈在延安文艺座谈会上的讲话〉和习近平"在文艺工作座谈会上的讲话"》,《中国文学批评》2015年第2期。

系实质。①

董学文在《马克思主义文艺理论中国化的新表述——学习习总书记文艺工作座谈会讲话的体会》②指出毛泽东《在延安文艺座谈会上的讲话》是抗战时期马克思主义文艺理论中国化的成果,而习近平《在文艺工作座谈会上的讲话》则是新时期马克思主义文艺理论中国化的最新成果。他认为习近平总书记的讲话,在新的历史条件和新的时代语境下,继承和发展了马克思主义文艺观,丰富和深化了毛泽东文艺思想,把中国特色社会主义文艺理论有力地推进到一个新的阶段。习近平总书记的讲话把作家“深入生活”具体化为“深入群众”“扎根人民”,把社会生活是文艺取之不尽、用之不竭唯一源泉的思想,升华凝练到“人民是文艺创作的源头活水”。习近平总书记主张从“历史”“人民”“艺术”“美学”四种维度和观点来评判和鉴赏作品以及把人民放在了文艺作品鉴赏、评判主体的位置上等论断都是一种理论创新。这样的阐释,使文艺上的唯物史观得到了更彻底的贯彻,为马克思主义文艺理论中国化注入了新的活力。

刘润为在《迎接中国化马克思主义文艺理论的春天》③一文中认为,习近平总书记讲话既是毛泽东《在延安文艺座谈会上的讲话》精神的承续,又是新时代文艺实践的科学总结,不仅为发展社会主义文艺事业提供了新的指导思想,也为改进高校文艺理论教学指明了方向。作者认为广大文艺工作者如果能够认真贯彻习近平总书记重要讲话精神,抓住机遇、创造性地开展工作,文艺界必将迎来“马克思主义文艺理论的春天”。杨洪认为马克思主义对文化建设的引领和渗透,在新文化建构的多重路径中,形成了一批具有中国作风和中国气派的马克思主义文化创作群体,树立了全心全意为人民服务的文化价值观,采取了群众喜闻乐见的文化宣传方式,在开展与反马克思主义思潮的舆论斗

---

① 敖叶湘琼、谭元亨:《抗战时期延安文艺工作与马克思主义大众化的关系演变》,《广西社会科学》2015 年第 11 期。

② 董学文:《马克思主义文艺理论中国化的新表述——学习习总书记文艺工作座谈会讲话的体会》,《河南教育学院学报(哲学社会科学版)》2015 年第 1 期。

③ 刘润为:《迎接中国化马克思主义文艺理论的春天》,《文艺理论与批评》2015 年第 1 期。

争中,将马克思主义普遍原理化作党和人民群众争取民族解放和人民革命斗争胜利的思想武器,成功地完成了马克思主义大众化的神圣使命。① 李转、杨洪则指出民族的、科学的、大众的新文化作为中国化马克思主义文化理论的最新成果,不仅实现了文化构建主体的思想转型,而且形成了以人民本位的服务理念为导向、通俗易懂的创作文本为特征和形式多样的传播方式为路径的大众化模式,深刻体现了延安时期新文化建构所涵纳的马克思主义大众化意蕴。② 许培春认为延安文艺作为马克思主义大众化实践的成功经验,"对于推进马克思主义大众化,构建中国特色社会主义文化建设具有积极的现实意义和现代价值"。③ 曹爱琴强调在新的历史语境下,延安文艺实现马克思主义文艺理论话语体系中国化转化的历史经验,对于我们重构当代中国马克思主义话语体系具有重要的借鉴意义。④

近年来的博士、硕士论文涉及延安文学与马克思主义中国化研究的共有4篇。敖叶湘琼将研究目光主要放在延安时期马克思主义大众化的文艺路径生成上,作者认为:"延安时期马克思主义大众化得以获得瞩目的成绩,很大程度上就在于这一阶段中共采取了多种路径的原因,文艺是其中之一。"⑤作者从历史发展层面对延安时期马克思主义大众化文艺路径的生成问题进行探讨,以期完善人们对于延安时期文艺推进马克思主义大众化的认识,进而从中提取有益的经验启示。邓宁认为:"典型理论作为一个舶来品,当它从本土移位到异地,在新的环境之下,自然会与异地的文化产生激烈的碰撞,从而发生

① 杨洪:《延安时期马克思主义大众化的文化传播进路》,《毛泽东邓小平理论研究》2015年第12期。

② 李转、杨洪:《延安时期新文化建构与马克思主义大众化》,《西北大学学报(哲学社会科学版)》2015年第2期。

③ 许培春:《延安文艺:马克思主义大众化实践的成功经验及当代价值》,《兰州大学学报(社会科学版)》2016年第2期。

④ 曹爱琴:《延安文艺与马克思主义话语体系刍议》,《毛泽东思想研究》2016年第5期。

⑤ 敖叶湘琼:《延安时期马克思主义大众化的文艺路径生成研究》,华南理工大学2015年博士学位论文。

变形,成为带有某一地域色彩的理论。"①作者主要通过分析鲁迅、瞿秋白、周扬、胡风、毛泽东、蔡仪这几位极具代表性的人物对马克思主义典型理论的接受、运用,来梳理出一条比较清晰的马克思主义典型理论在中国传播、发展的路线,从而揭示出马克思主义典型理论在中国的发展内涵,并挖掘出典型理论作为一种话语,在历史语境中与政治之间的辩证统一关系。赵亮从歌曲的功能出发,阐述抗战歌曲与马克思主义大众化的关系。同时进一步从抗战歌曲的音乐主题、音乐形态、音乐立场、传播的特点和规律,以及对新时期马克思主义大众化与抗战歌曲传唱的实践路径进行研究。② 全面深入地揭示了抗战歌曲传唱的思想政治教育功能,并且也为延安文学与马克思主义中国化的研究提供了新的视角和逻辑思路。

3. 延安文学与陕北民俗方言研究

延安时期,在毛泽东《在延安文艺座谈会上的讲话》发表之前,文艺工作者就已经注意到了从人民群众,即民间文艺中汲取素材与营养,特别是《讲话》的发表,文艺工作者对陕北民俗方言以及民间文艺的重视和学习,也出现了由自发到自觉的转变。

韩伟在《革命文艺与社会治理:以延安时期新秧歌运动为中心》中认为新秧歌社会作用的发挥,得益于中国共产党的新文艺政策,得益于根据地文艺工作者与人民群众的集体智慧,也与秧歌自身的文艺特质有关。③ 作者不仅对新秧歌运动兴起的背景、新秧歌中的社会动员与治理以及新秧歌运动发挥社会功能的原因做了探析,而且对文艺的政治功能与社会效用进行了深度的思考。韩伟以社会史的视角,采"质性社会学"的研究取向,利用当时报纸、期

---

① 邓宁:《1950 年以前马克思主义典型理论在中国的传播》,陕西师范大学 2016 年硕士学位论文。

② 赵亮:《抗战歌曲传唱与马克思主义大众化研究》,东北师范大学 2016 年硕士学位论文。

③ 韩伟:《革命文艺与社会治理:以延安时期新秧歌运动为中心》,《人文杂志》2016 年第 5 期。

刊,以及新见档案史料,在国家社会关系的视角下,侧重分析"新秧歌"在社会动员、社会改造,以及广义的社会治理中的作用,并试图阐释这一作用得以发挥的内在原因。他认为秧歌的大众化,实际是要求其语言、舞蹈等艺术表现形式更符合老百姓的审美需求。大众化的表现之一就是语言,必须要用地方民众熟悉的语言来表演,才能更好地服务于革命的需求。

白振有认为欧阳山《高干大》在人物语言、叙述语言中使用了延安方言,而延安方言的使用实践了文学语言的通俗化与大众化、强化了小说的地域文化色彩、对塑造人物形象起了不可替代的重要作用。① 白振有在另一篇论文《论延安时期秧歌剧对陕北方言资源的运用》中指出陕北方言的使用满足了受众的期待视野,有利于观众对秧歌剧的接受,促进了秧歌剧及延安文学语言的通俗化与大众化,陕北方言在塑造人物形象、增强作品地域风貌等方面也发挥了不可替代的作用。②

延安时期,文艺工作者除了在文学创作中引入陕北方言之外,对陕北民间艺术的整理和研究也用力甚勤。石娟娟站在一名专业音乐者的角度对革命战争时期延安民间音乐出版物进行了整理与研究,她认为延安民间音乐出版物为民族音乐学作出了突出贡献,而且那一时期的研究成果至今对民族音乐学发展还具有重要的指导意义,也是民族音乐教学的主要内容。③ 刘满平认为陕北剪纸艺术的大发展是延安文艺座谈会和《讲话》发表后,文艺工作者与工农兵密切结合,为实现党的新文艺方针所取得的重大收获。陕北剪纸在特殊的历史背景下被赋予了崭新时代内容,展现了鲜活和旺盛的艺术生命力,从艺术实践上一定程度上实现了文艺民族化与大众化问题,对于今天我国文化产

---

① 白振有:《论欧阳山〈高干大〉对延安方言的运用》,《延安大学学报(社会科学版)》2015年第1期。

② 白振有:《论延安时期秧歌剧对陕北方言资源的运用》,《咸阳师范学院学报》2016年第1期。

③ 石娟娟:《革命战争时期延安民间音乐出版物与民族音乐学》,《出版广角》2015年第12期。

业的支柱化发展颇具启示意义。① 李艳平在其 2016 年的硕士学位论文《陕甘宁边区民间艺术的时代价值研究》②中对陕甘宁边区民间教育背景进行了详细的分析与整理,并对浩如烟海的文献进行了全面的搜集、整理与研究,对民间艺术的各个方面,如民间艺术的工作任务、组织、人员构成等进行了细致的阐述,并重点分析研究了具有代表性的民间艺术,客观地对陕甘宁边区民间艺术的继承与发展进行了述评,挖掘出了陕甘宁边区民间艺术的时代价值以及对当今社会主义文化建设的启示意义。

4.延安文学本体研究

延安文学本体研究包括对"延安文学"的现代性、民族性、时代性、奖励制度、命名、地域范围、起止时间、性质的重新界定,延安文学研究的现状与深化的可能、延安文学的内外部研究等问题的研究。新世纪以来,越来越多的有识之士意识到延安文学的独特性、重要性和现代性。这种强调显然不同于 20 世纪 40—70 年代因为政治形势、政治权威等"外力"因素才抬高延安文学使之成为一门"显学",而是有着学理层面的需求和本体论的意义。

赵学勇、张英芳认为延安文学所追求的现代性是包含着民族性的现代性,延安文学所确立的民族性是内涵着现代性的民族性,民族性塑造着现代性,现代性目标又深化着民族性的诉求,二者之间是一种双向沟通和对接的过程,由此构成了延安文学的双重追求:民族性与现代性并重。③ 徐明君在延安文艺的民俗学中阐释人民性,探析大众化与延安文艺的"民族形式"的来源,并对通俗化与延安文艺的"民间形式"传统进行了全面的梳理,作者认为延安文艺的民俗形式体现了其人民性的表征,紧密联系了民众的社会生活,促进了文艺

---

① 刘满平:《延安文艺座谈会对陕北剪纸艺术发展的影响》,《陕西学前师范学院学报》2016 年第 6 期。

② 李艳平:《陕甘宁边区民间艺术的时代价值研究》,陕西科技大学 2016 年硕士学位论文。

③ 赵学勇、张英芳:《延安文学:现代性与民族性的双重追求》,《厦门大学学报(哲学社会科学版)》2015 年第 1 期。

大众化目标的实现。① 沈文慧认为延安文艺为现代中国革命和文化建设提供了弥足珍贵的精神支撑和历史经验,延安文艺的时代性、人民性、民族性和创新性具有普适性和永恒性的精神内核,这些精神品质使延安文艺超越了特定历史时空,具有恒久的思想价值和艺术魅力。她认为对时代精神的准确把握和自觉弘扬是延安文艺最重要的精神本质。② 李晓峰对延安文学精神的内涵、形成因素、价值以及影响等进行了多方面的论述,认为延安文学精神深深地影响了中国当代文学发展的实践,从而证明了延安文学精神的巨大价值和文学意义。③

袁盛勇以大量的文献阅读与史料收集对延安文艺的历史地位与价值等进行了重新阐发和认识,预示在当代和未来中国,延安文艺必将作为一种非常重要的红色文化,引起人们进一步关注和思考。④ 袁盛勇将延安文艺与社会主义红色文化联系起来进行思考,是对其前些年关于延安文艺民族性、党性特征研究的深化与突破。

郭国昌⑤在梳理解放区文艺奖金起源的前提下,通过分析延安文艺座谈会召开前后奖励机制的变化,提出文艺奖金的设立在延安文艺体制生成过程中的建构力量。张培⑥对延安文学中农民形象书写的显性特征及对中国文学进程的影响和意义进行了梳理和研究。商昌宝、邱晟楠对整风前的延安文艺状况和整风后的文艺状况进行了探讨和研究,认为整风前报告文学只是初步发展,整风后则异常繁荣。作者认为报告文学以最直观的方式展现了这种转变的发生,由此可以窥视出整个延安文艺转型时期的概况。⑦ 于敏⑧从传播

---

① 徐明君:《人民性:延安文艺的民俗学阐释》,《社会科学辑刊》2016 年第 4 期。
② 沈文慧:《论延安文艺的时代性及其现实意义》,《信阳师范学院学报(哲学社会科学版)》2015 年第 1 期。
③ 李晓峰:《延安文学精神论纲》,《宝鸡文理学院学报(社会科学版)》2015 年第 6 期。
④ 袁盛勇:《对延安文艺的重新认知》,《河北学刊》2016 年第 5 期。
⑤ 郭国昌:《奖励机制的转型与延安文艺体制的确立》,《中共党史研究》2015 年第 4 期。
⑥ 张培:《论延安文学中的农民形象的书写》,《北方文学》2016 年第 20 期。
⑦ 商昌宝、邱晟楠:《由报告文学创作看延安文艺转型》,《长安大学学报(社会科学版)》2016 年第 1 期。
⑧ 于敏:《延安文艺的传播环境生态探析》,《长江学术》2016 年第 4 期。

环境生态论的角度对延安文艺传播的环境生态,即自然地理环境、社会时代环境及媒介环境状况等方面进行全景考察,深入分析环境生态对延安文艺传播的各要素的形成与构成关系的影响,揭示了环境生态对文学传播的重要作用,这对我们今天深入认知文学传播与环境生态的关系、构建良好的文化传播环境等具有一定的启迪意义。

延安文学与外国文学之间的关系也受到一些学者的关注。常海波对整风前的政策导向、鲁艺专门化办学、演大戏风潮、批判性杂文等四个方面进行了细致的梳理,认为整风前延安文艺并不存在统一的文化领导权,民主宽松的文化政策促成了外国文学作品在延安解放区的流行。与此同时,纷涌而来的知识分子与政治领袖的思想分歧也开始日益凸显。① 席东概述了美国对延安文艺的研究与传播历史与现状,认为学术界对美国在延安文艺的研究与传播并没有引起重视,作为汉学研究"重镇"的美国,其延安文艺的研究应得到国内相关研究者的充分重视。②

郭国昌③以鲁迅、高尔基、赵树理作为解放区不同时期的革命文学旗手作为典型探讨,并对文学旗手的建构与延安文艺的体制化进行了思考和总结。他认为以 1942 年延安文艺座谈会的召开为分界线,解放区文学旗手的建构经历了前后两个明显阶段。解放区前期文学旗手的建构以鲁迅和高尔基为中心,解放区后期文学旗手的建构以赵树理为中心。解放区前后期文学旗手的调整意味着中国共产党以毛泽东"文艺理论"为主体的延安文艺政策的形成,也表明以工农兵为核心的延安文艺体制的确立,解放区文学的发展由此走向了以"大众化"为方向的体制化。从鲁迅、高尔基到赵树理,文学旗手的调整过程既是中共的政治意识形态对作家的规范过程,也是知识分子作家融入延安文艺体制的过程。"赵树理方向"的提出以及赵树理被确定为文学旗手意

---

① 常海波:《论整风前的延安文艺与外国文学》,《延安大学学报(社会科学版)》2015 年第 4 期。
② 席东:《浅析延安文艺在美国的研究现状》,《新西部(理论版)》2015 年第 3 期。
③ 郭国昌:《文学旗手的调整与延安文艺新方向的确立》,《中共党史研究》2016 年第 11 期。

味着以工农兵为主体的文艺"大众化"方向的确立,毛泽东的"文艺理论"作为中共的文艺政策开始在解放区广泛实践,并极大地影响了新中国成立后的共和国文学,解放区文学也以体制化的方式完成了马克思主义文艺理论的中国化进程。

吴妍妍对1937年至1947年这十年间的文艺书刊的出版概况、特点及其所起的作用进行了整理与研究,认为这些文艺书刊在宣传抗日、开启民智、继承民间传统文化以及传播外国文艺等方面发挥了重要的历史作用。① 吴妍妍在《延安时期的文艺期刊出版与延安文化政策》一文中,对延安时期,尤其是1938年至1942年这五年间的数十种文艺期刊做了更为细致化的研究,认为革命性、群众化与自由度是延安文艺期刊办刊的三个维度,它们相互独立又彼此交织,体现出抗战时期延安文艺期刊的特殊性。② 李惠③深入延安时期的文艺理论文本,回归历史语境,对长期以来研究者关于延安时期文艺理论的认识多重于意识形态的整一性与强烈的政治性诉求,而相对忽略了其多样的开放性进行了拓展和探讨。吴艳对延安文艺批评史实进行了梳理,准确把握了文艺批评主体以及由此带来的文艺批评特点,认为延安时期的方针策略、具体方法,一方面显示了马克思主义文艺批评理论中国化的努力成果,显示出中国作风和中国气派,一方面也启示读者只有坚持马克思主义基本原理同中国文艺批评理论结合,才可能使我们的文艺批评理论真正富有原始创新意味。④

延安文艺整风对"鲁艺"的教育体制的变革产生了深刻的影响,王江鹏认为"它使'鲁艺'在教学方针上强调文艺为人民大众服务,文艺服从于政治,从

---

① 吴妍妍:《延安时期文艺书刊的历史作用(1937—1947)》,《出版发行研究》2015年第11期。
② 吴妍妍:《延安时期的文艺期刊出版与延安文化政策》,《兰台世界》2015年第34期。
③ 李惠:《包容与吸纳——试论延安时期文艺理论的开放性》,《文艺理论与批评》2016年第3期。
④ 吴艳:《现场·问题及其特点——以延安文艺批评为例》,《文艺理论与批评》2015年第1期。

而明确了文艺的阶级属性和任务",①延安文艺整风对"鲁艺"的教育体制的变革在中国共产党文艺建设史上具有里程碑式的意义。陈思广、廖海杰注意到延安文艺座谈会之后,文艺的独立属性发生转变,作家的地位也随之位移,解放区长篇小说创作因之出现新格局,作者在这里特别分析比较了两部作品——《种谷记》和《高干大》,作者透过这两部作品,看到了这一特别审美范式促成了十七年长篇小说审美品格的形成。②

李惠对"延安文学"及其相关概念源流进行了较为全面的考察,他认为研究者在延安文艺研究中应极力避免使用"延安文学"概念,因为"延安文学"概念本质上属于地域文学范畴而不能另有所指,而且这样的指称会抹杀"延安时期文学""解放区文学"等概念的时代特性与印记。③ 他还在《试论"延安文学"命名的合理性——兼向袁盛勇教授请教》一文中,再次提出"延安文学"与"延安文艺"两个概念之间虽有交叉,但概念本身有着明晰的外延与内涵,不宜混淆或互相指称。④ 作者对"延安文学"的命名这个老话题谈出了自己的理解和看法,一些观点值得关注。

5. 作家与延安文学关系的研究

近年来涉及作家与延安文学关系的研究期刊论文有 20 余篇,相关的博士、硕士学位论文有 9 篇,在众多作家或知识分子与延安文学关系的研究中,丁玲和鲁迅又是大多数研究者普遍关注的焦点。同时,也可以看到,对作家群体与延安文学关系的研究也逐渐进入研究者的视野,比如对左翼知识分子、

---

① 王江鹏:《延安文艺整风与"鲁艺"的教育体制变革》,《西北大学学报(哲学社会科学版)》2016 年第 6 期。

② 陈思广、廖海杰:《延安文艺政策与现代长篇小说新格局的形成》,《贵州师范大学学报(社会科学版)》2016 年第 5 期。

③ 李惠:《"延安文学"正名及其相关概念考辨》,《北京化工大学学报(社会科学版)》2015 年第 4 期。

④ 李惠:《试论"延安文学"命名的合理性——兼向袁盛勇教授请教》,《楚雄师范学院学报》2015 年第 11 期。

"鲁艺""文抗"作家群与延安文学关系的研究。

　　文学武运用比较的视角,对丁玲和陈学昭的人生道路进行系统梳理和细致比较,认为她们基本上都经历了个性主义者、同情革命的左翼文化者以及革命者这几种身份的转换。而这几种身份本身却又有着难以调和的某种矛盾,如自由、独立、尊严和集体、党性、组织的高度一元化的关系;启蒙者和被启蒙者的关系;批判者和受难者的关系;这就由此造成了丁玲、陈学昭一生的曲折、复杂和矛盾,成为20世纪中国革命政治文化链条中的重要一环。① 吴矛②认为周立波、丁玲虽然囿于政治或其他方面因素的影响,而汇入工农兵创作的潮流之中,表现出作品风格的改变,但受其本身所具有的生活环境、个性气质等因素的影响,导致这种转变的过程却是异常艰难的。刘卓将关注的视点转入到丁玲整风之后的报告文学的写作之中,重点分析了被毛泽东称赞为展现了"新的写作作风"的《田保霖》。通过梳理丁玲的这一阶段创作历程来阐释"新"产生的原因,认为在这个偏离的过程中生成了一重新的关系——作为新文化的创造者与群众的关系,这构成了"新的写作作风"的真正起源。③ 秦林芳重点择取了丁玲这一"个案",来探讨中国新文学价值立场的嬗变,认为丁玲以自觉的意识和积极建构的姿态,在对时代精神的即时感应中,贡献出了足以揭橥此间中国新文学各阶段之精神特质的代表性作品,其思想—创作结构的演变因而也同时获得了显现中国新文学价值立场变迁过程的意义。④ 曼红以丁玲的抗战小说为例,将民族学植入一种新的历史土壤和文化语境,从民族学的角度来探讨抗日作品的时代特色,认为抗战时代虽已过去,但是值得反复书写,不论从国家、民族利益的价值体系,还是从人类自身在那个特殊的时代

---

　　① 文学武:《女性·革命·炼狱——丁玲、陈学昭人生道路比较》,《文艺争鸣》2015年第2期。

　　② 吴矛:《周立波、丁玲延安早期小说创作的言说方式》,《郑州师范教育》2015年第3期。

　　③ 刘卓:《"新的写作作风"——探讨丁玲整风之后的报告文学写作》,《中国现代文学研究丛刊》2016年第1期。

　　④ 秦林芳:《丁玲的转折与中国新文学价值立场的嬗变》,《中国现代文学研究丛刊》2016年第9期。

产生的作品中"生存""道德"与"民族"的观念来研究民族史,尊重生命、爱好和平对于当下,更有深刻的意义。① 马海娟重点探析了以丁玲、陈学昭以及莫耶等为代表的延安时期女性作家,分析了她们的精神变迁,认为这些女性作家虽然经过整风运动的洗礼,最终融入到工农兵写作的道路之中,但作者特别提到由于像遗传基因一样留存的教育背景、家庭环境、个性气质等元素的影响,她们的精神转变过程依然漫长而艰难,精神的困境和身份的焦虑或隐或现依然留存。② 杨秀明通过对第一手资料的收集与整理,对萧军描写回族的原因和准备工作做了详细的研究,认为萧军所喜爱的回族的"信仰的精神"与"强梁的精神"并非专属于"他者",而是萧军精神"自我"的投射。③ 秦原④通过对丁玲、艾青、何其芳在延安文艺座谈会后的经历以及作品的剖析,揭示了他们在思想上和创作上的转变。

延安时期中国共产党和知识分子的关系问题,一直是一个值得关注的问题。王俊虎认为延安文学的诞生、发展、繁荣与战时背景、地域文化、政党革命有着密切的联系,同时也与知识分子尤其左翼知识分子有着不容忽视的联系。延安文学及其建构者都是中国历史、中国风格和中国气派最典范的体现者,20世纪中国文学、文化史上的各种重大现象和问题都可以与延安文学、中国现代知识分子联系起来进行阐释。延安时期党通过对知识分子的有机化,完成思想和精神的统一,确立了文化领导权。延安文学体制的成功建构与左翼知识分子的世界观、人生观、价值观以及创作心态、作品体式等均有密切的联系,左翼知识分子群体对延安文学现代性品格的生成和丰富也产生了不容忽视的作用。⑤

---

① 曼红:《丁玲抗战小说的时代特色》,《社科纵横》2015年第7期。
② 马海娟:《从文小姐到武将军——延安时期女性作家的精神变迁》,《延安大学学报(社会科学版)》2015年第5期。
③ 杨秀明:《论延安时期萧军的个性化回族叙事——基于萧军日记和创作笔记》,《延安大学学报(社会科学版)》2015年第5期。
④ 秦原:《延安文艺座谈会之后的丁玲、艾青、何其芳》,《党史博览》2015年第8期。
⑤ 王俊虎:《左翼知识分子与延安文学体制建构》,《宝鸡文理学院学报(社会科学版)》2015年第5期。

董蕾、王俊虎①通过评析"柳青精神"的外在表现、内在意义和对后世的影响，深入地认识与理解柳青对延安文艺精神的继承和发展这一问题，进而更好地总结和提炼柳青文学精神以及柳青对陕西当代文学的示范与引领作用，为陕西文学的发展提供延安文学经验。

"文抗"和"鲁艺"是延安时期两大文人集团，而两派之间的论争不断。龚云②结合史料实事求是地叙述了延安时期党与知识分子的关系，特别是与文艺知识分子的关系，以还原历史的本来面目。秦林芳将焦点聚焦于解放区前期文学中知识分子的自我批判上，由于知识分子的自我批判单一地以可见之"用"作为标准，因此会发生知识分子价值立场偏移的倾向，而这种倾向在作者看来"是与当时解放区政治、思想文化界的主流认知相抵牾的，但稍后却又为解放区后期文学中知识分子改造问题的表现提供了历史的关联和线索"。③程鸿彬④运用大量的史料对"文抗"与"鲁艺"两大文人集团之间的观念分歧做了剖析，提出了自己关于这一问题的独特思考。赵卫东⑤从史料入手，以时间为经、关系为纬，重新梳理延安文人关系演化的方式与过程，对延安文人的宗派主义问题及其原因做出了实事求是的分析。

鲁迅虽生前未曾到达过革命圣地延安，但并不意味着他对延安没有发生影响，恰恰相反，其精神却在延安大放光芒。宋颖慧的《延安文艺报刊中的"鲁迅"及其传播》，⑥便是对鲁迅精神为何能"魂游天下"，甚至是在相对封闭的延安也能够进行传播的最好阐释，作者还对"鲁迅"的文化领军地位在整风之后逐渐被取代的原因作了客观的说明。对鲁迅思想的研究绕不开的一个话

①　董蕾、王俊虎：《延安文艺建构中的柳青及其文学精神》，《经营管理者》2015 年第 8 期。
②　龚云：《延安时期党与知识分子的关系》，《红旗文稿》2015 年第 17 期。
③　秦林芳：《论解放区前期文学中知识分子的自我批判》，《文学评论》2016 年第 5 期。
④　程鸿彬：《延安两大文人集团"文抗"与"鲁艺"的观念分歧》，《东岳论丛》2015 年第 10 期。
⑤　赵卫东：《延安文人的宗派主义问题考论——以鲁艺和文抗为中心》，《中国现代文学研究丛刊》2015 年第 3 期。
⑥　宋颖慧：《延安文艺报刊中的"鲁迅"及其传播》，《延安大学学报（社会科学版）》2016 年第 1 期。

题便是何干之对鲁迅思想的研究,这正如研究延安文学绕不开毛泽东《在延安文艺座谈会上的讲话》一样,康桂英①正是站在这一视角上,对何干之对鲁迅的研究做了详尽的阐发,从而也为研究者研究鲁迅提供了借鉴和启示意义。任毅不仅对中国共产党对鲁迅推崇的表面原因,即出于政治和战略的目的进行了分析,还对更深层次的原因进行了深刻的阐述,同时指出文化研究需要吸取历史教训,不能只看到表面的研究现象。② 赵志强③通过对延安时期文艺领域"党化"鲁迅的各种努力的辨析,认识延安文艺战略布局下"鲁迅"作为一个符号具有的特殊意义,并以此深入了解中共文艺政策形成的内在逻辑。王川霞④以冯雪峰对鲁迅传统的官方化建构为主线,在展现冯雪峰与鲁迅交往的基础上,深入探讨了冯雪峰在平衡鲁迅与党之间关系时所采取的策略与方法,以及由此体现出的冯雪峰在对待文学与政治关系时所秉持的态度。作者通过冯雪峰对鲁迅传统的官方化建构的具体案例出发来探寻文学与政治关系。

王圆⑤从萧军的成长背景和重要的人生经历探寻他具有"独行侠"般人生轨迹形成的原因,并通过萧军延安时期写作的杂文、小说、诗歌、日记等作品的价值意义,阐述他在延安时期的文学和政治活动对鲁迅先生的继承和他的文艺观念与主流意识形态之间的悖离,指明他悲剧性命运的必然性,抒写他在暗夜中独自坚毅前行的风范。凌菁⑥从身份认同角度考察了丁玲一生的文学活动,还原了一个丰富、立体、真实而全面的丁玲形象,进而揭示出中国现代化革命进程中政治与文学、个人与群体、传统与现代等之间复杂的关系,探求其中

---

① 康桂英:《延安时期何干之对鲁迅思想的研究》,《湖南人文科技学院学报》2016 年第 4 期。

② 任毅:《"鲁迅":毛泽东时代的文化符号》,《福建论坛(人文社会科学版)》2015 年第 6 期。

③ 赵志强:《延安文艺战略中的鲁迅存在》,延安大学 2015 年硕士学位论文。

④ 王川霞:《文学与政治之间——冯雪峰与鲁迅传统的官方化建构》,苏州大学 2016 年博士学位论文。

⑤ 王圆:《萧军在延安》,陕西师范大学 2015 年硕士学位论文。

⑥ 凌菁:《丁玲的多重身份与其文学活动》,湖南师范大学 2016 年博士学位论文。

隐含的深邃问题。王姗通过对比吴伯箫前、后期文学作品,明确了吴伯箫转型后形成的新风格,探讨延安文艺座谈会、文艺界整风审干运动对其走上文艺"为工农兵服务"之路的重大影响。作者认为延安时期吴伯箫文学创作的转型直接影响了他后期的文学创作,"延安"成为吴伯箫散文创作的灵魂。在"十七年时期",吴伯箫的散文创作主要是从自己熟悉的生活题材出发,表达真情实感,形成了质朴成熟的散文风格。① 作者不仅看到吴伯箫散文创作的成就,而且也看到了其创作反映出来的局限和不足,同时也有助于当代作家更好地思考个人与时代、文学与政治的关系。刘岩须②采用文献、史料细读和比较的研究方法,在广泛细致阅读文本及相关史料、文献的基础上,以赵树理的小说为研究对象,结合赵树理所处的时代背景和文化语境,深入系统地对赵树理小说的喜剧色彩进行解读,挖掘其喜剧色彩的多重蕴涵。该论文既有利于丰富赵树理小说喜剧特征的研究,又突显出赵树理在 20 世纪 40—50 年代转型期的坐标系地位及其所起到的符号化作用,进而概括出赵树理小说的文学史意义。吴曾睿③则对延安时期整个知识分子群体的思想改造进行了研究。作者结合当时中国知识分子的实际情况,对延安知识分子群体进行全面考查,并对他们的思想政治取向做出深刻的剖析,挖掘其深层次的原因,以期为现代的知识分子的思想政治倾向形成提供历史依据。

　　可以看出,近年来的延安文学研究涉及延安文学的命名、价值、创作主体、文艺奖励机制、陕北民间民俗、理论资源等各个方面,从方法论上有跨学科、平行比较、文献查阅和实证研究等方法,为延安文学的研究提供了丰富的研究范例,一定程度上体现了延安文学的学术价值和学术增长空间。当然,在诸如确立延安文学的文学史地位等方面,现有的研究与文学史著作显然还应该进一步探索与深化。文学史研究的目的并不仅仅在于揭示出文学艺术发展的脉络

---

① 王姗:《延安时期吴伯箫文学活动研究》,延安大学 2016 年硕士学位论文。
② 刘岩须:《"赵树理方向"与赵树理小说喜剧色彩的多重蕴涵》,中国海洋大学 2015 年硕士学位论文。
③ 吴曾睿:《延安知识分子思想改造研究》,哈尔滨商业大学 2016 年硕士学位论文。

与走向,还需要展示和呈现出文学发展过程中繁复曲折的复杂性与丰富性,凭借单一标准来界定延安文学的价值和确立其文学史地位的做法都是不合理的。中国现代文学史是一个从发生到发展,再到渐趋完善的过程,延安文学的本质特征在以往的学术研究中逐渐凸显出来,关于延安文艺的内部研究如延安文艺本体研究、作家作品研究等已取得了显著的成果,但外部研究还有待深化,例如延安文艺与苏区文艺、左翼文艺、五四新文学、当代文学之间的流变规律,"延安道路"的现代性,延安文学体制建构与陕北本土文化之间的关系,延安文学与新时代社会主义文化等问题还需在今后的延安文学研究中进一步加强。

综上所述,陕西文学与延安文学研究在新时期以来都有了长足进展,但是关于两者之间关系的梳理、延安文学经验的当代承传、柳青在延安文学与陕西文学之间的承传作用、陕西文学发展中存在的问题等方面还停留在零星、片段式的回忆与感悟式叙说,没有系统深入的研究,这对重估延安文学价值、传承延安文学经验、弘扬陕西文学优良传统、破解陕西文学发展困境显然力有不逮,总结和评估陕西文学对延安文学的承传与发展历程,从中汲取延安文学所包含的现代性优良质素,透视陕西文学巨大成就背后的文化成因,促进包括陕西文学在内的当代文学持续、健康发展,为 21 世纪中国文坛提供鲜活的文学经验,是本书的意义所在。

二、研究内容与基本观点

本书第一章主要从地域文化视域审视陕西文学与延安文学的流变轨迹以及内在关联。陕西是中华民族和华夏文化的发祥地,陕西无论就地理学、历史学、政治学、文化学位置都在中国版图上占据着举足轻重的地位,陕西境内文物遗存极为丰富,全省现有各类文物点 3.58 万处、博物馆 151 座、馆藏各类文物 90 万件(组),文物无论数量还是等级均居全国首位,被誉为中国"天然历史博物馆"。"秦中自古帝王州",陕西在中华文明延绵不绝的历史长河中孕育和创造了丰富深邃的物质文明和精神文明,涌现出一大批光耀千古的历史文化名人,从黄帝时期制造文字的仓颉到西周"制礼作乐"的周公旦,从秦代创制隶书的程邈到汉代大史学家司马迁及班彪、班固、班昭,从关中经学大师马融到大书法家柳公权、颜真卿,从画家阎立本到训诂学家颜师古等,这些长期生活在陕西土地上的杰出人物为人类留下了灿烂丰厚的文化遗产,也孕育陕西文学的萌生、发展与辉煌。如果把20世纪陕西文学比作一部带有浓厚现实主义风格的长篇小说,新文化运动时期陕西文学平淡无奇的开端,并不注定后来内容的平庸;相反,愈是鸿篇巨制、传世之作,开头并不能过于浓妆艳抹,哗众取宠,一览无余,陕西现当代文学的发展历程印证了这样的观点。

　　延安文学是在特殊历史时期诞生的新型文学,是马克思主义文艺理论中国化的产物,是毛泽东思想在文艺领域结出的灿烂奇葩。延安文学这支绚丽奇葩诞生于三秦大地上,与秦地地貌、秦地文化与秦人作风密不可分。简言之,秦地北部绵延千里的山丘地貌易守难攻,这对处于战争劣势的中国工农红军求之不得;秦地北部处于农耕文明与游牧文明交界地带,这里受正统文化熏陶较少,民风彪悍,人民侠义豪爽,善于接纳异质文化。刘志丹、谢子长、习仲勋等领导的西北工农红军始终顾全大局,坚持党的领导,在危急关头为党中央、中央红军提供了硕果仅存的陕甘边革命根据地,使中国共产党革命事业前赴后继,星星之火在陕北黄土高原呈现燎原之势。延安文学在陕西的兴起绝非偶然,它在我国革命文艺发展历程上具有承前启后、继往开来的重要作用,延安文学是在继承五四新文学、左翼文学、苏区文艺优良传统基础上汇聚陕北革命根据地先进文艺经验的新型革命文学。陕西特殊的人文地理环境为无产阶级革命文学在特殊历史时期发展壮大提供了温床,使得诞生于陕西境内的这一新兴文学引导了中国文学发展的方向,构建了新中国文艺体制雏形,其对中国文学的影响并不亚于五四新文学。延安文学在陕西的诞生与发展除了政治、历史等因素外,与陕西丰富的地域文化以及生动鲜活的民间民俗文化有着密切的联系,在"后延安时期",这些生动鲜活的地域文化与民间民俗文化依然承载着延安文学的优良因子,孕育了陕西当代文学,因此从地域文化以及民间民俗文化视域研究延安文学与陕西文学之间的关联不但可能而且非常必要。

新中国成立后,延安时期的著名作家因为革命建设的需要,大多离开陕西奔赴祖国各地,秦地作家大多故土难离,扎根三秦大地,以激情拥抱新的时代、新的生活,《创业史》与《保卫延安》就是陕西作家继承延安文学优良传统,奉献给十七年文学的"双子星座",在文学民族风格与民族气派道路上做出了新的探索与尝试,显示了陕西文学刚健、雄浑的文学气派与文学风格。新时期陕西文学风格愈加成熟,在探索文学民族风格方面继延安时期、十七年文学时期之后阔步向前,陕西作家在表现地域文化特征的时候游刃有余、炉火纯青,已经形成了一支具有浓厚地域特色的强大的作家队伍。这种现象不仅受到读者的欢迎与喜爱,而且也引起评论界的持续关注与研讨。

第二章主要分析延安文学视域对陕北民间文艺的汲取与改造。在政治、战争、时代等多重因素的作用下,陕北民间文艺由最初仅仅活跃于陕北普通民众间的文艺形式,到逐渐成为被延安时期知识分子借鉴和改造的文艺。陕北民间文艺在知识分子的改造下,成为延安文艺的一个有机组成部分,知识分子将陕北民间文艺,如陕北民歌、陕北说书等或直接运用于文本之中,或汲取陕北民间文艺本身而使延安文艺具有通俗化、大众化等特点。延安文艺对陕北民间文艺的汲取与改造不仅拉近了作品与普通民众之间的距离,而且在其深层面上,也消除了知识分子和普通民众的精神隔阂。本部分通过对陕北民间文艺的典型形态进行系统的梳理与分析,对陕北民间文艺逐渐走进延安文艺的视野之中的原因进行了探析:一是民族抗战对延安时期方针政策的影响,致使本来互不相扰的陕北民间文艺与文化和知识分子的文艺有所碰撞;二是民族形式的论争使陕北民间文艺逐渐地被发掘。本部分还系统考察了延安文人对陕北民间文艺的改造,具体包括对陕北民间艺人和陕北民间文艺两方面的改造。

第三章以陕西文学领军人物柳青为中心,挖掘柳青对延安文学精神的承传及其对陕西文学的贡献。柳青在延安时期便有丰富的生活实践与活跃的文学创作,其理论思想、创作观念也因为延安文艺运动发生了巨大的转变,他穷其一生秉承并发扬着延安文学精神,并将此精神始终贯穿于他的创作中。新中国成立后,柳青积极投入到火热的社会主义农村建设当中,以作家与农民合作者的双重视角透视社会主义初级阶段的农业合作化运动,以"讴歌"体文学样式赤诚地拥抱新生活,续写了陕西文学的新篇章。更为难得的是,柳青以他的言传身教,影响和启发了陕西当代作家群的文学活动,新时期陕西文学主将路遥、陈忠实、贾平凹等作家都受到柳青耳提面命的教导、指引、提携,以路遥、陈忠实为代表的很多秦地作家都把柳青当作自己的精神教父,"柳青现象""柳青道路""柳青精神"是柳青遗留给陕西文坛的宝贵文化资源,凝结着柳青作为延安文学创建者之一在当代文学语境中对延安文学精神的承传与发展。追寻柳青延安时期的文学活动,探索柳青在当代文坛取得的卓越成就,研究柳青对当代秦地作家的影响,可以发掘延安文学包含的现代性优良质素,总结延安文学经验在陕西文坛的成功传承,正视当代陕西文学取得的成就与存在的不足,为新世纪陕西文学乃至中国文学健康发展提供启示与帮助。

第四章从陕西文学评论的角度探究陕西文学对延安文学"人民性"内核的承传与发展。陕西是我国的文学大省,自古以来,它孕育了辉煌的姜炎文化、周秦文化和汉唐文化,并于20世纪40年代对延安文艺注入新质,使延安文艺在中国现当代文学史长河中产生深远影响。陕西地区的文学生命力旺盛并极具爆发力,长期以来成为评论界关注的焦点。文学批评与文学创作是文学活动中对立统一的两个方面,文学创作为文学批评提供批评对象,文学批评又可以解释创作中遇到的问题,通过对创作活动与文本的分析可以为作家创作提供正确的导向,同时批评家也充当文坛的清道夫,在批评活动中须建立正确的价值取向,以便文学活动朝着健康的方向发展。陕西评论家作为同陕西作家并驾齐驱的一支队伍,他们的思想沿袭了延安文艺的优良因子并受西方文论的感染与冲击,形成各有千秋却殊途同归的文艺评论观。文艺人民性原本是俄苏文论中的一个概念,经过历史演变被列宁、马克思等人纳入其文艺批评理论体系。这一概念自传入中国就成为我国现实主义文学批评中的重要一隅,作为主流批评话语中的一个概念,对我国现当代文学的发展产生了深远的影响。20 世纪五六十年代到 80 年代在文艺理论和批评领域围绕着文艺人民性范畴,一些学者着重探讨了"人民"的概念、人民性的具体含义、人民性与阶级性以及党性的关系等话题。文艺的人民性这一批评方法自俄苏文学引进后经历了中国化的过程,与中国本土文学批评方法相融合,在中国文学史上产生了深远的影响并在当下文学活动中依然发挥着积极的作用。在文艺人民性中国化的进程中,延安时期是绕不开的话题,陕西文学评论家的批评观深受延安时期文艺思想的影响。陕西文学评论与陕西作家一样有着旺盛的生命力,历代评论界涌现出诸多思维敏锐、独具锋芒的评论家,为陕西乃至全国的文艺事业作出相应的贡献,遗憾的是陕西文学评论家并未如陕西作家一样受到同等的关注,当下的文艺批评虽然身处多元化的批评大潮,但他们所坚守的价值取向依然来源于文艺的人民性。

第五章从陕西作家代际精神承传、现实主义坚守与突破、乡土文化情结与强烈的底层写作等方面比较系统地总结了陕西文学对延安文学的承传与发展。陕西作家在"文艺源于生活""文艺为大众服务""文学依然神圣"上有着明显的代际承传特征。从延安文学倡导的革命现实主义文学开始,以柳青为代表的社会主义现实主义文学、路遥和陈忠实为代表的乡村现实主义文学、叶广芩与杨争光为代表的文化现实主义文学、红柯与王观胜为代表的诗意现实主义文学、爱琴海和寇挥为代表的超现实主义文学在不同历史阶段承传、提升、丰富、发展了延安文学现实主义优良传统。延安文学解决了文学为什么人服务以及怎么服务的问题,而解决这两大问题的立足点都体现出以毛泽东同志为主要代表的中国共产党人对农村和农民问题的极端重视,所以延安文学从本质上来讲是以农民为出发点、着眼点的新型文学。纵观陕西三代作家的整体创作,绝大部分涉猎的是关于乡土农村、农民生存、农业文明的题材,对此题材的表现都不同程度地取得了巨大的成就,形成了作家自身较为稳定的生活基地、叙事方式,以及乡土农村文明伦理价值取向的选择。

本书在宏观上坚持历史唯物主义与辩证唯物主义思想方法,在具体研究上侧重如下几种方法：1.文献查阅和实证研究方法。查阅大量相关文献资料，同时核实与辨伪，确保资料的真实性。2.文学文化学方法。跳出文学看文学，不拘泥于纯文学文本内部研究，更多地考虑文学文本外部的文化因素对文学的制衡和影响作用。3.生态批评理论。在分析文本的基础上，着力把握"延安时期""十七年时期""新时期""新世纪"等不同历史时段丰富与复杂的政治、文化生态下陕西作家作品的类型生成与转型生成问题。

　　在中国现当代文学的发展格局中，陕西既是一方文学热土，又是一处文学重镇。现实主义文学精神的承传与发展、浓厚的乡土文化情结与强烈的底层写作、对文学的痴迷与殉道精神、陕西文学评论对文艺人民性的承传、作家类型生成的多样与代际精神承传等均体现出陕西文学的独特风格与鲜明特色。陕西是延安文学的诞生地与发祥地，延安文学对陕西文学的影响必然持久而深远。通过对陕西当代文学创作经验的总结，证明延安文学在时过境迁的当今岁月仍能焕发新的活力，为当代文学创作提供精神动力和智力支持，使延安文学这一诞生于特殊历史背景和特殊政治、经济环境下的马克思主义文艺理论中国化的产物在21世纪焕发出新的活力。

第一章　地域文化视域中的陕西文学与延安文学

一、陕西地域文化与古代陕西文学

1. 灿烂丰厚的陕西地域文化

陕西简称"秦(三秦)"或"陕"。陕西得名于"秦"主要源于春秋战国时期,秦国当时的领地范围是今陕西区域的雏形;"三秦"得名于项羽灭秦后曾将陕西地域封给秦军三位降将,翟王董翳管辖上郡,塞王司马欣管辖咸阳东以至黄河,雍王章邯管辖咸阳以西地区,三王实际控制今陕西大部地方,后人由此惯称陕西为"三秦"。"陕"字出于《春秋公羊传》,书中记载西周初年以"陕陌"(亦称"陕原",今河南陕县西南)为界,分疆而治。其东归周公,其西属召公。宋朝建立后即以此典故设立陕西路,"陕西"之名乃见于史册。① 陕西东临晋豫,西连甘宁,南达川渝,北抵内蒙,全省地域狭长,地势南北高、中间低,北有黄土高原、中有渭河平原、南有秦巴山区和汉中盆地等多种地形。全省总面积为 20.58 万平方公里,截至 2011 年 5 月,全省人口约 37327378 人②。无论就地域面积还是人口数量来讲,陕西均难忝列为中国的"大省份",但陕西却是中国名副其实的文化大省。

---

① 葛承雍:《秦陇文化志》,上海人民出版社 1998 年版,第 46 页。
② 第六次全国人口普查汇总数据。

　　距今 80 万年前的蓝田猿人、50 万年前的洛南猿人、20 万年前的大荔人、5 万年前的河套新人等古人类很早就生活栖息在这片神奇古老的土地上,以半坡、姜寨、北首岭为代表的仰韶文化遗址,以客省庄、米家崖为代表的龙山文化遗址,皆典型地反映了中华民族在农业、手工业、畜牧业、渔业等方面的文明程度。中华民族始祖炎帝、黄帝均长期生活在陕西境内,教民稼穑,肇造文明。西周、秦国、秦王朝、西汉、新(莽)、东汉(末年)、西晋、前凉、前秦、后秦、北魏、大夏、北周、隋、唐等先后有 15 个王朝在此建都,是我国历史上建都朝代最多、时间最长的省份,长期作为中国政治、经济、文化中心,留下了极为丰富的历史文化遗产,因之,陕西被誉为中国"天然历史博物馆"。陕西境内文物遗存极为丰富,全省现有各类文物点 3.58 万处、博物馆 151 座、馆藏各类文物 90 万件(组),文物无论数量还是等级均居全国首位。"秦中自古帝王州",陕西在中华文明延绵不绝的历史长河中孕育和创造了丰富深邃的物质文明和精神文明,涌现出一大批光耀千古的历史文化名人,从黄帝时期制造文字的仓颉到西周"制礼作乐"的周公旦,从秦代创制隶书的程邈到汉代大史学家司马迁及班彪、班固、班昭,从关中经学大师马融到大书法家柳公权、颜真卿,从画家阎立本到训诂学家颜师古等,这些长期生活在陕西土地上的杰出人物为人类留下了灿烂丰厚的文化遗产。

2. 雄浑刚健的古代陕西文学

　　陕西境内丰厚的文化资源孕育了陕西古代文学的辉煌成就。远古时代,初民们对自然充满敬畏与困惑,以陕西为核心地域的关陇神话传说传达了上古先民最基本的民生智慧,关陇神话传说题材丰富,想象奇特,几乎囊括了中华民族创世神话中最重要的叙事主体,诸如人类始祖华胥、开天辟地的伏羲与女娲、开创农业文明的神农氏、洪荒时代的鲧禹及轩辕、后稷等均出现在关陇神话传说中,是中华民族精神的浪漫想象与叙写。融文史于一体的《易经》《周礼》《道德经》《诗经》《吕氏春秋》等典章彰显了周人、秦人开拓进取的文化精神。《诗经·生民》等浓缩了周人开疆拓土的勇气与智慧。先秦时期形成的"兴观群怨"的诗学观点重视与阐发文学的社会功能。以班固的《两都赋》为代表的汉大赋铺排绚丽,气势恢宏,传达出汉人特殊的审美追求。从陈子昂的《登幽州台歌》到初唐四杰、诗仙李白、诗圣杜甫,再到平民诗人白居易以及杜牧、李贺、李商隐等,边塞诗、山水田园诗、咏物诗、悼亡诗、爱情诗、送别诗、咏怀诗、宫廷诗等不同题材与风格的诗歌得到空前发展,彰显出盛唐雄浑气象。史圣司马迁忍辱负重,以坚毅之力完成了中国第一部纪传体史书的宏伟建构,奠定了我国史传文学的厚实基础。

北宋以降,中国文化中心开始东移,陕西古代文学的辉煌成就告一段落,陕西文学作为中国地域文学之一不再引领和代表古代中国文学潮流。北宋时期,陕西眉县人张载开创关学,张载关学的诞生标志着陕西学术文化由经验、制度、民俗层次升华为理论哲学层面,张载宣扬的"天人合一""民胞物与"的民主思想与"学必为圣""经世致用""笃行践履"等主张对后世文人尤其关中士子影响深远。文学因其功利性较弱并未受到明清陕西文人的重视,明清陕西文人多专注国事,主张"笃行践履",视文学为末枝,这是明清陕西文学衰落的内在动因。但是明清陕西文坛并非黯然一片,明朝弘治年间,李梦阳(今甘肃庆阳人,明代属陕西)、康海、王九思作为明代著名文学流派"前七子"的核心成员,对改变充斥当时文坛的"台阁体"等无病呻吟的萎靡文风起了关键作用,形成影响深远的文学复古运动。清代,陕西出现了在全国产生广泛影响的"三秦诗派",三秦诗派的成员俱为清代秦陇两地的诗人,三秦诗派以其劲健质朴的"秦风"做派响誉诗坛,该诗派的文学创作带有明显的三秦地域文化特征,多数诗人秉承关学创始人张载"立德""立心""立言"的宗旨,将济世理想、道德修养和著书立说有机结合,形成了陕西独具特色的文学传统。

综上所述,古代陕西文学的发生发展无不根植于陕西厚重的历史文化土壤。北宋以前,陕西古代文学几乎可以引领和代表中国文学的最高水平;北宋以后,陕西文学开始衰落,虽有起伏,但也与陕西独特的地理文化有较大关系。例如,明代"前七子"文学流派在陕西得以发展,主要与陕西作家追求宏大、豪迈的审美理想,对汉唐文学先天性的仰慕有极大关系。

二、地域文化氤氲中的 20 世纪陕西文学

1. 并非精彩的开端

1900 年 8 月,英、美、意、奥、德、法、日、俄等国军队组建的八国联军入侵北京,清王朝的最高统治者慈禧太后携傀偏皇帝光绪仓皇西逃至陕西西安,给积贫积弱处于风雨飘摇的清王朝一记重拳。1901 年 9 月 7 日,清政府被迫与列强签订丧权辱国的《辛丑条约》,条约规定,清政府向外国列强赔偿白银 4.5 亿两,强大的经济重负使得外强中干的清王朝雪上加霜,为还外债,维持苟安,软弱无能的清朝统治者进一步搜刮民脂民膏,加重税负,普通百姓苦不堪言,中华民族处于水深火热的危难境地。面对亡国灭种的巨大民族危机,中华儿女奋起反抗,开始了中华民族救亡与复兴的伟大而曲折的历程。从同盟会成立到辛亥革命爆发,从五四运动到中国共产党成立,多少中华儿女抛头颅、洒热血,只为换来民族独立。梁启超、康有为、孙中山、陈独秀、蔡元培、毛泽东、黄兴、宋教仁、鲁迅、胡适等遂成为扭转乾坤的时代风云人物,在这庞大的仁人志士群落里面,籍贯为陕西者寥寥无几,而 20 世纪 20 年代以前在中国大地上发生的有影响力的大事件也几乎与西北陕西没有关联,这种状况直到 30 年代后期才发生逆转。

作为中华民族发祥地的陕西与其他地方相比较,已无优越性可言,相反在多数精英知识分子眼中,"秦地"已是贫穷、落后、保守甚至愚昧的代名词了。20 世纪 20 年代是新文化风起云涌的年代,是创新、革命的年代,是摒弃孔夫子、砸碎孔家店的时代,秦地历史愈悠久,背负传统遗骸愈沉重,汉唐雄风的秦地不再是引领全国时尚与潮流的重镇,亟须来自异地他者的革新、教育、启蒙。事实确实如此,并非笔者夸大其词。当西方传教士在中国东南沿海诸省开办教会学堂、培养传统儒学体制以外的新式知识分子的时候,秦地学子还普遍氤氲于四书五经式的传统旧学教育氛围之中;当发达的东南沿海城市出现了以

蒸汽和电力为动力的制造业、运输业、通讯业之时,西安城竟没有一条新式马路,城市建筑多用土坯筑成,内里多以黄泥涂壁,更遑论有诸如上海十里洋场所拥有的跑马场、咖啡馆、豪华公寓、俱乐部、电影院等象征西方物质文明的标志性物象。

20世纪初叶,源于京沪等地的文学革命、新文化运动在学界、文化界、思想界引起巨大反响,东南诸省学子对此积极响应并亲身参与,"然而就是如此巨大的文化潮头,也仅在大西北激起相当微弱的回声。深切感应着五四新文化运动风潮而又身在本土的秦地之子实际寥寥可数。"①即便这样,西学东渐的文化浪潮余波还是些微冲刷到了古老沉寂的三秦大地。1897年蓝田阎甘园等人创办陕西第一家民营报刊《广通报》,1905年西安岳觊唐等人创办了《关中日报》,1906年三原胡平甫等人创办了《三原白话报》,1912年宋伯鲁与胡舜琴等创办《秦风日报》,1914年高培支等创办《易俗白话杂志》,1924年张秉仁主编《青年文学》。中国现代文学的蓬勃发展与现代报刊业的兴起密切相关,陕西地方报刊的创办与发展是新文化浪潮"西游"结出的硕果,在启迪民智、传播新知、移风易俗等方面给陕西学界带来新气象,但受时局变化与经费掣肘等原因,许多报刊办刊时间随意、办刊宗旨不明确,多停留于时政新闻发布,很少形成类似《小说月报》等专业报刊或者《学灯》《觉悟》《晨报副镌》《京报副刊》等成为传播新文学的报纸副刊。

"如果历史地考察,我们便会发现,陕西文学是只有'当代史'而没有'现代史'的。由于远离'五四'新文化运动的中心,由于经济的落后和文化上的封闭,所以,陕西文学的'现代'阶段,几乎是一片空白:既没有成立有影响的文学社团,也没有创办有影响的文学杂志,更没有产生有影响的文学家。"②五四新文学时期的陕西作家寥寥可数,郑伯奇、王独清、冯润璋、吴宓算是秦地这一时期的代表作家,这几人在五四时期的文事活动尤其文学创作活动并不十

---

① 李继凯:《秦地小说与"三秦文化"》,湖南教育出版社1997年版,第26页。
② 李建军:《论陕西文学的代际传承及其他》,《当代文坛》2008年第2期。

分活跃,未能引领这一时期的文学风潮。

陕西长安人郑伯奇(1895—1979),算是这几人中名气最大的陕籍作家了,他这一时期最著名的文学活动就是1921年在东京与郭沫若、成仿吾、张资平、田汉等发起成立创造社。创造社作为新文学时期最著名的、创作风格独特、能够引领文学浪潮的文学社团之一,郑伯奇作为该社团的发起人和骨干成员,本具备能够在新文学阵营中脱颖而出的平台和阵地,但深受秦地文化传统(儒家文化、关学传统)熏陶的郑伯奇为人老成持重,性格理智沉稳,与个性徜徉、"为艺术而艺术"、狂飙突进的创造社"社风"并不十分契合,这无疑影响到了郑伯奇文学才能淋漓尽致的发挥,后期创造社的"左转"倒是给郑伯奇此后的文学活动提供了难得的机遇,使他在左联时期的文艺活动渐趋活跃,尤其在鲁迅指导下主编《新小说》杂志,甚至在创造社发展困境中主持后期工作。笔者倒觉得,郑伯奇的性格禀赋与文学研究会的精神追求倒是比较合拍,假如当年郑伯奇加入或创立的是文学研究会,或许他的写实主义文学创作风格会得到更多同仁的欣赏和青睐,成为与冰心、叶圣陶齐名的"问题小说"作家引领文坛之风也未可知。

陕西蒲城人王独清(1898—1940),17岁离开秦地赴日留学,1917年任《救国日报》编辑,1926年经乡党郑伯奇介绍加入创造社,主编《创造月刊》,成为创造社后期的主要诗人之一,王独清在陕籍作家中绝对是个异数,且不说在20世纪陕西文学发展历程中,绝大多数重要作家以小说创作见长(这本身也是值得关注的一个现象,笔者以为与秦地文化传统绝对有关),他的诗歌创作受象征派影响较重,浪漫主义色彩浓厚,诗歌内容蕴藏着颓废哀伤的气氛,作品少理性沉思,这也与绝大多数的秦人理性沉稳的个性气质不相契合。王独清英年早逝,创作产量不低,但是代表作《圣母像前》《死前》《威尼市》《锻炼》《零乱草》《我从CAFE中出来》等诗集多创作于20世纪20年代后期与30年代,在新文学时期并无重要作品引起文坛关注。

陕西泾阳人冯润璋(1902—1994),早年毕业于上海大学中文系,受教于陈望道、沈雁冰、郑振铎、田汉、朱湘等著名学者与文学家,对文学有浓厚兴趣,早年与孟超等人组织"流萤社",创办《流萤》文学半月刊。1928 年,冯润璋在上海参加中国著作者协会成立大会,同年在上海泰东书局出版短篇小说集《欢呼》。1929 年他在上海加入中国著作家协会和艺术剧社,同年,接受上级党组织指示,与潘汉年、夏衍、钱杏邨、冯乃超、冯雪峰等筹备成立中国左翼作家联盟。作为"左联"发起人之一,冯润璋努力消除左翼文学界的隔阂和不团结,促成"左联"于 1930 年 3 月 2 日顺利成立。1931 年他回到故乡陕西,在西安市建立"左联"陕西分盟,发展盟员,出版机关刊《十日文学》,壮大了"左联"组织,新中国成立后一直在陕西从事编辑出版工作。

同为陕西泾阳人的吴宓(1894—1978),是学者型陕西文人,字雨僧,笔名余生,中国著名的国学大师、诗人。1907 就读于三原宏道书院,受关学熏陶。1917 年吴宓赴美国留学,先攻读新闻学,后改读西洋文学。1919 年转入哈佛大学研究生院,师从白璧德教授,研习比较文学、英国文学和哲学。吴宓学贯中西,融通古今,被称为"中国比较文学之父",是大学者钱钟书敬佩的业师之一。吴宓在学术上的深厚造诣不是本书研究的重点。新文学时期,这位陕西籍学者(或作家),作为反对文学革命的"复古主义逆流"——学衡派的代表人物,受到以陈独秀、鲁迅为代表的文学革命主将的严厉批驳,在以往的文学史叙述中,这位陕西乡党扮演的是不光彩的角色,是冥顽不化的封建遗老,近年来学界对"学衡派"包括文学革命主将的一些过激言论与观点做了重新审视,给出了客观、理性的阐释与解读①,人们对吴宓的认识已逐渐趋于全面和客观。

在新文化风起云涌的变革时代,秦地作家因地处西北偏僻之地,受中国传统文化,尤其是儒家文化、张载关学思想影响,处身于自给自足的封建小农思想经济环境中,面对来自西方现代化的挑战显得力有不逮,措手不及,对提倡

---

① 代表性论文有:翟传增:《两难处境与道德理想——对"学衡"派的认识》(《殷都学刊》1999 年第 1 期);乐黛云:《世界文化语境中的〈学衡〉派》(《陕西师范大学学报(哲学社会科学版)》2005 年第 3 期);程细权:《文化冲突中的"学衡"派》(《长沙大学学报》2007 年第 3 期);马建高:《学衡派文艺理论思想举要》(《美与时代(下)》2012 年第 10 期);等等。

民主、自由的资产阶级启蒙思想以及马克思主义理论知之甚少,因之对京沪发生的新文化运动以及文学革命活动感觉隔膜是正常不过的反应。上述几位走出秦地的陕籍作家参与了新文化运动、文学革命,但是无论就其理论主张还是文学创作实绩,都乏善可陈。郑伯奇虽然是创造社的开创者之一,但是文学创作却以现实主义为主,其创作路数并不为这个著名社团的同仁所看重和喜爱,难以成为郭沫若、郁达夫那样的灵魂人物,之所以在创造社内部与郭沫若、郁达夫齐名,乃归功于其淳朴厚实的性格,在性格张扬、个性突出的创造社内部人缘极好,好似一剂润滑剂,协调和团结了这个群落中的许多同仁,文学成就并未凸显于这一时期。诗人王独清英年早逝,其作为 20 世纪 20 年代我国诗坛上象征主义诗派的代表诗人之一,其浪漫主义诗风与前期创造社的文学主张极为契合,不知何故,并未加入创造社以扩大其文学影响,20 年代中国的象征诗派只是当时文坛的一脉潜流,声名显赫的象征诗派核心人物李金发并未得到新文化阵营的青睐,秦人王独清要在文坛叱咤风云谈何容易。冯润璋在走出秦地的作家中年龄最小,出道自然较晚,30 年代成功创建“左联”,使他在文坛上名声大振,但是此前无论文学活动、文学主张、文学创作都难使其出这一时期表现并不出彩的郑伯奇之右。吴宓作为学者型作家,因为创办《学衡》杂志,主张“昌明国粹,融化新知”,在新旧文化之间独辟蹊径,倒被卷入新文化运动的时代旋涡中,只是在这样的旋涡中是被新文化运动主将们作为攻击的靶心,并非引领潮流的利箭。有学者在概括这一时期陕西文学的表现时,认为是“并非漂亮的开端”,①其言甚佳。

2.异军突起的延安文学

如果把 20 世纪陕西文学比作一部带有浓厚现实主义风格的长篇小说,新文化运动时期陕西文学平淡无奇的开端,并不注定后来内容的平庸;相反,愈是鸿篇巨制、传世之作,开头并不能过于浓妆艳抹,哗众取宠,一览无余,陕西

① 李继凯:《秦地小说与“三秦文化”》,湖南教育出版社 1997 年版,第 24 页。

现当代文学的发展历程印证了这样的观点。

延安文学是指在毛泽东文艺思想指导下,1935 年 10 月 19 日中共中央率领中国工农红军经过艰苦卓绝的二万五千里长征到达陕北吴起镇,至 1949 年 7 月第一次全国文代会召开,以延安为中心,包括陕甘宁边区及其周边抗日民主根据地和解放区在内的一切文学活动。延安文学是在特殊历史时期诞生的新型文学,是马克思主义文艺理论中国化的产物,是毛泽东思想在文艺领域结出的灿烂奇葩。

延安文学这支绚丽奇葩诞生于三秦大地上,与秦地地貌、秦地文化与秦人作风密不可分。简言之,秦地北部绵延千里的山丘地貌易守难攻,这对处于战争劣势的中国工农红军求之不得;秦地北部处于农耕文明与游牧文明交界地带,这里受正统文化熏陶较少,民风彪悍,人民侠义豪爽,善于接纳异质文化。刘志丹、谢子长、习仲勋等领导的西北工农红军始终顾全大局,坚持党的领导,在危急关头为党中央、中央红军提供了硕果仅存的陕甘边革命根据地,使我党革命事业前赴后继,星星之火在陕北黄土高原呈现燎原之势。

文学界常以 1942 年延安文艺座谈会的召开与毛泽东《在延安文艺座谈会上的讲话》发表为标志,重视研究 1942 年以后的延安文学,轻视或贬低此前的延安文学活动,实际此前的延安文艺活动异常活跃,呈现的虽与后期(1942 年以后的延安文学——作者注)延安文学不同的艺术风貌,但是却有研究的必要,"1942 年以前,一座陕北小城延安,四五万人口,出版报刊杂志 60—70 种,出版机构近 10 家,各类文艺团体大大小小数百个,专业作家、艺术家百余人,到处是歌声,时常有文艺演出,经常有美术展览,偶尔有街头朗诵诗会,不时还有与外界之间的文化艺术交流活动。窑洞门前,大学生辩论赛上,允许反方代表国民党的政治主张战胜正方代表共产党的政治主张。日常生活中,允许干部批评群众,也允许群众批评干部,更允许文人们特立独行地徜徉着。"①

---

① 朱鸿召:《延安文艺社会生态论》,《延安大学学报(社会科学版)》2012 年第 3 期。

（1）开创期（1935. 10—1939. 11）

1935 年 10 月，中共中央率领中央红军主力到达陕北吴起镇后，受到根据地军民的热烈欢迎，列宁剧团演出剧目，陕北红军表演了粗犷豪放的陕北秧歌，中央红军演唱了赣南苏区红色歌谣，这次联欢活动开启了延安文艺的序幕。

1936 年 10 月 19 日，鲁迅先生不幸在上海逝世，第二天，中共中央就专门给鲁迅夫人许广平发了唁电。10 月 22 日，中共中央、中华苏维埃人民共和国中央政府发布了《为追悼鲁迅先生告全国同胞和全世界人士书》，号召全国民众，继承鲁迅的遗志，为中华民族的解放和世界和平而奋斗。10 月 30 日，中华苏维埃政府在保安（今陕西志丹县）举行了鲁迅追悼大会，毛泽东第一次做了关于鲁迅的讲演，倡议在延安创办鲁迅艺术学院、鲁迅图书馆和鲁迅师范学校。在鲁迅逝世一周年时，毛泽东又发表了《论鲁迅》的讲话，高度评价了鲁迅在中国革命史上的地位，总结概括出了文艺界应该学习和继承的伟大的"鲁迅精神"，为延安文艺的健康发展指明了方向。

1936 年 11 月 22 日，中国文艺协会在陕西保安成立，标志着中国共产党对文艺事业进入有领导有组织的阶段，协会是由丁玲、成仿吾、李伯钊等专业作家倡议成立，得到毛泽东等中共中央领导的大力支持。毛泽东亲自参会并发表演讲："中国苏维埃成立已很久，已做了许多伟大惊人的事业，但在文艺创作方面，我们干得很少。今天这个中国文艺协会的成立，这是近十年来苏维埃运动的创举。过去我们是有很多同志爱好文艺，但我们没有组织起来，没有专门计划的研究，进行工农大众的文艺创作，就是说过去我们都是干武的。现在我们不但要武的，我们也要文的了，我们要文武双全。"①它的成立标志着以丁玲为代表的左联作家与以李伯钊为代表的苏区作家在新的历史阶段的会合，预示着中共中央在新的历史时期开始重视文艺等意识形态领域问题。因此，毛泽东才极力称誉中国文艺协会的成立"是近十年来苏维埃运动的

① 毛泽东:《在中国文艺协会成立大会上的讲话》,《红色中华》1936 年 11 月 30 日。

创举"。

1937 年 11 月,陕甘宁边区文化界救亡协会成立,下辖文联、剧协、音协、美协等分支机构,整合了边区专业与业余的文艺组织,充分发挥了文艺在抗战期间的特殊而重要的作用。1938 年 1 月 28 日,为纪念淞沪抗战 6 周年,延安文艺界集中优秀艺术人员排演《血祭上海》,盛况空前,吸引了延安上万群众前来观看,此剧在延安的上演,充分显示了文艺在鼓舞士气、宣传抗战方面的巨大功效,直接催生了鲁迅艺术学院的诞生。"鲁艺"成立后坚决贯彻执行中共中央提出的抗日民族统一战线的方针政策,把学员政治学习与艺术创作实践结合起来,成为学习、研究、实践马克思主义文艺思想和贯彻中国共产党文艺方针的一个重要基地,为党的解放与革命事业培养了一大批优秀的文艺干部和文艺工作者。

1939 年 5 月 11 日晚,在纪念"鲁艺"建校一周年晚会上,鲁艺师生首次为中共中央领导演唱由光未然作词、冼星海作曲的《黄河大合唱》,中华民族英勇抗战的怒吼声,通过粗犷豪迈激越的音律和节奏强劲地传遍了中国的大江南北。《黄河大合唱》是延安时期中国乐坛涌现出的最重要和影响最大的一部交响乐,它热情讴歌了华夏民族源远流长的光荣历史和中国人民坚贞不屈的斗争精神,控诉了日本侵略者的残暴和中国人民遭受的深重灾难,广阔地展现了中国军民抗日战争的壮丽图景,是中国民族音乐史上的奇迹和不朽华章。

这一时期,延安还发起了由毛泽东与杨尚昆联名倡议的《长征记》征稿活动,掀起了街头诗运动,在群众中间产生较大影响。西北战地服务团、边区民众剧团、边区音协、边区文联、延安电影团、烽火剧团、边区美协、边区剧协、中华全国文艺界抗敌协会延安分会(简称"延安文抗")等文艺社团和组织相继成立。《前线画报》《文艺突击》等刊物相继创刊。文学、美术、音乐、戏剧等不同艺术门类都有佳作问世。这一时期,延安文艺界还针对"两个口号""文艺的民族形式""创作的公式化""典型人物塑造"等理论问题展开探讨,产生了一批优秀理论文章。这一时期是延安文艺的起步阶段,开局良好,文艺无论在革命事业还是在群众的日常生活中都逐渐占据重要地位,为延安文艺的进一步发展奠定了坚实的基础。

(2)发展期(1939.12—1942.4)

1939 年 12 月 1 日,中共中央以党内文件形式发布由毛泽东起草的《大量吸收知识分子》,要求各级党组织尊重知识分子和各类文艺人才,让他们自由地发挥自己的专长和艺术创造的才华。1940 年 10 月 10 日,中宣部、中央文委颁布《关于各抗日根据地文化人与文化人团体的指示》(1940 年 12 月 1 日《共产党人》第 12 期刊载),要求重视文化人,纠正轻视文化人的落后心理;用一切方法在精神、物质上保证文化人写作条件,使其积极性得到最大限度的发挥;党的领导机关力求避免对文化人写作的限制与干预,保证他们写作的充分自由;对文化人的作品,应采取严正但又宽大的立场;从文化人中培养选拔能够担任组织工作的干部。1941 年 6 月 10 日,《解放日报》发表社论《欢迎科学艺术人才》宣称,"延安不但在政治上而且在文化上作中流砥柱,成为全国文化的活跃的心脏。延安的古城上高竖起了崭新的光芒四射的新民主主义文化的旗帜,在这个旗帜下萃聚了不少优秀的科学艺术人才",延安成为进步文化作者"心灵自由大胆活动的最有利的场所"。社论最后特别强调:"我们虔诚欢迎一切艺术人才来边区,虔诚地愿意领受他们的教益。"中国共产党在不同历史时期制定和颁布的文艺政策,对指导文艺运动的健康发展起了很大的引导作用。

这一时期,许多马列文论经典著作通过各种渠道进入延安,有力指导了延安文艺运动与文艺创作的发展。1940 年 5 月,由曹葆华、天蓝合译的延安第一部马列文论译著《马克思、恩格斯、列宁论艺术》由新华书店出版发行,在延安文艺界引起强烈反响,鲁艺专门召开座谈会,研讨该书翻译出版的巨大意义。1940 年 4 月,萧三根据《列宁论文化与艺术》(苏联国立艺术出版社 1938 年编印)一书译成《列宁论文化与艺术》一文,发表在《中国文化》第 2 卷第 6 期上(1941 年 5 月 20 日出版),对于列宁关于文化的形成与发展、艺术的阶级性与党性、社会主义文化的内容与实质等问题做了介绍和阐发。除此之外,萧三还翻译了《论艺术工作者应学取马列主义》(《中国文化》第 1 卷第 6 期, 1940 年 8 月 25 日出版),罗烽写了《高尔基论艺术与思想》(《文艺月报》1947 年第 7 期,1947 年 7 月 1 日出版),欧阳山写了《马列主义和文艺创作》(《解放日报》1941 年 5 月 19 日发表),上述关于马列经典文论的译著与研究文章,对指导延安时期文人创作起到了积极作用。

在中国共产党的文艺政策与马克思列宁主义文艺理论指导下,这一时期的文艺活动有了健康发展。

1940 年,抗日战争进入最为艰苦的阶段,报告文学作为"文学轻骑兵",能迅速、及时、真实反映八路军、新四军指战员及各抗日根据地人民群众奋勇杀敌、保家卫国的英雄事迹,得到广大作家的青睐和重视。沙汀的《我所见之 H 将军》,对贺龙将军卓越的军事指挥才能与丰富细腻的内心世界做了深入分析和细致剖露,刻画出有血有肉、崇高伟大但又平凡质朴的八路军高级将领形象。陈荒煤的《刘伯承将军会见记》,以与刘伯承将军在八路军指挥部的一次普通会见写起,显示出了刘伯承将军在大敌当前的危急时刻运筹帷幄、决胜千里的从容心态与必胜信心。作品通过一些平凡的生活场景与真实细节,为读者描摹出右眼失明、脑神经受损的八路军高级将领刘伯承克服常人难以想象的困难,为抗日大业鞠躬尽瘁的牺牲与奉献精神。黄钢的报告文学《我看见了八路军》《树林里——陈赓的兵团是怎样作战的之一》《雨——陈赓的兵团是怎样作战的之二》《森林里》《雨》对普通八路军指战员做了生动刻画,为世人展现出无产阶级领导的人民军队过硬的政治军事素质,对八路军平等的官兵关系、深厚的军民情谊做了生动叙述。韦明的《掩护》、田间的《最后一颗手榴弹》、李湘洲的《苦战磨河滩》、宋昕的《大杨庄之战》、齐语的《断桥血战纪实》等均是来自战场一线的作品,描绘的是战争进行状态中的我军战士的英勇形象,表现和讴歌了广大战士保家卫国、驱逐日寇的钢铁意志。这些报告文学选材真实、感情充沛,人物形象生动,作家们以雄辩的事实、生动的细节、精心的设计把共产党领导下的人民军队群像展现给读者,再现了中国人民浴血奋战、抵抗日寇的顽强斗志与必胜信念。

　　小说方面,梁彦的《磨麦女》与温馨的《凤仙花》集中展示了革命根据地劳动妇女争取自由,反抗封建礼教与封建等级制度的艰苦历程。作品中的主人公桂英与小凤因为偶然的机会,获得读书认字的机会,明白了穷人翻身要依靠革命、女性解放要靠自己斗争的朴素道理,毅然而坚决地走上革命与斗争的道路,展现了边区妇女由从前愚昧不觉悟的奴隶最终成长为无产阶级革命战士的可喜变化。丁玲的《入伍》与晋驼的《结合》采用对比手法,凸显出参加革命的部分知识分子身上存在的"小资"情调,对徐清(与勤务员杨明才对比)的夸夸其谈、哗众取宠、虚荣自私和"我"(与年老的知识分子李民对比)的目空一切、骄傲自满、眼高手低的精神弱点作了细致描摹和尖锐剖露,说明了知识分子改造自己灵魂与世界观的必要性与重要性。洪流的《乡长夫妇》描写了农民冯春山当上乡长后,不思进取,沉浸在自己的小家庭生活中,后来在乡党支部书记的批评帮助下悔过自新,把自家余粮借给国家的转变过程。庄启东的《夫妇》反映了农民出身的军人夫妇,男的作战勇敢但是身上具有浓厚的大男子主义习气与作风,女的则自私自利,对丈夫的家庭暴行逆来顺受,毫无主见。两人经过抗日军政大学的学习,改正了各自身上的错误,最后建立起众人交口称赞的模范家庭。这一时期的小说多集中在短篇创作方面,短篇小说的创作与欣赏适合当时的战时环境,选材较广,但是多属于知识分子心目中的工农兵形象想象,文人化创作倾向较浓,《讲话》发表后,这一倾向得到改变。

　　戏剧方面,延安剧坛出现演"大戏"的热闹局面。1939 年末,于敏在《介绍工余的〈日出〉公演》中首提"大戏"一词,他在文章中指出:工余剧团"要演一个'大戏',一个'写得好'的戏,一个'难演'的戏,来锻炼自己,这个选择便落在《日出》身上。"① 根据张庚的回忆,《日出》在延安的上演,是毛泽东提议的。"我记得上演这个戏是毛泽东同志提议的。他说,延安也应该集中上演一点国统区名作家的作品,《日出》就可以演。"② 1940 年元旦,曹禺四幕话剧《日

---

① 于敏:《介绍工余的〈日出〉公演》,《新中华报》1939 年 12 月 16 日。
② 艾克恩主编:《延安文艺史》(上),河北教育出版社 2009 年版,第 227 页。

出》由工余剧协在延安演出,获得极大成功,公演八天,观众将近一万人,中共中央领导对此也是赞赏有加。"从此以后,延安戏剧舞台上的中外名剧演出便多了起来,把毛泽东所说的'可以演一点',变成'一大片';把最初作为'支流'演出的'大戏',蔓延成'主流'。"①1940 年至 1942 年初这段时间,延安舞台上先后演出《塞上风云》《婚事》《一年间》《雷雨》《钟表匠与女医生》《蜕变》《钦差大臣》《马门教授》《破坏》《伪君子》《求婚》《蠢货》《纪念日》《李秀成之死》《第四十一》《铁甲列车》《雾重庆》《生活在召唤》《悭吝人》《新木马计》《法西斯细菌》《婚礼进行曲》《上海屋檐下》《带枪的人》《北京人》《太平天国》等 26 部"大戏",其中大部分为外国经典戏剧,其余均为国统区著名剧作家的代表剧目,有些"大戏"还被不同剧社反复演出。这些"大戏"无疑是戏剧精品,但是剧作反映的时代背景、包孕的思想内涵、艺术表现方式显然与延安当时的文艺现状尤其广大观众普遍的欣赏趣味是脱节的。"大戏"在延安上演的动机无疑是好的,可以锻炼和检验延安戏剧工作者的能力,开阔观众的艺术欣赏视野,但是如果充斥延安舞台的剧作都是脱离观众实际接受水平、偏离群众欣赏趣味的所谓"大戏",那么这样的戏剧演出只能是闭门造车,孤芳自赏,这样的艺术活动终将是空中楼阁,是没有扎根于广阔生活土壤的艺术,难以产生具有中国气派与中国作风的、为当时群众喜闻乐见的艺术精品。毛泽东《在延安文艺座谈会上的讲话》发表后,广大戏剧工作者学会了正确处理普及与提高的辩证关系,深入群众、深入生活,推动了延安文艺持续健康发展,产生了大量为群众喜闻乐见的艺术精品。

(3)繁荣期(1942.5—1949.7)

1942 年 5 月 2 日,毛泽东以他和时任中宣部副部长凯丰的名义,邀请延安文艺界知名人士召开座谈会交换和讨论大家对文艺问题的意见。座谈会除5 月 2 日的开场会,还包括 5 月 16 日的集中发言会和 5 月 23 日的结论会共三次,座谈会的目的和动机是:"深入了解延安文艺界的动向,准备解决文艺界

---

① 艾克恩主编:《延安文艺史》(上),河北教育出版社 2009 年版,第 227 页。

存在的问题并着手制定战时共产党的文艺指导思想和文艺政策。"①毛泽东在座谈会上发表的"引言"和"结论",经过整理以《在延安文艺座谈会上的讲话》为题发表在 1943 年 10 月 19 日的《解放日报》上。延安文艺座谈会的召开和《讲话》的公开发表,解决了"革命文艺在民族和民主革命历程中必须解决的一系列重大理论和政策问题,为文艺如何高效率地配合无产阶级政党在军事和政治上的斗争,指明了方向。"②

《讲话》的内容非常丰富,毛泽东出自政治家的策略,联系延安和各抗日根据地文艺界的实际状况,阐述了党领导下的文艺工作在当前呈现出的一些根本状况,从纷繁复杂的文艺现象中提出了文艺为什么人服务的问题、如何为这些人服务的问题、普及与提高的问题、内容与形式的问题、歌颂与暴露的问题、世界观和方法论的问题等,并针对上述问题一一作了剖析和论述,直接解决了一系列根本性的理论问题和政策问题,明确提出了文艺为工农兵服务的方针,强调文艺工作者必须到人民群众中去、到火热的斗争中去,熟悉工农兵,转变立足点,为革命文艺事业作出积极贡献。总的来说,《讲话》的内容是对五四以来中国新文化运动和中国革命文艺运动的经验和教训的总结。

在"引言"中,毛泽东指出此次会议的目的:"就是要使文艺很好地成为整个革命机器的一个组成部分,作为团结人民、教育人民、打击敌人、消灭敌人的有力的武器,帮助人民同心同德地和敌人作斗争。"③他根据文艺工作本身的任务和延安文艺界当前的现状,对文艺工作者提出应该解决五个问题,"即文艺工作者的立场问题,态度问题,工作对象问题,工作问题和学习问题。"④关于立场问题,应该始终坚持站在无产阶级和人民大众的立场上,这是唯一正确的立场;关于态度问题,对于具体事物所采取的具体态度是由立场决定的,其中选择歌颂还是暴露就是一个应该具体分析的态度问题;关于工作对象问题,

①　严家炎主编:《二十世纪中国文学史》(中册),高等教育出版社 2010 年版,第 325 页。
②　严家炎主编:《二十世纪中国文学史》(中册),高等教育出版社 2010 年版,第 326 页。
③　毛泽东:《在延安文艺座谈会上的讲话》,《解放日报》1943 年 10 月 19 日。
④　毛泽东:《在延安文艺座谈会上的讲话》,《解放日报》1943 年 10 月 19 日。

要明确认识到文艺作品在抗日根据地的接受者是工农兵和革命干部,要好好地对他们做教育工作;关于工作问题,要做好了解人、熟悉人的工作,这是第一位的,力求把自己和工农兵的思想感情融合起来创作;关于学习问题,要学习马克思列宁主义的知识和观点,还要学习社会中各个阶级的具体状况,这样才能沿着正确的方向拓展文艺作品中的内容。毛泽东以这些问题作为引子,展开了包括 5 月 16 日在内的讨论和发言。

在"结论"中,毛泽东作了总结性发言。他针对延安和抗日根据地文艺工作中存在的问题与争论,联系五四以来革命文艺运动的经验,以文艺为群众和如何为群众两个问题为中心,从马克思主义理论高度,系统阐述了革命文艺运动和工作的根本问题、原则问题及方向问题,规定了完整的无产阶级革命文艺路线、方针和政策。①

《讲话》首先提出文艺的一个中心问题:文艺是为什么人服务的? 文艺是为群众的、为人民的、为工农兵的。"现阶段的中国新文化,是无产阶级领导的人民大众的反帝反封建的文化。"②这就是说文艺工作者应该站在无产阶级的立场上,为最广大的人民大众服务。在现实生活中,"最广大的人民,占全人口百分之九十以上的人民,是工人、农民、兵士和城市小资产阶级。"③那么我们的文艺毫无疑问就是要为这四种人服务。因为"为什么人的问题,是一个根本的问题,原则的问题。"④更是关系到文艺的性质与方向的大问题,所以革命文艺工作者一定要彻底解决这个问题,要在坚持马克思主义理论的基础上,深入到实际的群众生活和群众斗争之中,和当前时代的人民群众相结合,这样才能明确无产阶级的阶级立场,才能真正地了解并融入工农兵群众。《讲话》明确提出文艺必须为人民大众、为工农兵服务的文艺方向,实际上就是密切文艺与人民的关系,密切文艺工作者与人民的关系,使文艺工作者切实

① 牛兴华、任学岭、高尚斌、杨延虎:《延安时代的毛泽东》,陕西人民出版社 1999 年版,第184 页。
② 毛泽东:《在延安文艺座谈会上的讲话》,《解放日报》1943 年 10 月 19 日。
③ 毛泽东:《在延安文艺座谈会上的讲话》,《解放日报》1943 年 10 月 19 日。
④ 毛泽东:《在延安文艺座谈会上的讲话》,《解放日报》1943 年 10 月 19 日。

地走与工农兵相结合、与实际相结合的道路。简单来说,就是让文艺工作者把立足点转移到人民群众中,把人民群众的需求和喜好放在第一位,在思想感情上同工农兵大众打成一片,创作的文艺作品要写得通俗易懂,使广大群众都能够读懂、看明白并感兴趣。只有在这种情况下创作的文艺作品,才是真正的为无产阶级的文艺,真正的为人民群众的文艺,真正的为工农兵的文艺。

《讲话》接着提出文艺的另一个中心问题:文艺是如何服务的? 即如何为人民群众服务的问题。毛泽东认为这一问题的核心是普及与提高的关系,而在探讨普及与提高之前,则必须要清楚文学艺术的唯一源泉是人类的社会生活这个观念。"中国的革命的文学家艺术家,有出息的文学家艺术家,必须到群众中去,必须长期地无条件地全心全意地到工农兵群众中去,到火热的斗争中去,到唯一的最广大最丰富的源泉中去,观察、体验、研究、分析一切人,一切阶级,一切群众,一切生动的生活形式和斗争形式,一切文学和艺术的原始材料,然后才有可能进入创作过程。"①《讲话》所指出的这个创作方式是唯一正确的艺术道路,是所有文艺工作者都应该力践躬行的。因为,只有从人民群众出发,从工农兵出发,我们才能正确理解普及与提高,才能确立普及与提高的正确关系。针对一些文艺工作者不适当地强调提高,而严重地轻视了普及,忽视了广大工农兵的需要,毛泽东指出:既然文学艺术首先是为工农兵服务的,那么普及也只能用工农兵自己所需要、所便于接受的东西去普及,提高也只能沿着工农兵和无产阶级前进的方向,从工农兵群众的基础上去提高。简而言之,"我们的提高,是在普及基础上的提高;我们的普及,是在提高指导下的普及。"②在《讲话》中,毛泽东发展了列宁关于文艺普及与提高的思想,并进一步解决了如何通过普及与提高使文艺为人民大众、首先为工农兵服务的问题。

《讲话》进而谈论文艺统一战线的问题,即党的文艺工作和党的整个工作的关系以及党的文艺工作和非党的文艺工作的关系问题。对于党内的文艺关

---

① 毛泽东:《在延安文艺座谈会上的讲话》,《解放日报》1943 年 10 月 19 日。
② 毛泽东:《在延安文艺座谈会上的讲话》,《解放日报》1943 年 10 月 19 日。

系,考虑到由于我们处在阶级社会当中,一切的文学艺术都必然属于一定的阶级和政治,而此时我党在民主主义革命时期还没有取得全国政权,党的中心任务还是抗日,在这种情况下,毛泽东根据当前时代的需求指出"文艺是从属于政治的"①,但是这里"我们所说的文艺服从于政治,这政治是指阶级的政治、群众的政治,不是所谓少数政治家的政治。"②这也就是说,代表最广大人民群众的无产阶级必然体现着人民群众的意志。同时,作用于人民群众的情感及精神层级的文学艺术,是通过塑造人、使其成为历史转变时期巨大的政治推动力量,进而实现其改造世界的目的的。③ 这也就是说,文艺服务于政治会使无产阶级更好地为人民群众的利益而奋斗。所以,毛泽东认为,我们应该把文艺为无产阶级政治服务和文艺必须真实地反映生活这两个问题联系起来,力求在尊重阶级立场的基础上重视生活真实,使文艺作品的政治性与真实性达到完美的统一和完全的一致。对于党外的文艺关系,毛泽东也提出了他的见解,他认为这是整个文艺界的统一战线的问题,在日本帝国主义侵略的大形势下,中国最紧迫的根本问题毫无疑问是抗战。对此,他提出:在政治上,党内的文艺工作者应该与党外的文学艺术家在抗日这一问题上团结起来;在文艺上,党内的文艺工作者应该与党外的文学艺术家在艺术方法和作风的问题上尽量达成共识。总的来说,在整个文艺界中,党内文艺工作者的问题较之党外的更好解决,但也不能忽视党外的包括小资产阶级知识分子在内的文学艺术家对中国的影响,而是应该团结一切可以团结的力量,争取把他们都融入到为人民服务的统一战线上来。

　　《讲话》接着阐述文艺界的主要斗争方法问题,着重探讨文艺批评及其基本的批评标准问题。"文艺批评有两个标准,一个是政治标准,一个是艺术标准。"④"我们的要求则是政治和艺术的统一,内容和形式的统一,革命的政治

---

①　毛泽东:《在延安文艺座谈会上的讲话》,《解放日报》1943 年 10 月 19 日。

②　毛泽东:《在延安文艺座谈会上的讲话》,《解放日报》1943 年 10 月 19 日。

③　胡玉伟:《〈在延安文艺座谈会上的讲话〉的价值指向及意义》,《理论前沿》2005 年第 11 期。

④　毛泽东:《在延安文艺座谈会上的讲话》,《解放日报》1943 年 10 月 19 日。

内容和尽可能完美的艺术形式的统一。"①毛泽东还针对一些同志提出的糊涂观点发表了意见,例如在"人性论"这一问题上主张无产阶级的人性,人民大众的人性;在"人类之爱"这一问题上主张爱可以作为文艺的基本出发点,但在阶级社会里会有一定局限性;在"光明和黑暗"这一问题上主张革命文艺家的基本任务是歌颂一切人民群众的革命斗争,暴露一切危害人民群众的黑暗势力;在"'杂文时代'的鲁迅"这一问题上主张拥有充分民主自由的革命文艺家大可不必和处在黑暗统治下的鲁迅一样采用杂文形式,而是可以大声疾呼;在"是否歌功颂德"这一问题上主张无产阶级文艺家应该歌颂革命人民的功德,鼓舞革命人民的斗争勇气和胜利信心;在"动机和效果"这一问题上主张顾及效果,总结经验,研究方法,对工作中的缺点和错误自我批评并决心改正;在"马克思主义妨害创作情绪"这一问题上主张无产阶级文艺家应继续学习马克思主义,并在破坏种种非人民大众非无产阶级的创作情绪的同时建立起新东西。不难看出,在政治和艺术这两个方面,毛泽东认为当前政治上存在更多的问题,正是由于一些同志缺乏基本的政治常识,才会导致他们产生不正确的观点,这是应该引起强烈关注并得到及时纠正的。

《讲话》最后指出由于延安文艺界中存在着上述种种问题和作风不正的东西,加之文艺工作者的思想上也存在很多缺点,所以需要一个切实的严肃的整风运动。也许正是因为思想上存在问题,才导致许多同志搞不清无产阶级和小资产阶级的区别,搞不清革命根据地和国民党统治区的区别,搞不清个人和群众的关系。毛泽东认为当前的工作就是急需从思想上从组织上整顿我们的革命队伍,认为我们"只能依照无产阶级先锋队的面貌改造党,改造世界。"②根据实际状况来看,延安文艺界在这一阶段展开思想斗争的要求是极其迫切和必要的,因此,毛泽东号召:"文艺界的同志们认识这一场大论战的严重性,积极起来参加这个斗争,使每个同志都健全起来,使我们的整个队伍

---

① 毛泽东:《在延安文艺座谈会上的讲话》,《解放日报》1943 年 10 月 19 日。
② 毛泽东:《在延安文艺座谈会上的讲话》,《解放日报》1943 年 10 月 19 日。

在思想上和组织上都真正统一起来,巩固起来。"①毛泽东谆谆告诫文艺工作者,既然到了革命根据地,就必须和新的群众、新的实际相结合,创作出新的人物、新的故事,在这个领导中国前进的地方发挥自己的一份力量。作为一个有觉悟的革命文艺工作者,应该在无产阶级的领导下,主动与人民群众相结合,全心全意为大众服务,对于真正的文艺战士来说,即使身体上、思想上的改造异常艰辛,也一定会在强大的革命信念的支撑下完成蜕变。毛泽东在《讲话》的最后指出:通过这次座谈会,相信同志们"在今后长期的学习和工作中间,一定能够改造自己和自己作品的面貌,一定能够创造出许多为人民大众所热烈欢迎的优秀的作品,一定能够把革命根据地的文艺运动和全中国的文艺运动推进到一个光辉的新阶段。"②这是他在当时对延安文艺界提出的希望,即使在现在看来也是相当中肯和正确的。

延安文艺座谈会召开之后,延安文艺工作者在毛泽东文艺思想的鼓舞下,深入火热的斗争生活,紧密团结工农群众,创作出了大量优秀的文艺作品。戏剧方面,秧歌剧《兄妹开荒》将小秧歌剧运动推向了一个新高潮;贺敬之、丁毅等的新歌剧《白毛女》把我国的歌剧艺术带入一个崭新的阶段;四川方言喜剧《抓壮丁》的演出,在延安和整个边区获得了很大的反响。这一时期边区的音乐运动蓬勃发展,成为当时全国进步音乐活动的中心,出现了很多脍炙人口的作品,如冼星海、光未然的《黄河大合唱》,马可、贺敬之的《南泥湾》,郑律成、莫耶的《延安颂》,郑律成、公木的《八路军进行曲》,冼星海、塞克的《生产大合唱》等,推动了中华民族的音乐发展。延安和边区的文学创作中也涌现出了相当多的佳作,如柯仲平的长篇叙事诗《边区自卫军》、李季的《王贵与李香香》、艾青的《吴满有》、丁玲的《一颗未出膛的枪弹》、欧阳山的《高干大》《黑女儿和他的牛》、孔厥的《一个女人翻身的故事》、秦兆阳的《俺们毛主席有办法》、孙犁的《荷花淀》等;报告文学《记"鲁迅艺术文学院"》;说唱文学《刘巧

---

① 毛泽东:《在延安文艺座谈会上的讲话》,《解放日报》1943 年 10 月 19 日。
② 毛泽东:《在延安文艺座谈会上的讲话》,《解放日报》1943 年 10 月 19 日。

儿团圆》等。美术作品有代表性的如古元的《减租会》《区政府办公室》、彦涵的《当敌人搜山的时候》、罗工柳的《学文化》、夏风的《从敌人运来的战利品》、力群的《丰衣足食》等。电影在推进文艺工作发展方面发挥着独特的作用,延安的电影工作者相继拍摄了纪录片《延安与八路军》《陕甘宁边区第二界参议会》《南泥湾》《中国共产党第七次全国代表大会》等,用电影这种方式保存了大量弥足珍贵的历史文献资料。此外边区 160 多位画家,创作了众多反映人民生产、生活、战斗的作品,塑造了人民群众的光辉形象,用画笔记录了坚苦卓绝的抗战精神。各类文艺作品在推动文化建设,鼓舞人民士气方面发挥了显著作用,延安文艺运动走向高潮,一直持续到 1949 年 7 月第一次全国文代会的召开,无产阶级革命文艺运动迎来新的历史时期。

3. 波澜壮阔的"十七年"文学

1949 年是惊天动地的一年,也是划时代的一年,这年 10 月,毛泽东在北京天安门向全世界庄严宣告中华人民共和国成立,中国共产党人与一切爱好和平、进步的人民群众经过艰苦卓绝的奋斗迎来了人民当家作主的新中国。以毛泽东同志为代表的中国共产党人之所以能取得中国革命的最终胜利,除了军事上与以蒋介石为代表的国民政府进行艰难博弈外,还包括文化的胜利。延安时期,毛泽东在陕北总结和提出了新民主主义文化,指出农民力量的巨大,调整和扭转了五四新文化运动以精英知识分子为主体的资产阶级文化观。在延安,农民成为知识分子学习的榜样,农民的思想是纯洁的、身体是干净的,农民是革命的主体,是革命力量的源泉,任何人都不能忽视农民问题。延安时期,中国共产党人重视农民、农村问题,是革命取得成功的一个重要原因。

新中国成立后,新的人民政权保证广大人民群众当家作主,但是连年的战争、帝国主义的侵略、以蒋介石为代表的封建买办统治集团对人民的压榨盘剥,新中国一穷二白、百废待兴。国际上,以美帝国主义为首的各国列强对新中国虎视眈眈,封锁制裁使得新中国内忧外患、危机重重。陕甘宁边区作为新中国的雏形和实验区,为新的政府施政治国提供了宝贵的经验。中国共产党人依然看到了农民的力量,看到了农村蕴藏的希望,与陕甘宁边区相比,新中国的领导人除强调农民、农村的重要地位而外,还把农业作为发展国民经济的重中之重。农业合作化运动是中国共产党领导下的中国农村自土地改革之后的又一场巨大的社会变革,党和政府以在农村开展各种互助合作的方式,逐步把以生产资料私有制为基础单位的个体农业经济,改造为以生产资料公有制为基础的农业合作经济。

陕西,作为中国农业文明的发源地,作为中国最主要农作物小麦的主产区,并没有随着延安时期的结束而落幕,相反在新的革命建设过程中,尤其三秦大地上开展起来的轰轰烈烈的农业合作化运动,再次成为全国瞩目的焦点。20世纪50年代《中国农村社会主义高潮》资料里就收集了秦地三个区域向中央汇报本地的合作化成绩:《延安地区农业生产合作社租用耕牛的办法》《西安市阿房区五一农业合作社的政治思想工作》《长安县王莽村四个合作社组织联社的经验》《一个违背领导意愿由群众自动办起来的合作社》《商南县张家岗农业生产合作社推行山地包工的经验》《西乡县杨河溺乡党支部正确地领导了那里的互助合作》①,从这几篇文章不难窥视当时秦地农村迈向社会主义的热火朝天的干劲。更难能可贵的是,陕西作家以敏锐眼光捕捉到这种现象所蕴含的巨大文学矿藏与意义,所以从延安走来的秦地作家柳青倾注了后半生心血,以史传笔法为这场声势浩大的农村合作化运动立传并取得成功,《创业史》成为我国"十七年"文学的扛鼎之作。

1951年5月,《中国青年报》创办者之一的陕西作家柳青放弃京城优越生活,回到家乡陕西省长安县皇甫村安家落户,立志为处于农业合作化进程中的三秦父老乡亲树碑立传,记录他们在新的历史进程中的真实感受与内心情感。《创业史》就是凝结作者柳青多年农村生活真实经历的呕心沥血之作,作品以梁生宝互助组的发展为中心线索,反映渭河平原下堡乡蛤蟆滩农业合作化运

---

① 刘宁:《当代陕西作家与秦地传统文化研究——以柳青、陈忠实和贾平凹为中心》,陕西师范大学2011年博士学位论文。

动,表现了中国农业社会主义改造进程中的历史风貌和农民思想情感的转变历程。作品主旨在于揭示农民走社会主义道路的现实可能性和历史必然性,但是作者并不回避和有意掩盖现实生活中存在的矛盾,对梁生宝、高增福、冯有万等贫雇农与富农姚士杰、中农郭世富、村长郭振山、落后分子梁三老汉、王二直杠等人物对待互助组、合作化运动的态度都做了符合人物自身特征的描写与分析,小说在塑造人物形象方面并没有简单化、概念化。例如,同样是贫雇农的高增福、冯有万与梁三老汉、王二直杠就有所不同,高增福、冯有万和梁生宝一样是拥护合作化运动的积极分子,而梁三老汉、王二直杠等由于过惯了穷日子,内心有着强烈的私有制观念,因此对合作化运动充满疑虑、困惑,有时自然成为阻碍合作化运动发展的负能量,但是他们又和反动富农姚士杰有所不同,至少他们不会费尽心机、施展阴谋诡计破坏互助组。小说在反映农业合作化运动时,并没有选择轰轰烈烈的大场面、大事件来反映这场伟大的农村变革,相反却选择富有生活、诗意的小场面、小事件如“生宝买稻种”“新法育秧”“进山割竹”来揭示人物内心的矛盾和想法,以此来展示农村社会生产方式面临历史性变动时的复杂矛盾,作者真实的生活体验、严肃认真的创作态度、富有魅力的艺术手法使得这部长篇巨著在同类题材中脱颖而出,能够经受起时间的考验,成为不仅是陕西“十七年”文学中的大手笔、重头戏,而且也代表了我国“十七年”文学的最高水准。

《保卫延安》是足可与《创业史》相媲美的陕西文坛在“十七年”文学时期贡献给读者的又一文学经典作品。陕西韩城籍作家杜鹏程与柳青有着同样的文学生涯,是亲历延安文艺运动,继承延安文学精神的秦地作家。《保卫延安》于1954年6月1日由人民文学出版社正式出版,出版后受到广大读者的热烈欢迎,初版印数达到近百万册,是我国当代军事文学的经典之作。该书的写作同样有着作者真实的生活经历。《保卫延安》虽成书于新中国成立后,但是作者杜鹏程早在延安时期就为这部小说的写作积累了丰厚的写作素材。1947年3月,以胡宗南为首的国民党反动派以十五万兵力对陕甘宁边区首府延安发动了疯狂的进攻,延安保卫战从此拉开帷幕。同年,杜鹏程深入到西北野战军第二纵队独立第四旅第十团二营六连,做了一名随军战地记者。在残酷的战争环境中,杜鹏程为战士们写家书、讲故事,逐渐熟悉了他们的性格、个人爱好、生活习惯,与他们结下了深厚的战斗友谊,体味了战士们的喜怒哀乐、酸甜悲苦,数年之间,杜鹏程竟写下近二百万字的日记和素材。《保卫延安》全景式地再现了延安保卫战争中青化砭、蟠龙镇、榆林、沙家店等几个著名战役,首次展现了我军高级指战员彭德怀司令员的光辉形象,歌颂了以周大勇为代表的人民解放军普通指战员的英雄事迹,作品表现出了军事题材特有的宏大的规模和磅礴的气势,是秦地作家"十七年"时期正面描写解放战争场面的"英雄史诗"。

新中国成立后,延安时期的著名作家因为革命建设的需要,大多离开陕西奔赴祖国各地,秦地作家大多故土难离,扎根三秦大地,以激情拥抱新的时代、新的生活,《创业史》与《保卫延安》就是陕西作家继承延安文学优良传统,奉献给"十七年"文学的"双子星座",在文学民族风格与民族气派道路上做出了新的探索与尝试,显示了陕西文学刚健、雄浑的文学气派与文学风格。除柳青、杜鹏程以外,陕西作家李若冰、王汶石、王宗元、胡征、魏钢焰等均在这一时期深入生活,足迹踏遍柴达木盆地、玉门油田、青藏公路、陕北山峁、渭北旱塬等西北腹地,奉献给读者的有李若冰的《陕北札记》《柴达木手记》《在勘探的道路上》,王汶石的《战友》《风雪之夜》《黑凤》,魏钢焰的《船夫曲》《你,浪花里最清的一滴》《红桃是怎么开的?》,胡征的长诗《七月的战争》《大进军》等颇具影响力的文学作品。新中国成立后以陕西为代表包括晋冀鲁等省文学事业的崛起大有超越五四新文学时期的江浙等传统文学大省之势,"它表现了文学观念的从比较重视学识、才情、文人传统,到重视政治意识、社会政治生活经验的倾斜,从较多注意市民、知识分子到重视农民生活的表现的变化。这回提供关注现代文学中被忽略的领域,创作新的审美情调的可能性,提供不仅从城市、乡镇,而且从黄河流域的乡村,从农民的生活、心理、欲望了来观察中国'现代化'进程中的矛盾的视域。"[1]

---

① 洪子诚:《中国当代文学史》,北京大学出版社 1999 年版,第 31 页。

4.新时期的陕军东征

"文革"末期,当全国许多省地文学创作力量受"文革"影响还处于游兵散勇状态时,陕西文学力量像地火一样已经在急切寻找爆发的火山口。以胡采为代表的陕西老一辈评论家、作家、编辑家陆续从被下放的农村、干校、工厂回到西安,以超前的眼光与非凡的气魄和胆识果断恢复《延河》杂志,暂时称作《陕西文艺》,直到党的十一届三中全会以后恢复《延河》刊名。这本有着辉煌办刊历程曾被读者誉为"小《人民文学》"的陕西省属纯文学刊物在"文革"后期为陕西诸多作家提供了太多的精神支持。它既为陕西作家发表作品提供了便利的平台,也为陕西文坛网罗、发现文学人才立下了汗马功劳。"从西安郊区找到了陈忠实,从延安大学找到路遥,从自然来稿中发现认识了贾平凹、莫伸,又从工厂、基层文化馆、学校及一些文艺团体联络发现了如:晓雷、李天芳、马林帆、曹谷溪、刘成章、焦闻频、王德芳、峭石、程海、邹志安、郭京夫、赵熙、王宝成、刁永泉、徐剑洛、张郁、王蓬、张虹、韩红、王晓新、李佩芝、叶广芩、李凤杰、徐岳、蒋舍彦、张兴海等一批在诗歌、散文、小说、儿童文学方面有所特长的文学人才。"①

改革开放的时代春风较早在三秦文艺大地吹拂,胡采、李若冰、王汶石等老一辈陕西作家对文学青年的爱护提携,使得有着深厚文学传统的陕西文坛较早除却文革带来的阴霾,呈现新人辈出、新作迭现、好评如潮的良好态势。一大批陕西青年作家的作品在全国获奖,引起文坛的关注。1978 年,莫伸短篇小说《窗口》与贾平凹短篇小说《满月儿》双双荣获全国优秀短篇小说奖,1979 年陈忠实短篇小说《信任》再获该年度全国优秀短篇小说奖,1980 年京夫短篇小说《手杖》又获该年度全国优秀短篇小说奖,陕西四作家连续三年荣膺全国短篇小说最高奖,这在全国其他各省份是绝无仅有的文学盛事。1980 年路遥的中篇小说《惊心动魄的一幕》获全国优秀中篇小说奖,张映文的短篇

---

① 李向红、杨小玲:《陕西文学的后三十年》,《陕西日报》2009 年 9 月 25 日。

儿童文学作品《扶我上战马的人》又获全国首届儿童文学奖,奖项的范围和类别较前有了突破。1978 年至 1985 年这 8 年间,陕西一共有 8 篇短篇小说与 2 部中篇小说在全国获奖,显示了陕西作家在中短篇小说创作方面的不俗成绩与非凡实力,但是陕西作家关于长篇小说的创作已经落后于其他省份。陕西作家在中短篇小说方面屡次获奖说明陕西文学事业在"文革"以后的突飞猛进,成绩非凡,但以此证明新时期陕西还是文坛重镇毕竟有些勉强,没有长篇小说创作业绩做后盾,新时期陕西文学成就还难说厚重。尤其当中国文学最高奖"茅盾文学奖"评奖委员会要求各省推荐参评作品,作为诞生过《创业史》与《保卫延安》这样史诗性文学作品的陕西文学界竟然推荐不出一部长篇小说。从 1978 年到 1985 年夏天,陕西新老作家竟无一部长篇小说创作出版,这不能不让秦地作家汗颜。敏感的陕西文人迅速作出反应,陕西作协等机构对此问题做了专题研究,迫切感觉需要在长篇小说创作方面对陕西作家进行必要的刺激、鼓励与引导,因为文学对于陕西这样的文化大省来说,并不光是作家个人的荣辱名利,也一直是全省人民群众瞩目的焦点。

1985 年盛夏,陕西作家协会在陕北延安、榆林两地召开"陕西长篇小说创作促进会",专题研究振兴陕西长篇小说创作事宜。地点选择在苍凉旷远、雄浑厚重的黄土高原召开也许当时主办方并无其他深远用意,如果有,也许与盛夏时节这两个地域气温较低,比较凉爽有关。但现在看来,却好像有着较为深远的人文地理方面的隐喻与象征意义。会议期间,作协主要负责人胡采与李若冰对陕西文学形势中肯的分析以及对中青年作家的殷切希望,对路遥、陈忠实、贾平凹等后来成为陕西文学支柱的青年作家触动极大。路遥在会议结束后,就留在陕北开始《平凡的世界》的创作。会前尚无创作长篇小说打算的陈忠实,在会后写作中篇小说《蓝袍先生》过程中,萌生了创作长篇小说(即后来的《白鹿原》)的欲念。1986 年,贾平凹第一部长篇小说《浮躁》出版,后来获得美孚石油公司"飞马奖"。同年,路遥的《平凡的世界》(第一部)由中国文联出版社以精装和平装两种版本出版发行。两位陕西作家以他们的厚重之作为陕西长篇小说的繁荣揭开了序幕。"随后就有了任士增的《不平静的河流》、王晓新的《地火》、李天芳和晓雷的《月亮的环形山》、莫伸的《山路弯弯》、赵熙的《女儿河》、京夫的《文化层》、王宝成的《饥荒与爱情》、王蓬的《水葬》、李康美的《情恨》、沙石的《倾斜的黄土地》、李春光的《黑森林红森林》、李凤杰的《水祥和他的三只耳朵》、临青的《解放济南》等开始呈现出长篇小说创作的第一个潮头。"①众多秦地作家在短时间里均有长篇小说出版，是生活积累和艺术思考达到一定成熟期的充分表现，秦地作家终于漂亮而又潇洒地终结了"文学大省无大作"的尴尬现象。

1993 年前后，陕西长篇小说创作出现第二次高潮，先后有高建群、京夫、陈忠实、贾平凹、程海在北京的五家不同出版社推出自己在这一时期的长篇小说代表作品：《最后一个匈奴》（作家出版社 1992 年版）、《八里情仇（上下册）》（中国文联出版公司 1993 年版）、《白鹿原》（人民文学出版社 1993 年版）、《废都》（北京出版社 1993 年版）、《热爱命运》（中国工人出版社 1993 年版），几乎同一年度同一省份的五位不同作家在京城不同的五家著名出版社出版自己的长篇小说，这一文坛奇观着实震撼了文坛内外，陕西长篇小说集中呈现高密度、高质量的井喷现象，文学评论界后来称之为"陕军东征"现象，"陕军东征"已经成为新时期陕西文学巨大成就的代名词，也成为那个年代中国文坛流行的热词之一。此后，陕西长篇小说创作势头依然迅猛，秦地作家文兰、李康美、邹志安、杨岩、严永东、孙君仙等在以后几年中均推出自己的长篇小说作品，几乎每年秦地都有十部左右的长篇小说出版发行。新时期陕西作家以短篇小说亮相文坛并多次获得全国大奖，继之中篇小说创作也取得不俗成绩并获得文坛的认可，长篇小说创作经过短暂的颓势之后，以迅雷不及掩耳之势创造了文坛奇迹，成为超越中短篇小说创作的后起之秀，为陕西作家赢得"陕军"殊荣。路遥、陈忠实、贾平凹、高建群、京夫、程海、莫伸、邹志安、李天芳、王蓬、徐岳、蒋金彦、王晓新、文兰、李凤杰、商子秦等陕西作家在文坛集中亮相，并掀起强劲的西北旋风，使文艺界对陕西文学刮目相看，提高了陕西作

---

① 　陈忠实：《关于陕西长篇小说创作的回顾与展望》，《小说评论》1995 年第 4 期。

家文学创作的信心,标志着陕西文学大省地位的回复。新时期陕西文学风格愈加成熟,在探索文学民族风格方面继延安时期、"十七年"文学时期之后阔步向前。陕西作家在表现地域文化特征的时候游刃有余,炉火纯青,甚至以三秦人文地理为特征凸显出作家不同的地域风格与写作个性,陕西已经形成了一支具有地域特色的强大的作家队伍。这种现象不仅受到读者的欢迎与喜爱,而且也引起评论界的持续关注与研讨。

5. 多重变奏的世纪之交

20世纪90年代的市场经济体制改革影响到中国社会的各个角落、不同领域,中国文学艺术界受到冲击更加明显。文艺本是无功利的人文精神结晶,是超凡脱俗、提炼人性品质的"无形"之物,市场经济改变了文学生存环境、文人创作心态,社会主义市场经济体制向文学提出了效益、规模、流通、价值、投入、产出等要求。当然,经济环境与文学发展并不呈完全同步性,文学发展变化通常滞后于经济环境变化。

陕西地处西北内陆,市场经济环境在西北内陆省份的成熟建立通常也落后于东南沿海诸省,这样,陕西文学受到市场经济的强大冲击已经是20世纪末期了。一些本来能成为作家的人对文坛寂寞与冷清望而却步,一些本来很有写作天赋与写作潜力的作家退出写作队伍,坚守写作的作家创作心态不同程度地受到打击与影响,情况各异:有人视文学为商品,通过生产、策划、宣传、流通等市场手段获取金钱;有人心猿意马,以文学为跳板,通过文学获取各种名利;有人将文学当作事业,文事兴衰关乎自己人生命运,虽也难免超凡脱俗,不食烟火,但是依然认真写作;也有人如路遥一样视文学为宗教,不让文学沾染任何铜臭,维护文学的神圣与尊严。陕西大部分作家还是选择后两者,认真写作,甘受清苦,陕西依然是文学大省,但是由于路遥的英年早逝,陈忠实的年事已高,陕军三大主将只有贾平凹一枝独秀,苦撑文坛,"陕军东征"的辉煌气势不再。

新世纪的陕西作家仍然看重长篇小说,把长篇小说创作看作衡量文事兴衰的"晴雨表"。据不完全统计,新世纪以来,全国长篇小说创作每年以 1000 多部的数量在增长,陕西每年约有 50—60 部的长篇小说问世,数量远超过全国各省平均数,质量因为没有确切的衡量标准,不好评论。从创作队伍来说,范围更广,人员更杂,各行各业、男女老少、业余专业均有,文学在陕西仍受到三秦父老的广泛关注与喜爱,网络文学的兴起,也使得文学的门槛进一步降低,许多文学爱好者成为网络作家。据省作协网络文学专业委员会统计,陕西省目前有网络文学作者 3000 多人,出版的"紫香槐"系列网络文学丛书在全国有一定影响。从写作手法上来讲,现实主义、浪漫主义、象征主义、现代主义等创作方法均有,但就现实主义这一陕西文学创作主流手法,就有批判现实主义、现代现实主义、魔幻现实主义、超现实主义、文化现实主义等不同手法,丰富了陕西文学的表现手段,带给读者不同的艺术感受。从题材来看,以农村为主,但都市、历史、婚恋、魔幻、家庭、校园、政界、商界、异域等题材也不断涌现,丰富和拓展了陕西文学的表现范围和领域。代表性的作品有:贾平凹的《怀念狼》《秦腔》《高兴》《古炉》、红柯的《西去的骑手》、杨争光的《从两个蛋开始》、叶广芩的《采桑子》《全家福》、阎冬的《金盆华开》、孙见喜的《山匪》、文兰的《命运峡谷》、雷电的《容颜在昨夜老去》、贺绪林的《关中匪事》、冯积岐的《沉默的季节》《大树地下》、鹤坪的《大窑门》《老城坊》、吴言的《背叛》、安黎的《小人物》、惠雁的《本色》等,这些采用不同表现手法、表现生活不同领域、呈现不同创作风貌的长篇小说足以说明新世纪陕西文学长篇小说的优胜现象。

但是,数量众多的新世纪陕西长篇小说除贾平凹的《秦腔》以外并没有出现足以与《平凡的世界》《白鹿原》《最后一个匈奴》《废都》等 20 世纪"陕军东征"时期出现的作品相媲美,无论是社会关注度、读者喜爱程度、作品发行量都不尽如人意,有些作品甚至刚出版就有被人遗忘的可能,上述很多作品除非专业研究人员,很多文学爱好者并不知晓更遑论社会一般人员。新世纪陕西长篇小说给人的感觉,虽然数量众多,风格多姿多彩,但是整体上给人的感觉是缺乏陕西文学固有的"厚重"之感,缺乏的是史诗笔法,这样就很难成为经典,容易为读者遗忘而成为文坛的过眼烟云。通过新世纪陕西长篇小说的创作分析,不难看出新世纪陕西文学虽然作家队伍庞大,作品数量众多,创作手法多样,但是"缺钙"严重,文学"软骨病"在三秦文坛弥漫,要振兴陕西文学,必须分析病象,寻求补钙良法,重振陕西文学雄风。

新世纪陕西文学面临的首要困境是创作队伍的"青黄不接",中坚力量匮乏。前文说过,陕西文学的从业人员不少,官员、税务人员、工人、教师、军人、大学生、离退休人员、银行职员等几乎遍布各行各业,但是真正能传递陕西文学优良传统,擎举陕西文学旗帜的作家太少。如果把作家对文学的态度分为四类:宗教型(殉道型)、事业型、业余型、游戏型,那么新世纪陕西作家把文学视如宗教的几乎没有,此前这类作家并不少,如路遥、柳青、邹志安、京夫等。把文学真正当作严肃的事业来做的,自己的生活与文学几乎融为一体,生活就是文学,文学就是自己生活的全部所在,新世纪陕西作家中有贾平凹、冯积岐、莫伸、叶广芩等不多的几位作家,陕西当下很多的作家把文学当作副业、游戏来做,一些有才华的陕西作家时而穿梭于文坛,时而活跃于影视娱乐圈,文学对于这些作家如何能有丰厚的回报?

陕西文学的另一个困境是对当下生活缺乏正面回应,缺乏责任意识、担当意识。陕西文学自柳青、杜鹏程始,便以书写波澜壮阔的时代画卷,描摹追踪能够反映时代大潮的大事件、大运动为主旨,以弘扬社会主旋律为己任,这一传统一直延续至路遥、陈忠实、贾平凹这一代作家,但是新世纪陕西作家普遍缺少这样的担当意识、责任意识,许多作家把创作重心放在琐碎无聊的生活细节上,甚至以为这样能够超越、突破前代作家创作。新世纪以来,中国城乡发生了翻天覆地的巨变,当下社会生活中再也不可能发生类似农业合作化、"文化大革命"、联产承包责任制那样席卷一切的大事件、大运动,但是像柳青、路遥等人对于社会问题的关注、对于普通民众的关切,却是应该学习借鉴的。新世纪以来,陕西就发生过许多本可以成为文学素材的大事情、大事件,如陕西林业厅与陕南村民周正龙官民勾结联合造假"华南虎"照片忽悠全国民众事件,多名学者、律师、官员牵涉其中,国内分为"挺虎派"与"打虎派","周老虎"一度成为造假的代名词。对于这个发生在陕西境内的焦点事件,陕西众多作家文人并未在自己的文学作品中有出色的表现,相反却时常抱怨自己生活于无"事"的不幸岁月,背上行囊到处寻找"生活"。新世纪陕西作家缺乏像周梅森、王跃文、陆天明、刘震云、张平、阎真这样介入现实生活的勇气,陕西作家没能介入到与民众息息相关的现实生活实践中。有些陕西作家变着法儿增加自己作品的"性"色彩,吸引读者眼球,追逐低级趣味,使自己的作品坠入《肉蒲团》一类的庸俗读物当中,毫无"骨"气可言,缺"钙"严重。

新世纪陕西文学亟须补钙,以祛除陕西文坛的萎靡、庸俗、软弱之风,重振陕西文学雄风。"钙"从何来?"20 世纪的陕西文学,开始于 20 世纪 40 年代中期,准确地说,形成于陕北红色根据地政权稳固以后。正是借助'解放区文学'的资源和助力,陕西文学才得以成为中国当代文学的重镇。"①解铃还须系铃人,当代陕西文学精神肇始于延安时期,延安文学是当代陕西文学的源头,陕西文学要破解困境、重振雄风,还要从延安、延安时期、延安文化、延安文学寻找答案,寻找解药,以支撑新世纪陕西文学的皇皇大厦。

三、延安:崛起的文学高地

1. 延安文化

狭义上的延安文化主要指延安地域文化,广义上的延安文化与延安地域文化有关,但却不简单类同于陕北或者延安地域文化,至少是延安地域文化在特殊历史时空的升华。本义上或广义上的延安文化应该是中国共产党在延安十三年时期领导中国人民在新民主主义革命的伟大实践中,由中国共产党、先进知识分子和人民群众等所有进步力量共同创造的极具中国特色的先进文化,蕴含着丰富的革命精神和厚重的历史内涵。延安文化是顺应历史发展,凸

---

① 李建军:《论陕西文学的代际传承及其他》,《当代文坛》2008 年第 2 期。

显马克思主义人民群众历史主体观的文化。延安文化是在特殊历史时空中,以陕北地域文化为基础,结合中国革命主要任务,以实事求是的态度,对中国传统文化进行扬弃,对外来进步文化进行吸纳,是整合中外古今优秀文化思想资源,扎根于陕北地域文化土壤上的时代主流文化。延安文化的最终形成,离不开延安乃至陕北地域文化的滋养与孕育。

延安,位于陕西省北部黄土高原丘陵沟壑区,北接榆林,南抵咸阳、渭南、铜川诸市,东隔黄河与山西临汾、吕梁等市相望,西依子午岭与甘肃庆阳相邻。延安辖宝塔区与洛川、黄陵、吴起、志丹等 12 县,总面积 3.7 万平方公里,总人口 227 万人,地广人稀,历史悠久。相传距今五千多年前,中华民族人文始祖黄帝带领部落成员生活栖息于这片沃土之上。据史料记载,夏:延安属雍州;商,延安属独立的方国鬼方之域;西周,延安为犬戎与猃狁领土;战国初期,延安南属魏国,北为赵国,后期属秦国;秦始皇统一中国后,陕北属上郡,延安为高奴县;西魏始设延州;隋朝时正式以延安命名,将延州改为延安郡;宋元祐四年(1089),设延安府;元置延安路;明洪武二年(1369),延安路改设延安府。在漫长的封建社会时期,延安作为"边陲之郡""五路襟喉"的兵家必争之地具有极其重要的战略地位,吴起、蒙恬、范仲淹、狄青、沈括、李自成等历朝历代的文臣武将等均在此地叱咤风云,指点江山。尽管历史如此辉煌悠久,但由于山丘连绵,沟壑纵横,战争频仍,气候恶劣,远离中原,直到清末,延安仍是偏于一隅的边塞之地,荒凉、野蛮、粗俗仍是此地的代名词,最具代表性的是清末光绪帝特使王沛棻考察陕北后给皇帝所作的《七笔勾》奏折:

万里遨游,百日山河无尽头。山秃穷而陡,水恶虎狼吼。四月柳絮抽,山川无锦绣。狂风骤起哪辨昏与昼。因此上把万紫千红一笔勾。

窑洞茅屋,省去砖木全用土。烈日晒难透,阴雨不肯漏。沙土筑墙头,灯油壁上流。肮脏臭气马粪与牛溲。因此上把雕梁画栋一笔勾。

客到久留,奶子烧茶敬一瓯。剁面调盐韭,待人实亲厚。猪蹄与羊首,连毛吞入口。风卷残云吃尽方罢手。因此上把山珍海味一笔勾。

没面皮裘,四季常穿不肯丢。纱葛不需求,褐衫耐久留。裤腿宽而厚,破料亦将就,毛毡铺炕被褥皮袄凑,因此上把绫罗绸缎一笔勾。

堪叹儒流,一领蓝衫便罢休。方才入黉门,文章便丢手。匾额挂门楼,荣华尽享够。嫖风浪荡不向长安走。因此上把金榜题名一笔勾。

可笑女流,鬓发蓬松灰满头。腥膻乎乎口,面皮晒铁锈。黑漆钢叉手,驴蹄宽而厚,云雨巫山哪辨秋波流。因此上把粉黛佳人一笔勾。

塞外荒丘,鞑靼回番族类稠。形容似猪狗,性心如马牛。语出不离毬,礼貌何谈周。圣人传道此地偏遗漏。因此上把礼义廉耻一笔勾。

尽管许多土著陕北人对王沛菜的《七笔勾》难以认同,情感难以接受,但是清代翰林大学士王培棻眼中的陕北黄土高原确实如此,因为王培棻本人没有理由恶意丑化陕北黄土风情,尽管《七笔勾》当中有些地方出言不逊,实际也道出陕北风情与陕北地域文化的一些特质,如"圣人传道此地偏遗漏",说明此地长期远离朝廷,交通阻塞,文化受儒家文化、正统文化、官方文化影响较少。"刴面调盐韭,待人实亲厚"说出陕北民风醇厚,待人热情。"可笑女流,鬓发蓬松灰满头。腥膻乎乎口,面皮晒铁锈。黑漆钢叉手""猪蹄与羊首,连毛吞入口。风卷残云吃尽方罢手"道出陕北民风彪悍,不拘礼数。

20 世纪 30 年代,一群衣衫褴褛者来到此地,打破了此地的宁静,改变了此地整体的风貌,带来了先进文化与先进思想,形成了中国共产党人在特殊的战时环境中立足现实、融合传统、吸纳中外先进文化理念的"延安文化",中国共产党人就是以蕴含延安文化先进理念的"延安精神"风貌带领中国先进力量,在延安以弱胜强,以少胜多,取得了中国新民主主义革命的全面胜利,改变了中国的历史,扭转了乾坤。

有一个老生常谈,但却饶有兴趣的话题常被人们提起:党中央在延安十三年为什么能够取得革命的胜利?尽管我们可以从政治、历史、军事等角度给出不同的答案,如历史的必然、延安地理地貌适合隐藏(能够躲避敌人围剿)等方面给出很多解释,但是中国适合隐蔽的地方很多(陕甘宁青诸省此类地方尤为众多），为什么中国革命单单能够在延安这样一个看似荒凉贫瘠的地方取得胜利？恐怕要给出妥帖和令人信服的答案，还是要从党中央在延安十三年时期在延安建立起来的"延安文化"层面来寻找答案。

众所周知，陕北是中国东西部的结合地带，也是草原、沙漠和黄土高原的融合区，又是历史上汉族与少数民族频繁往来的交汇地，以延安为中心的陕北黄土高原是农耕文化和游牧文化的杂交融合地带，陕北独特的地理地貌特征形成了独具风情的黄土文化，独特的黄土文化造就了狂放不羁、朴实憨厚的陕北人。他们吃着小米饭、喝着黄河水、穿着羊皮袄、住着土窑洞、唱着信天游，吸纳异质（非正统）文化功能较其他地方要强，"圣人传道此地偏遗漏"，此地受儒家文化或中原文化也即官方文化、正统文化影响较弱。古代的陕北是铁与血、剑与火所锻铸的高原，既有刚性的一面，又有诗性的一面。陕北人从性格上讲，均有敢于幻想的浪漫性与敢于担当的现实性。中国共产党及其领导的武装部队（被当时国民政府称为"赤匪"）的革命活动在当时自然就属于非正统文化，这种革命活动体现出的非正统文化色彩自然是一般群众陌生和惧怕的，但是延安群众却以开阔的胸怀接纳甚至拥护、参加革命，尤其当毛泽东领导的红军战士以言语和行动对延安老百姓动之以情、晓之以理，宣传了朴素的革命道理以后，具有豪放、义气文化特质的陕北老百姓就和党中央毛主席"死死活活地相跟上"了，为了保卫革命，延安人民付出的巨大牺牲是众所周知的。延安文化的建构不是一帆风顺，是凝聚了中国共产党人对时局的正确分析，是对中外文化、古今文化、外来文化与本地文化、民间文化与官方文化的分析、重组、吸纳、整合、扬弃所形成的能够克敌制胜、团结进步力量、服务人民的新型文化。

初来延安的文人大多是五四新文化启蒙思想的传承人，他们怀揣炽烈的理想抵达延安，但是延安当时的社会现实与文人们在国统区对解放区的浪漫憧憬有着较大差异，尤其在生活习俗为特征的文化观念上有较大冲突。"在历史上，左翼文化人和革命的关系，是一对难以解决的矛盾，左翼知识分子倾向革命，这就和共产党发生思想和组织的关系；左翼知识分子还要'民主'和

'个性解放',这就与共产党的'思想一致性'和集体主义发生矛盾;中国革命的主力军是'最具革命性'的农民,革命自然要满足和代表他们的利益和心理、情感的要求,左翼文化人却受'五四''改造国民性'等'启蒙'思想影响,不思改造自己,反而要改造农民的所谓'落后'和'愚昧';革命要前进,离不开思想和组织的高度一元化,更离不开革命的化身——革命领袖的思想和组织领导,左翼文化人却高谈'个性解放'和'抽象的平等'对敬仰和服膺革命领袖的必要性缺乏起码的认识。"①延安时期左翼文化人与革命、工农群众之间的冲突中包含着雅文化与俗文化、民间文化与精英文化之间的较量、冲撞,这种较量与冲突自然引起以毛泽东为代表的中共高层领导人的关注与思考。延安时期中国共产党领导的革命是一场知识分子引导的以农民为主体的无产阶级革命,在这场革命过程中,就存在精英知识分子文化与农民文化之间的争斗,如何引导这两种文化和谐相处是关系到革命成败的重要问题。延安时期以毛泽东同志为主要代表的中国共产党人成功解决了民间文化与精英文化、雅文化与俗文化、知识分子文化与农民文化之间的大融合,寻找到了马克思主义中国化的正确道路,创立和建设了无产阶级新民主主义文化。延安人民在偏僻干旱、贫瘠荒凉的黄土高原上长期生活,铸就了坚韧不拔、吃苦耐劳的文化品质,养成了克服一切困难的优良作风,这些文化品质和优良作风为延安文化、毛泽东思想、延安精神的最终形成奠定了坚实基础,使延安文化成为蕴含现代优良质素,代表先进方向的主流文化。

2. 延安文学

延安时期,中国共产党人成功创建了指导无产阶级革命的新民主主义文化。新民主主义的大众文化是确定新民主主义文化发展方向的基础,大众的文化必定要为全民族绝大多数的工农劳苦大众服务,民众是革命文化无限丰

---

① 高华:《从丁玲的命运看革命文艺生态中的文化、权力与政治》,《炎黄春秋》2008 年第4 期。

富的源泉,这又要求从事文化的革命工作者用工农大众的生活、工农大众的感情、工农大众的语言和工农大众的形式去发展大众的文化。"十年延安时期(1937—1947),不仅规范制约了此后半个多世纪十几亿中国人的生死浮沉与歌哭,而且重新阐释了此前包括五四新文化运动在内的中国近现代社会史、文化史和艺术史,重新规划了中国古代社会史、文化史和艺术史,还重新描述了世界社会史、文化史、艺术史。从此,开始了现代汉语知识谱系中的延安时代,五四是延安的五四,中国是延安的中国,世界是延安的世界,历史也是延安的历史。"①

延安文学就在这样的时代背景下体现出精英知识分子深入民间,融合吸纳民间文化,创制不同于中国历史上任何时代的新型文学,这种文学要以服务社会最大多数的群众为宗旨,创作老百姓喜闻乐见,具有中国特色、中国作风、民族气派的先进文学。事实最终证明,延安文学就是体现中国革命前进方向、服务大众生活、激扬群众精神的文学。在成功创建延安文学体制过程中,知识分子、农民大众都是延安文学的参与者和创造者,陕北地域文化为延安文艺提供了新鲜气血和富足营养。例如陕北民歌、秧歌,语言生动,内容丰富,节奏明快,音域宽广,适于大众欣赏,为延安时期新秧歌、新歌剧运动提供了丰富养分。

狭义上的延安文学限于延安地域文学,文学史、文化史上惯用的延安文学是指中国共产党领导的无产阶级革命文学发展史上的一个重要阶段,既是对五四新文学、左翼文学、苏区文艺优良传统的继承,也是其合乎逻辑的发展,更是陕北革命根据地文艺的汇聚与升华。

延安文学是五四新文学精神在三秦大地的承传与发展。五四新文学是伟大的五四运动在文学战线上的集中展现,五四新文学把斗争的矛头指向了僵化的、封建的、复古的旧文学,倡导新鲜立诚的、活泼生动的新文学。五四文学运动倡导广大作家在文学领域推广使用"引车卖浆"者能够听懂看懂的白话

---

① 朱鸿召:《延安文艺社会生态论》,《延安大学学报(社会科学版)》2012 年第 3 期。

文,唾弃专为达官贵人使用的文言文,新文化运动主将胡适与陈独秀在文学领域开展了令人瞩目的"文学革命",一种新型的决然不同于"死的"旧文学的"活的"现代文学在全社会引起轰动并逐步深入人心。"中国现代小说之父"鲁迅发表在《新青年》杂志第四卷第五期(1918 年 5 月)上的我国现代文学史上第一篇白话短篇小说《狂人日记》,以惊世骇俗的语言与新颖特别的格式向世人控诉了封建文化的罪恶,率先在小说领域贯注实践了文学革命精神。1918 年 12 月 15 日,周作人在《新青年》上发表了《人的文学》,呼唤"人"的发现、觉醒和自立,与五四时期个性解放、人的解放的时代精神一脉相承。此后,周作人发表在《每周评论》上的《平民文学》,倡导以普通文体记载普通男女事迹,不必专记英雄豪杰、才子佳人。新文化运动先驱们的主张和创作给当时文坛带来巨大震动,对于中国文学的新生具有重大意义,但是由于中国文坛的客观环境以及中国革命斗争进程的制约,文学革命的部分主张尚需进一步深化。以林纾为代表的复古主义逆流还试图阻挠新文艺发展,五四新文学的主张还未能深入到工农群众中去,直到延安时期,五四新文学才真正发展成为革命文学、工农兵文学。文学家成为真正为"平民"服务的文艺工作者,真正融入群众生活,深切关注普通老百姓的喜怒哀乐,创作出广大百姓喜闻乐见的具有中国气派与中国作风的新文学。

延安文学在陕北的萌生与发展,离不开左翼文学奠定的坚实基础。1927年大革命失败后,国内革命斗争以新的形式展开。为了适应新的斗争形势,广大进步革命作家以无产阶级思想为指导,结合世界无产阶级运动高涨趋势,掀起无产阶级文学运动高潮,将文学的阶级性范畴提到首位,普罗列塔利亚文学开始登上文学的舞台。1930 年 3 月 2 日,"中国左翼作家联盟"(简称"左联")在上海成立,开始倡导无产阶级革命文学。鲁迅在"左联"成立大会上发表了《对于左翼作家联盟的意见》的讲话,成为左翼作家的指导思想,在实际斗争中发挥了积极的战斗作用。左翼文艺是党直接领导的并与当时革命斗争形势相一致的文艺运动,取得了巨大成就。左翼文艺强调文艺在革命事业中要作为斗争的武器,文艺作家要担负起革命斗争的使命。"左联"先后出版了

《拓荒者》《十字街头》《北斗》等进步刊物,自觉运用马克思主义基本原理同"新月派"等文学派别鼓吹的反动文艺思想作斗争,为马克思主义文论在中国的发展奠定了坚强基础。但是由于国民党反动派对革命根据地实行严酷的军事围剿与文化围剿,加之革命文艺运动初步兴起,缺乏实践经验,政治上受当时"左"倾路线的影响,组织上存在关门主义、宗派主义倾向,左翼文艺并没有很好地与当时的革命斗争结合起来。所以,从"左翼"与"自由人"、"第三种人"、国民党领导的"民族主义文艺"激烈交锋与艰苦论战中可以看出,20世纪30年代"左联"领导的文艺大众化讨论,并没有成为当时文艺界普遍认同的主流,只是在理论上为40年代"延安时期"文艺大众化做了前期准备。抗战爆发后不久,大批进步文人与左翼作家奔赴延安解放区,经过整风运动,认真审视与反思自身存在的问题,努力克服小资产阶级立场和意识,深入生活,最终走上与工农兵相结合的正确道路,在文学创作上取得巨大突破,创作出老百姓喜闻乐见的民族化大众化的文艺作品,使左翼文学的优良传统得以继承和发展。

苏区文艺是延安文学的源头。苏区文艺是指从1927年10月毛泽东率领秋收起义部队创建井冈山革命根据地开始,直到1934年10月红军离开中央苏区开始长征为止,以瑞金为中心,包括赣南、闽西、闽赣粤边区在内的革命文艺活动。苏区文艺是中国共产党第一次在自己创建的革命根据地内开展的文艺活动,得到党和苏维埃政府的高度重视和积极支持,为夺取无产阶级革命的胜利,巩固苏维埃政权和活跃苏区军民精神文化生活,作出了重大贡献。1929年12月的《古田会议决议》就提出在士兵委员会中设立俱乐部,以充实军政治部宣传科的艺术股。1929—1930年,苏维埃政府就专设文化部与文化委员会,负责管理文艺宣传工作。瞿秋白从上海来到中央苏区后,又在教育部下设置艺术局并亲自兼任艺术局局长,艺术局成为专门领导苏区文艺工作的政府机构,领导苏维埃剧团与高尔基戏剧学校等专业艺术组织。教育部还下设编审局与社会教育局,负责组织编制和审查苏区各类工农兵学校教材和戏剧创作的文学剧本以及报纸刊物等。这些机构的设立均体现出党对文艺事业的重视与直接领导,体现出文艺事业已经被党的核心领导层作为革命解放事业不可或缺的重要组成部分。苏区的文学创作主要以散文、报告文学、革命故事和诗歌为主,题材主要是反映红军的战斗生活和英雄事迹。文艺作品成为广大群众谋求翻身解放的工具,从形式和内容都体现出鲜明的政治性、广泛的群众性与丰富的民间性。除文学作品以外,苏区文艺还包括歌谣、话剧、漫画等文艺形式,这些文艺作品在宣传党的土地政策、群众路线方面起到重要作用,许多文艺作品和戏剧演出由于时效性强,密切服务现实革命斗争,还是群众、干部与文艺工作者共同完成,艺术效果十分明显,演出场面非常感人。苏区文艺是真正的人民文艺,党对文艺的直接领导、文艺活动的广场性与群众性、文艺的宣传鼓动作用、民间资源的整合利用等经验都在延安文艺活动中得到继承,并在新的历史时期得到丰富和发展。苏区的文艺干部与文艺工作者在长征到达陕北以后,成为延安文学的建构者与参与者,为延安文学的生成与发展提供了直接的精神动力与智力支持。

延安文学更是陕北革命根据地文艺的汇聚与升华。1931 年 10 月,刘志丹领导的南梁游击队与以晋西游击队为基础组成的陕北游击支队在甘肃合水县南梁地区会合,组建了中国工农红军陕甘游击队,成功创建了陕甘革命根据地,后来成为红军长征胜利到达陕北的落脚点。这里曾经开展过丰富的群众文艺活动。列宁剧团是陕北最早的革命剧团,1935 年 7 月在延川县永坪镇正式成立。陕北籍民间艺人杨醉乡担任列宁剧团团长兼党支部书记,剧团的成员最早是在当地挑选的一些爱好文艺的青少年,演出的剧目有《今日工农兵》《查路条》《活捉汉奸》《一·二八抗战》《穷人的出路》《送军鞋》《除恶霸》《欢迎老大哥》等,从演出剧目可看出剧团面向根据地群众的大众化、通俗化、民间化特点。党中央率领红军长征到达陕北后,接收了列宁剧团,改名为工农剧社,由苏区红色文艺先驱、剧作家危拱之担任负责人,陕北革命根据地红色文艺活动的经验、成果、人员汇入延安文学的洪流之中,得以发扬光大。陕西作家柳青、马健翎、柯仲平、杜鹏程、胡采、王汶石、李若冰等人均不同时期加入延安文学创作队伍,成为延安文学建构历程中一支不容忽视的本土文艺力量。

　　综上所述,延安文学在陕西的兴起绝非偶然,它在我国革命文艺发展历程中具有承前启后、继往开来的重要作用,延安文学是在继承五四新文学、左翼文学、苏区文艺优良传统基础上汇聚陕北革命根据地先进文艺经验的新型革命文学,陕西特殊的人文地理环境为无产阶级革命文学在特殊历史时期发展壮大提供了温床,使得诞生于陕西境内的这一新兴文学引导了中国文学发展的方向,构建了新中国文艺体制雏形,其对中国文学的影响并不亚于五四新文学。

第二章　延安文学视域中的
陕北民间文艺

在政治、战争、时代等多重因素的作用下,陕北民间文艺由最初仅仅活跃于陕北普通民众间的文艺形式,到逐渐成为被延安时期知识分子借鉴和改造的文艺。陕北民间文艺在知识分子的改造下,成为延安文艺的一个有机组成部分,知识分子将陕北民间文艺,如陕北民歌、陕北说书等或直接运用于文本之中,或汲取陕北民间文艺本身具有的通俗化、大众化等特点,延安文学对陕北民间文艺的汲取与改造不仅拉近了作品与普通民众之间的距离,而且在其深层面上,也消除了知识分子和普通民众的精神隔阂。

一、陕北民间文艺的典型形态

陕北说书、陕北民歌、陕北秧歌等陕北民间文艺,经过历史长河的冲刷,已然活跃在陕北人民的生活之中,受到人民群众的喜爱,就连非本土的人们在提到陕北民间文艺时,脱口而出的也是陕北说书、陕北民歌等。因此,陕北说书、陕北民歌、陕北剪纸、陕北秧歌、陕北腰鼓等成为陕北民间文艺的典型和代表,基本是不存在争议的。同时,这几种陕北民间文艺都有着悠久的历史、独特的艺术特色以及一定的社会功用,它们蕴含着陕北人民群众在长期的生活实践中累积起来的生活理想、价值情感与心理诉求。

不论是陕北说书,还是陕北民歌,或是陕北剪纸、陕北木版年画,抑或是陕北秧歌、陕北腰鼓等,它们虽然艺术表现形式不同,但作为陕北民间文化的重要组成部分和典型形态,它们又是相互联系的,存在着共性与相通之处。

1. 陕北说书

(1)陕北说书的历史渊源

陕北说书艺术源远流长,而具体起源的时间却无从考证,但从民间故事和民间传说中,比如民间传说三皇治世,从中可以看到陕北说书艺术的历史悠久、源远流长。除此之外,我国古代文化典籍中就有很多关于盲艺人的记载,比如《周礼·春官宗伯》:"瞽矇掌播鼗、柷……"①《诗经·周颂》:"有瞽有瞽,在周之庭。"②《国语·周语上》:"瞽献曲,史献书……"③等,这些典籍中的"瞽"指的就是盲艺人,这就为源远流长的陕北说书增添了丰富的文化底蕴。

(2)陕北说书的艺术特色

陕北说书历来深受陕北人民的喜爱,这与陕北说书丰富多样的艺术特色是分不开的。在内容上,陕北说书与人民群众、现实生活紧密相连,它所反映和表现的内容都是人民群众所关心、喜爱的内容,并且通过内容的传达,寄托他们的理想和情感。在具体的作品上,表现为故事都以善恶有报的圆满方式结局,比如长篇《玉簪记》,故事的主人公在历经坎坷和磨难后,最终阖家团圆,恶人也受到相应的惩罚,善恶有报,"刘宝童亲自回到昔阳县,修建了自己的房屋,聚家团圆。……将朱举人家烧成饿马槽坑,浮财底财一律烧尽。"④这种善恶有报的结局和听众爱憎分明的观念是密切相连的。在主题上,陕北说书有鲜明的劝世育人的倾向性。人民群众从自己的生产生活实践中,总结出为人处世的道理,并用这些道理来劝人向善、热爱生活,对那些好吃懒做、危害社会的人与事进行批评和劝诫。比如短篇《酒色财气》,酒色财气是每个人都会遇到的,关键在于把握好度,只有这样,才能"增福增寿又增安"⑤,否则后果

---

① 徐正英、常佩雨译注:《周礼》(上),中华书局 2014 年版,第 499 页。
② 周振甫译注:《诗经译注》,中华书局 2013 年版,第 513 页。
③ 张永祥译注:《国语译注》,上海三联书店 2014 年版,第 7 页。
④ 曹伯涛主编:《宝塔文典·曲艺卷》,陕西人民出版社 2014 年版,第 274 页。
⑤ 曹伯涛主编:《宝塔文典·曲艺卷》,陕西人民出版社 2014 年版,第 333 页。

不堪设想。

陕北说书擅长运用夸张、白描、比兴等修辞方式,使得陕北说书具有人物鲜活、故事形象、叙事直接等特点。比如传统曲目《大脚娘》,为了突出大脚娘的脚大,"做了三年的底,二年的帮……五年一双鞋没做成"①听来使人忍俊不禁,由此也可以看出,陕北人民粗犷豪放、乐观幽默的性格特点。在语言上,以方言土语为主,语言通俗易懂,词句鲜活明了。除此之外,陕北说书的内容和语言等也都是与时俱进的,具有反映当下社会的时代性。

(3)陕北说书的社会功用

陕北说书的内容丰富多样,除了取材于人民群众的生产生活实践之外,有的也取材于中国传统故事和传说。因此,对于生活在陕北农村的人民群众来说,有增添他们文化认知的功用。陕北说书不仅是一种民间文化的形式,而且也蕴含着人民群众的生活理想、价值情感、心理诉求等,人民群众在情感上亲近陕北说书,因此,它具有文化展示和文化整合的功用。除此之外,由于陕北说书具有大众化、通俗化和劝世育人等艺术特色,因此,陕北说书也具有给人民群众提供娱乐休闲与规训行为、向上向善的功用。

2. 陕北民歌

(1)陕北民歌的历史渊源

陕北民歌最早可以追溯到远古时期,比如古代的占卜巫风,从中可以看到陕北民歌的影子。从传统文化的典籍中,也可以发现陕北民歌早已存在的踪迹。比如《诗经》中的《国风》就有对陕北民歌的记录。随着历史的不断发展,陕北民歌通过民间艺人和劳动人民的保存、提炼、发展等,陕北民歌涵盖的类型也越来越丰富,比如信天游、劳动号子、山曲等不同的类型。

(2)陕北民歌的艺术特色

陕北民歌的创作主体并非达官贵人,而是人民群众即广大劳动人民,是他

---

① 曹伯涛主编:《宝塔文典·曲艺卷》,陕西人民出版社2014年版,第329页。

们即景抒情、即兴创作的真实情感。因此,陕北民歌的语言是通俗而朴实的,是人民群众熟悉和惯用的语言,比如,一首来自佳县的信天游《好婆姨好汉天配就》:"好骡子好马自生哪走,好婆姨好汉天配(哪)就。"①这里的"骡子"与"马"都是人民群众平常劳作时经常会用到的工具,即使在追求爱情,甚至求爱时,所选用的事物都是双方熟悉的,这里没有玫瑰,也没有钻戒,听来却使人感到幽默和朴实。陕北民歌与陕北说书一样,也擅长运用比兴等修辞,"大量方言土语入词,使其生活气息、地方色彩更为浓郁",②比如《我送哥哥花椒林》:"我送哥哥花椒林,手摸上花椒表衷情,不要要那辣子,脸皮儿红……"③语言简练生动,比喻又非常贴切,富有生活气息。陕北民歌中广泛使用叠词,增强了民歌的节奏感和韵律感,为其情感的传达增加了一种气势。比如《你是哥哥的心锤锤》:"茄子开花吊锤锤,你是哥哥的心锤锤,你是哥哥的命蛋蛋,搂在怀里打颤颤。"④叠词的使用,不仅增加了节奏感和韵律感,而且也朗朗上口,容易记、容易学。

陕北民歌是与时俱进的,具有时代性与文化性的特色。时代在发展,民歌所反映的内容也会随之发生改变。比如当抗日战争爆发时,广大人民都渴望加入共产党,都渴望为抗战出一份力,陕北民歌便会把这种渴望唱进歌里,《单等哥哥当了共产党》:"七九子弹六五枪,终究当上了共产党。"⑤正是由于陕北民歌所具有的时代性,它可以很灵巧和便捷地反映出人民群众当下的愿望和理想。

陕北民歌的内容,以人民群众日常生活为主。在表达主题上,苦乐交织,苦中寻乐。陕北民歌的风格是乐观、明快与豁达的。因为陕北民歌多来自人民群众的日常生活与劳作之中,是为了舒缓和减轻劳作的压力,抒发感情的烦闷或相思之苦,相思是一种苦、劳累是一种苦,但陕北人民天生性格中的乐观

---

① 白进喧主编:《绥德文库·民歌卷》(上),中国文史出版社 2004 年版,第 648 页。
② 白进喧主编:《绥德文库·民歌卷》(上),中国文史出版社 2004 年版,第 87 页。
③ 白进喧主编:《绥德文库·民歌卷》(上),中国文史出版社 2004 年版,第 447 页。
④ 白进喧主编:《绥德文库·民歌卷》(上),中国文史出版社 2004 年版,第 655 页。
⑤ 白进喧主编:《绥德文库·民歌卷》(上),中国文史出版社 2004 年版,第 1104 页。

豁达,又使这种苦不悲、不绝望,反而成为生活的一种调味剂,使听众从中感到一种昂扬的精神。正如垄耘在《说陕北民歌》一书中所讲:"在困苦和贫穷缠绕的日子里,'苦'和'乐'也就这样紧紧缠绕在一起,伴随在陕北民众的平常日子里,成为日常的状态。"①

(3)陕北民歌的社会功用

陕北民歌中所蕴含的乐观豁达的精神力量,具有鼓舞人心的作用,增强人们战胜一切困难和坎坷的决心和勇气。陕北民歌根植和产生于人民群众的生产与生活中,它囊括了人民群众日常生活的各个方面,对人民群众的行为具有规范和指导作用。除此之外,陕北民歌是人民群众的集体智慧体现,它所代表与反映的不只是一个人的心声,反而具有其共性,能引起和激发大多数人的情感共鸣,因此,具有联络情感、团结力量的社会功用。

3. 陕北剪纸

(1)陕北剪纸的历史渊源

在纸张发明和普及之前,剪纸艺术就已经产生,西周初期周成王"剪桐封侯"的故事就是最好的例证。陕北剪纸的具体起源也无法做出精确的考证,但陕西省兴平市汉武帝茂陵南侧的一座汉墓中,出土的一张用金箔剪制的动物纹样,可以从中看出陕北剪纸的历史久远。陕北民间剪纸是深深扎根于群众生活之中的,是民俗文化活动中必不可少的重要载体。陕北民间剪纸的分布范围是广泛的,主要有榆林地区的定边、靖边、米脂、佳县等;延安地区的延长、洛川、子长、安塞等。不同地区的剪纸由于地域、文化等的差异,其风格也略有不同。

(2)陕北剪纸的艺术特色

陕北民间剪纸与民俗文化密切相关。陕北人民用剪刀、纸等工具把生活理想、美好愿望、心理期待等映照在剪纸上,用形式各异、图案丰富的纸花展现

---

① 垄耘:《说陕北民歌》,文化艺术出版社 2011 年版,第 18 页。

出来。例如陕北民间剪纸中的"鼠""兔""蛇"等动物图案的剪纸,"也在很大程度上反映了最初人们崇尚祈福驱祸的民间巫术,寄寓着早期人们对于自然现象种种表象缺乏理性认识的蒙昧的世界观。"①陕北剪纸的题材与取材范围宽泛,人民群众日常所见所闻所感都可以作为剪纸的题材,任意而剪。而且,陕北民间剪纸还有即兴创作、即兴发挥的艺术特色,想到什么就剪什么,想到哪儿就剪到哪儿,自由简单,约束性小,具有较强的个性色彩。另外,陕北民间剪纸流露出的是陕北人民的乐观豁达、富含希望的精神状态,几乎没有悲观、绝望等风格的剪纸作品。

陕北民间剪纸具有很强的地域性特征和乡土特色,这种地域性特征主要指的是陕北民间剪纸选取的内容都来自地域特有的事物,并且也是为人民群众所熟悉的事物,比如牛、马等动物形象常出现在陕北民间剪纸中,而没有虾、蟹等动物形象,这是因为牛、马等动物是陕北人们日常生活和劳作时经常使用到的动物。除此之外,陕北民间剪纸也重视所剪事物的外部轮廓,追求神似和写意性,所剪之物既具有栩栩如生、逼真的特点,又有一定程度的夸张与突出,展现出事物所蕴含的生命力量与意识,也寄托着剪纸人的思想情感。例如收藏于洛川文化馆的《娃娃抱鱼》②,这幅剪纸,给人一种生动形象的直观感受,使人一眼便能看出是一个娃娃抱着一条鱼,但鱼的个头与体积比娃娃大很多,甚至只能看见娃娃的头,看不见其他身体部位,而鱼的整体轮廓都清晰可见。由此可见,这些剪纸不仅形象地剪裁出事物的本来特征,而且更寄寓着剪纸人的某种愿望或理想。

(3)陕北剪纸的社会功用

陕北剪纸具有乐观向上、淳朴大气等风格,因此,它具有振奋人心、团结力量的社会功用。陕北剪纸和民俗文化紧密相连,具有传承古老文化与文明的作用。无论是陕北人民,还是其他地域的人民,都可以从陕北剪纸中学习和领

---

① 王文权编著:《陕北民间剪纸精粹》,陕西人民美术出版社 2009 年版,第 6 页。
② 陕西省文化厅、陕西省非物质文化遗产保护中心编:《陕西剪纸·延安卷》,陕西人民美术出版社 2013 年版,第 235 页。

悟到中华文化的灿烂历史。另外,陕北剪纸与人民群众的日常生活密切联系,并且与时俱进,所以,陕北剪纸对"记录文化与时俱进的新风貌,都起着积极的推动作用和广泛而深刻的社会影响。"①

4.陕北秧歌

（1）陕北秧歌的历史渊源

陕北秧歌的起源与陕北民歌的起源一样,都可以追溯至远古时期。最初的秧歌称为"阳歌",这是因为远古时期生产力水平低,人们的认识水平也低,面对一些自然界的现象,人们无法解释,因此,便对一些现象和事物产生了神秘感和崇拜感。在日月星辰等天体崇拜中,首先是对太阳的崇拜,因此便有了以歌舞等形式的祭日活动,称为"阳歌"。当然,这只是秧歌众多起源中的一种说法,但从中可以看出秧歌的历史悠久,并与巫术文化有着不可分割的关系。秧歌是"用之于祭天祈愿和年节庆典的欢娱,和社火这种祭祀方域神祇的展演形式相配合……人民群众广泛参与的艺术表现形式。"②

（2）陕北秧歌的艺术特色

陕北秧歌具有原始性的艺术特色。陕北秧歌不仅其起源具有原始性的特征,而且其内容也具有原始性的特征。陕北秧歌是歌舞交织于一起的,且舞且歌,生动活泼。陕北秧歌集地域特色、时代色彩、民族风格于一体。无论是秧歌的舞蹈动作,还是其内在蕴含的情感,都与陕北这片黄土地以及在这片黄土地上生长的人多具有的粗犷豪放等特征密切相关,因此,陕北秧歌深深地烙印上了黄土高原的地域特色。陕北秧歌就是陕北人民群众的情感狂欢,无论是审美性还是表现内容,都具有大众化的艺术特色。从陕北秧歌中,可以领悟和感受到陕北人民强烈的生命意识,哪怕环境再恶劣,物质再匮乏,都无法抹杀陕北人民天生的乐观与自信。有的陕北秧歌,比如秧歌小剧、秧歌剧等,既有

---

① 王文权编著:《陕北民间剪纸精粹》,陕西人民美术出版社 2009 年版,第 6 页。
② 石荣海主编:《黄陵文典·民间艺术卷》,陕西人民出版社 2008 年版,第 135 页。

唱词,又有独白,不管是唱词还是独白,其语言都以陕北方言及大众化、通俗化、日常化为主,妙趣横生,为人民群众所喜闻乐见。比如传统秧歌小剧《刘货郎相亲》,刘小六,即刘货郎,打了三年光棍,"为了和婆姨们打交道,专门卖绣花用的银针彩线。"①有一天,他走到李家庄去卖银针彩线碰到了故事的女主人公——小姑,小姑要买针线,刘货郎看上了小姑,便展开猛烈攻势,推销自己而不是针线,于是两人便在一攻一守中展开唱词,最后刘货郎赢取了小姑的芳心。小姑在遇见刘货郎之前,已经有好几家有钱人家的子弟求亲,小姑都没看上,说明小姑爱的不是钱,也不是达官显贵,她看上刘货郎,是因为"这货郎身体健壮,人样端庄,聪明能干",②从中可以看出,陕北秧歌所反映和宣扬的是求真务实的思想,而不是爱慕虚荣、追求名利的思想。陕北人民,不管男女,都敢爱敢恨,大胆而不造作。

(3)陕北秧歌的社会功用

首先,陕北秧歌是一种群体性的艺术活动,因此,它具有凝聚人心、团结群众的社会功用。其次,陕北秧歌当中所反映的求真务实、不追名逐利的思想,有助于规范和引导人们形成正确的价值观念。除此之外,陕北秧歌中所具有的强烈的生命意识,有助于人们不管在多么艰难困苦的环境中,都能够奋发拼搏、乐观向上,因此,它具有振奋人心,增强人们战胜困难的决心与毅力并勇于开拓进取的社会功用。

5. 陕北腰鼓

(1)陕北腰鼓的历史渊源

按照民间的说法,陕北腰鼓在遥远的古代就已产生,主要用在军旅征战上,作为鼓舞士气和防范敌人来袭时进行报警的一种工具。另外,从文化典籍中,可以发现许多诗人的诗歌中都有对腰鼓的描写,尤其是在宋代,关于描写

① 胡银州主编:《绥德文库·戏剧曲艺卷》,中国文史出版社2004年版,第3页。
② 胡银州主编:《绥德文库·戏剧曲艺卷》,中国文史出版社2004年版,第8页。

腰鼓表演的诗歌就有很多,比如北宋苏轼的《惜花》一诗中所写:"道人劝我清明来,腰鼓百面如春雷",①而安塞腰鼓作为陕北腰鼓的代表,据科学考证距今已有两千多年的历史,由此可见,陕北腰鼓的历史久远,源远流长。

(2)陕北腰鼓的艺术特色

古代的腰鼓主要用于军事方面,经过时代的发展、历史的淘洗,陕北腰鼓已经成为一种民间性的群体活动,成为陕北人民寄托理想愿望的表达方式之一。陕北腰鼓不仅有广泛的群众性,而且也具有很强的灵活性。灵活性主要指的是它逐渐摆脱固定地点、固定节日的演出。在日常生活中、在高兴欢愉时、有重大事件时,它都可以进行演出。除此之外,灵活性也指陕北腰鼓表演形式的多样,表演类型的繁多,它不仅可以和人民生活相联系,而且,在特定时期和环境下,它也可以和政治、军事等方面相联系,或者可以说,陕北腰鼓不仅可以抒发人民群众的生活情感,也可以服务于政治等其他领域。

陕北腰鼓的类型多样,在众多的陕北腰鼓之中,最为有名,也最具代表性的是安塞腰鼓。"安塞腰鼓源远流长,文化底蕴深厚……是华夏儿女精神风貌的集中展示。"②安塞腰鼓的风格有文、武之分。文腰鼓轻松活泼、动作幅度相对于武腰鼓来说较小,"具有秧歌扭跳的风格,使击鼓动律和秧歌扭跳结合起来。"③通常所说的安塞腰鼓,指的是安塞武腰鼓,武腰鼓的艺术风格主要由"六劲"构成,"六劲"分别指的是,当鼓手们进行腰鼓表演时"摇头晃脑有股能劲,挥槌有股狠劲,踢腿有股蛮劲,转身有股猛劲,跳跃有股虎劲,全身使出一股牛劲";④"六劲"不仅体现出安塞腰鼓的艺术特色,而且从中也可以感受到陕北人民的性格与智慧。

(3)陕北腰鼓的社会功用

陕北腰鼓所蕴含的陕北人民的智慧与奋发向上、不屈不挠的品格,感染和

---

① 　陈迩冬选注:《苏轼诗选》,人民文学出版社1957年版,第112页。
② 　张新德、张熙智编著:《安塞腰鼓》,陕西人民出版社2013年版,第1页。
③ 　陈永龙:《黄土舞魂》,陕西旅游出版社2004年版,第36页。
④ 　张新德、张熙智编著:《安塞腰鼓》,陕西人民出版社2013年版,第3页。

鼓舞着每一个中华儿女,激励着他们勇往直前、奋发进取。作为一笔宝贵的精神财富,它集中展示了陕北人民的精神风貌与状态。陕北腰鼓所体现的丰富的民俗性,同样是中华文化的宝贵财富。它对于记录、传承与发展陕北民俗文化具有重要的作用,而且能够让更多的人了解陕北、了解陕北人民与陕北的文化风情。

6. 陕北木版年画

(1)陕北木版年画的历史渊源

陕北木版年画的历史也较为悠久,1973 年,西安整修碑林《石台孝经》时,发现宋、金时期一幅套色版画《东方朔偷桃》,这是陕西省早期的木版图画。明代中期,关中的凤翔一带就已经有了木版年画。"20 世纪 60 年代前,木版年画作坊曾遍布陕西关中的凤翔、蒲城、长安、西安,陕南的汉中、洋县、城固、南郑、安康以及陕北的神木等地。"①陕北的木版年画主要分布在神木县境内及周边区域。神木及其周边广大的陕北地域历史上长期是我国农耕民族和游牧民族冲突、交流、融合之地,其闭塞的地理交通保护了古老的民间民俗文化,孕育了丰富的非物质文化遗产。

(2)陕西木版年画的艺术特色

陕西木版年画的分布具有地域性,关中主要以凤翔木版年画为主,陕南主要以汉中木版年画为主,陕北主要以神木木版年画为主。由于其地域不同,木版年画的风格特色也有区别。

凤翔木版年画开始于唐宋,兴盛于明清,距今已有 500 多年的历史。其作品具有明快、秀雅、朴实与豪放的艺术特色。比如《女十忙》《姑嫂二人把米碾》《仁义寨大交兵》等,色彩与线条都非常的明快与秀雅,一张木版年画上人物可多可少,并且所塑造的人物较为娇小。这与汉中的木版年画有很大的不

---

① 赵登峰、王鼎志主编:《陕西省艺术馆馆藏民间美术精品集(综合卷)》,陕西省艺术馆 2014 年编,第 57 页。

同,汉中木版年画以门神最有特色也最为有名,以凝重、雄厚等为其鲜明的艺术特色。比如木版年画门神《敬德》与《秦琼》,色彩凝重,线条粗实,人物表情凝重,甚至略带狰狞,一张木版年画上以一人为主。神木地区的木版年画多见于庙宇墙壁及家户炕围、桌椅箱柜上。年画内容丰富,有山水、花卉、飞禽走兽、历史故事、戏曲等。在技法上,神木年画多为墨线单色印刷,在人物刻画和场景描绘上注重用线的技巧,颇为精细,体裁上多一幅四图的窗花形式。

总体来说,无论是关中凤翔的木版年画,还是陕南汉中的木版年画,抑或陕北神木的木版年画,在内容和主题上,有着共同的特点,那就是和人民群众的生活密切相关,而所刻画的人物、描绘的风俗等都是人民群众喜闻乐见并乐于接受的,寄寓着人民群众对美好生活的向往与希望。

（3）陕北木版年画的社会功用

陕北木版年画具有文化展示的社会功用,人们通过陕北木版年画,不仅可以了解陕北以前的文化状况、民风民情,而且也可以了解陕北当前的文化状况与民风民情。陕北木版年画也具有宣传教化的社会功用,它所蕴含的传统美德对现代人仍有教化和启示作用。比如《二十四孝全图》,其中的"黄香扇蚊""丁郎刻木""大顺耕田""哭竹生笋"等故事,通过木版年画形象生动地刻画出来,而且这些故事至今仍在流传,感动着一代又一代的人,其宣传教化的社会功用展现得淋漓尽致。

无论是陕北说书,还是陕北民歌,或是陕北剪纸,抑或是陕北秧歌、陕北木版年画、陕北腰鼓等,它们虽然艺术表现形式不同,但作为陕北民间文化的重要组成部分和典型,它们又是相互联系的,存在着共性与相通之处。

首先,它们都是陕北民间艺术的瑰宝,具有悠久的历史,彰显着厚重的文化底蕴。其次,它们无论是在表现形式上、语言上,还是在内容上,都和人民群众的生产生活实践密切相连,具有大众化、通俗化的特点,并为人民群众所喜闻乐见,并且广泛参与其中。除此之外,这六种陕北民间文艺的典型形态,都是与时俱进、不断发展的,既具有原始性、地域性,又具有时代性、当代性。这六种典型的陕北民间文艺,其作品都具有乐观向上的精神状态,凸显着陕北人民的性格特征和生活理想,表达着陕北人民的心理诉求,蕴含着陕北人民的奋发拼搏与昂扬向上的个性特点。比如陕北民歌《夫妻识趣》中:"奴家打扮一朵花,但不动怎把个奴家说。脚大脸丑这怨我妈,奴家不去怕什么?"①陕北民歌多来自普通群众的日常生活与劳作之中,是为了舒缓和减轻劳作的压力,抒发感情的烦闷或相思之苦等。陕北人民天生性格中的乐观豁达,又使这种苦闷成为生活的一种调味剂,使听众从中感到昂扬与奋发的生命力量。

另外,陕北民间文艺彼此之间也有相互融合、相互借鉴的特点。例如,陕北秧歌与陕北腰鼓的相互结合,既没有抹杀各自独特的个性,又给人以焕然一新、自由浪漫的感受。不同形式的民间文艺之间的相互借鉴与融合,使得陕北民间文艺不断地散发出光彩,保持着活力。而也正是因为陕北民间文艺自身所具有的历史性(悠久的历史、厚重的文化意蕴)、创新性(随时代、社会的改变而不断丰富自身的特性)、民间性(与主流的知识分子推崇的文艺有异)等鲜明的特性,才有走进延安文学视野、对当代文学发生作用的可能。

二、走进延安文学视野的陕北民间文艺

1. 民族抗战对"延安时期"文艺方针政策形成的影响

1937 年 7 月,中国抗日战争全面爆发,中国出现了以国民党所领导的以重庆为中心的国统区、以共产党所领导的以延安为中心的解放区等不同的政治区域,而政治区域的不同,使得其领导下的区域的文艺方针政策有着本质的不同。抗日战争是全民族的抗战,不论是在国统区、沦陷区还是解放区,广大的普通民众是抗战的主要力量,活跃于普通民众间的民间文艺在战时的形势下,也愈加凸显。正如刘锡诚所说:"在这种情势下,平日被掩盖着的、不被人们注意的民间文化,上升为民族精神和民族传统的体现者,民族间血缘文化关

---

① 白进暄主编:《绥德文库·民歌卷》(下),中国文史出版社 2004 年版,第 4007 页。

系的纽带。"①对于共产党所领导下的解放区来说,这里虽然经济落后、地势偏僻、物质较为匮乏,但这里的民间文化却非常发达,而要取得抗战的胜利,就要动员和团结最广大的普通民众。但陕北民间文艺真正被知识分子所发掘和重视却并不是在民族抗战的形势下一蹴而就的,而是经历了复杂而曲折的过程,这其中自然也走了不少弯路。

从 1940 年到 1942 年延安文艺座谈会召开之前,近两年的时间里,"大戏"(曹禺的《日出》《北京人》、夏衍的《上海屋檐下》等剧)上演的同时,"洋戏"也陆续在延安上演,主要有俄国果戈里的《钦差大臣》、法国莫里哀的《伪君子》等,这些"大戏""洋戏"自然和普通民众存在着较远的距离,很难得到普通民众的喜爱。正如时任鲁艺文学院戏剧系主任张庚在后来所说:"如《日出》《带枪的人》等,外国的、中国的都有……我们搞出来的这些戏和农民没有关系,农民也不喜欢看。"②再比如,《解放日报》于 1941 年 6 月 10 日第二版上刊登的一则消息——《鲁艺确定正规学制基础》,消息中说道:"鲁艺为建立正规学制,已根据该院最近之全院工作检查意见,成立戏剧、音乐、文学、美术四部。"③实际上,在 1940 年初的时候,鲁艺就已经提过要培养专门的人才,要进行"关门提高",但那个时候还没有建立起正规的学制,直到 1941 年 4 月 28 日在鲁艺三年工作总结大会上,时任中共中央宣传部副部长罗迈说:"同意周扬同志的意见——要专门化。"④这些都是脱离普通民众、脱离抗战的时代环境的做法。因此,在延安文艺座谈会之后,毛泽东号召文艺工作者走出自己生活的小圈子、文艺的小天地,深入到实际生活和普通民众之中,从生活实践中获取知识,向普通民众学习,也正是在这样的文艺政策之下,陕北民间文艺逐渐被激活、发掘与利用。

文艺工作者对陕北民间文艺进行发掘和学习,而文艺政策对他们而言如

---

①　刘锡诚:《抗日战争和解放战争时期的民间文学运动》,《新文学史料》1992 年第 3 期。

②　艾克恩编纂:《延安文艺运动纪盛》,文化艺术出版社 1987 年版,第 82 页。

③　《鲁艺确定正规学制基础》,《解放日报》1941 年 6 月 10 日。

④　中国延安鲁艺校友会主编:《中国革命文艺的摇篮》,内部资料,1998 年,第 95 页。

同催化剂,加速了这些文艺工作者向民间文艺挖掘的速度,使他们积极而迅速地投身到普通民众之中,学习蕴藏于他们日常生活中的文艺,创作出能够团结和激发普通民众的作品,而这样的作品,在一定程度上也是知识分子和普通民众的精神纽带,它代表着知识分子对普通民众文艺的认同,代表着知识分子思想上真正地向普通民众的靠拢。如柯仲平、田间等人倡导的诗歌大众化,他们深入群众,经常到各乡镇去演出,学习人民群众的语言,运用普通民众喜爱的文艺形式进行表演。而民族抗战对于有些一直生活在象牙塔之中的知识分子来说,则是警钟,它震碎了知识分子固守的私生活圈子。或是迫于政治压力,或是出于民族危亡的考虑,他们不得不进行角色和姿态由高到低、由俯视到平视甚至是仰视的转变,这种转变是艰难而又无奈的,甚至只是流于形式和表面的,因此,他们所创作的作品也只是"衣服是工农兵,而面孔却是小资产阶级。"①比如当时鲁艺排演苏联柴可夫斯基的《天鹅湖》,"鲁艺的老师、学生都欣赏。可是鲁艺到乡下演出,老百姓一点不喜欢"。② 面对同样一件作品,知识分子很欣赏,而普通民众却不喜欢,从这巨大的反差中,可以看出当时有些知识分子与普通民众的思想隔阂。也就是说,知识分子如果不从思想上真正地转变,从行动上、实践中深入工农兵,了解他们的生活和情感,那么他们即使利用了普通民众的文艺形式,也只是"四不像",得不到群众的欢迎和喜爱。延安文艺座谈会之后,毛泽东又提出了"小鲁艺"与"大鲁艺"的文艺政策,号召文艺工作者走出自己生活的小圈子、文艺的小天地,深入到实际生活和人民群众之中,从实践中获取知识,向人民群众学习,也正是在这样的文艺政策与时代背景之下,陕北民间文艺逐渐被激活、发掘与利用。

　　不管是民族抗战,还是文艺政策,它们对于陕北民间文艺的逐渐被知识分子发掘和汲取来说,都是外在的因素,在这些因素的影响下,陕北民间文艺逐渐得到重视,但文艺工作者能否利用民间文艺创作出真正为普通民众所喜闻

---

① 毛泽东:《在延安文艺座谈会上的讲话》,《解放日报》1943 年 10 月 19 日。
② 中国延安鲁艺校友会主编:《中国革命文艺的摇篮》,内部资料,1998 年,第 77 页。

乐见的作品,其关键在于文艺工作者能否站在与普通民众平等的地位来看待民间文艺、汲取民间文艺营养。唯其如此,才能创作出与普通民众精神相连并产生共鸣的作品。

2."民族形式"的论争与陕北民间文艺的发掘

"'抗战'爆发后,文学需要承担起动员大众、鼓舞大众的职责,因此,民族形式问题就成了深受关注的重大文艺问题。"①对于抗战初期在国统区发生的"民族形式"的论争,就不能不提到两个文艺团体:一个是1938年3月27日在武汉成立的中华全国文艺界抗敌协会,简称"文协";另一个是1934年7月由"三户书社"更名的"通俗读物编刊社"。"文协"和通俗读物编刊社相同的地方是都提倡和主张编写通俗读物,不同点是两者面向的读者群不同。文协主要面向城市知识分子,通俗读物编刊社主要面向乡村的普通人民群众。在抗战的时代背景之下,文艺的宣传、鼓动作用被放大,文艺的功能、职责被提高到了重要的地位。并且,由于抗战的爆发,普通民众的地位也随之提高,面向普通民众的文艺,即相对于知识分子的精英文化而言的民间文艺得到了凸显。因此,在这样的背景下,文艺工作者的视野需要向下看,向流行于普通民众间的文艺看。但在实际的创作过程中,由于有些知识分子历来与普通民众的距离较远,既不熟悉他们的生活习惯,又不了解他们的精神情感,对普通民众的文化既不熟悉,又不重视,甚至存在瞧不起和鄙视他们的思想倾向,创作的作品就很难真正发挥出文艺对普通民众的宣传、鼓动作用。

鉴于时局与政治的压力以及文艺工作者的责任、强烈的爱国意识等,如何利用"民族形式",成为知识分子需要重视的问题。例如当时任职为"文协"总务部主任的老舍在《三年写作自述》中说:"我开始写通俗读物……我写了旧形式新内容的戏剧,写了大鼓书……"②"民族形式"是一种潮流,也是必然趋

---

① 龚刚:《文艺民族化思潮的当代反思——以探究民族形式论争的文学史意义为中心》,《社会科学论坛》2017年第2期。

② 曾光灿、吴怀斌编:《老舍研究资料》(上),知识产权出版社2010年版,第493页。

势,在这个口号喊得山摇地动的时候,无法否认这其中有着"浑水摸鱼"的人,对于这一部分人而言,他们并未真正理解民族形式,甚至压根就瞧不上民间的文艺,但身为一名文艺工作者,他们又无法置身事外。因此,"文协"中有一部分文艺工作者在最初进行通俗文艺的创作时,难免存在跟风、随大流的倾向,并未真正从内心和思想方面正确看待通俗文艺的"旧形式"。"就是那:肯接受这种东西的编辑者……并不十分看得起它们:设若一经质问……而答以'为了抗战',是不得已也。"①老舍的这些话语是真诚的,但也暴露出当时文艺界存在的若干问题。而稍后的解放区的"民族形式"的论争便具有较强的典型性。

抗日战争爆发初期,有大批的知识分子陆续来到延安。延安不仅是人们心中的圣地,而且随着越来越多的具有理想追求和革命激情的文人来到延安,很自然地他们"也将五四精英文化带入了这一区域,两种文化形态的碰撞就不可避免。"②有的知识分子来自国统区,他们对于文学的"民族形式"有更为直接和深刻的感受并且也有一定的实践经验。当知识分子走出自己安逸的小天地,深入到实际的生活之中,他们看到了自己的作品与普通民众的生活的巨大差距。延安地理位置偏僻,经济文化比较落后,生活在这里的普通民众大都文化水平不高,有的甚至字也不识,知识分子对陕北民间文艺的发掘与学习,并不是在政治权力的推动下一蹴而就的。知识分子本身的自负与清高,使得他们不可能真正地以学习和提高的思想去看待陕北民间文艺,知识分子与人民大众之间存在着较大的隔阂与距离。因此,延安文人对陕北民间文艺的发掘是一个缓慢而又艰难的过程,也是一个不断改造自身、转折思想的过程。因此,文艺工作者要动员这里最广大的普通民众参与到抗战中,就必须要学会站在普通民众的立场和角度思考问题、创作作品。例如《解放日报》于 1942 年 11 月 1 日第四版上刊登了厂民的《关于诗歌大众化》一文,文中指出了文艺工作者在文艺创作上的问题,"他们跑到街头,高呼大众化,回到房间里,又另抒

---

① 曾光灿、吴怀斌编:《老舍研究资料》(上),知识产权出版社 2010 年版,第 493 页。

② 万国庆:《走向民间——论 40 年代的延安文艺运动》,《中国文学研究》2003 年第 3 期。

写个人生活情绪的东西。他们是矛盾的,两面性的,他们把大众和个人割开,把自己看得高高在大众之上。"①从中可以看出有一部分知识分子是迫于政治压力而采取的两面性的做法,他们把大众化"看作是一种政治手段,一种时髦的运动",②一种在抗战的形势下不得不服从的政治行为,在这样的思想作祟下,他们又怎么可能很好地汲取和利用民间文艺,创作出真正民族化、大众化的文艺作品呢?

对旧形式的利用,不仅只是对语言、内容等的生搬硬套,而是从中学习与改造自己的思想,从中体会和熟悉普通民众的感情、理想等,这是实质而深层的东西,不能只"照葫芦画瓢",否则创作出来的文艺只是一具干瘪的躯体,缺少生动的精神内涵。正如1942年10月17日第四版《解放日报》刊登的柯仲平《从写作上帮助工农同志》一文中所说:"我常感觉到,从小资产阶级出身的知识分子,哪怕你参加了十年八年的工人运动,你要写出工农的具体生活,代表工农的意志、心思、情感,还是很困难。"③从这段话中可以看出,知识分子思想中的精英文化立场是根深蒂固的,要想让他们真正地转变思想并不是一件容易的事。

再比如,对陕西传统民间的木版年画艺术形式的发掘与利用。陕西的木版年画历史悠久,在人民群众中很受欢迎,逢年过节时,人们有的自己制作年画,有的去集市上买,或贴在窗户上、门上,寄寓着人民群众的美好的生活理想与情感。抗日战争爆发之后,有一大批知识分子陆续来到延安,其中就有马达、力群、胡一川等上海左翼木刻家,他们当时主要受西方木刻的影响,作品欧化色彩浓厚,"从1938年年底到1939年春,鲁艺木刻工作团推出木刻画流动展览……主要特点就是形式欧化,题材与抗日根据地的军民生活差距很大。因此,群众对这些木刻作品反应平平。"④从中可以看出,当时的鲁艺木刻工作

① 厂民:《关于诗歌大众化》,《解放日报》1942年11月1日。
② 厂民:《关于诗歌大众化》,《解放日报》1942年11月1日。
③ 柯仲平:《从写作上帮助工农同志》,《解放日报》1942年10月17日。
④ 郝雪延编著:《八路军抗战文艺作品整理与研究·木刻版画卷》,武汉大学出版社2015年版,第3—4页。

团所创作的木刻版画主要受西方木刻版画的影响,欧化色彩重,和陕北人民群众的欣赏水平不符,和时代的内容相脱节,故而得不到人民群众的喜爱。当时任鲁艺美术系教员的力群认为延安美术界和上海最大的区别就是:"共产党支持版画……而且我们在上海刻木刻基本上没有人民群众的生活,没有创作的源泉……鲁艺就在一个村里头,我们周围都是农民,我们刻起木刻来就能够看到老百姓的形象。"①从这段话中可以看出,在延安,在人民群众中,鲁艺木刻工作团可以找到创作的源泉和内容。于是,鲁艺木刻工作团深入群众,了解和借鉴他们的文艺形式,广泛地听取人民群众的建议,发掘和利用陕西民间传统的艺术形式——年画,创作出了一批深受人民群众喜爱的艺术作品。不仅内容和时代贴合,而且形式和陕北民间文艺相结合,从学习西方的外来艺术形式到发掘自己民族的民间文艺,从欧化到大众化、民族化的过程,可以看出,新的文艺要受到人民群众的喜爱,就必须和时代紧密相连,反映出人民的心声,善于发掘民族民间文艺的特色和长处,才能真正发挥文艺的作用与功能。

但同时也应看到,正因为知识分子思想的转变是艰难的,有时也是被动的,他们中的一部分人自身不会主动地转变,因此,借助于政治政策的作用来进行指导就显得必要。1942 年春夏之际,毛泽东在整风运动的背景下,向知识分子发出了"长期地、无条件地全心全意地到工农兵群众中去"的号召,"从体制上保证了文化人'走向民间'的具体运作。"②当然,除了政治权力的作用外,知识分子自身的思想情感等的转变,是其内在的要素,只有这些内在的要素发生根本的转变,事物才会有质的变化。

在文艺"民族形式"论争的影响下,在强调"大众化""民族化"的背景下,陕北民间文艺才有了被发掘的可能,才引发了中共领导阶层、知识分子、文艺工作者等对陕北民间文艺的重视。在不断接触和深入普通民众的生产生活的实践之中,知识分子逐渐转变了思想,陕北民间文艺得到了发掘。比如丁玲担

---

① 张军峰编:《延安文艺座谈会的台前幕后》(上册),陕西师范大学出版社 2014 年版,第 75 页。

② 万国庆:《走向民间——论 40 年代的延安文艺运动》,《中国文学研究》2003 年第 3 期。

任主任的西北战地服务团,他们中的文艺工作者深入人民群众,学习与利用陕北民间文艺,发掘陕北民间文艺的各种艺术形式,了解其特点与优势,编排了人民群众喜闻乐见的秧歌舞、大鼓等陕北传统的民间文艺形式,并且悉心听取人民群众的意见,不断进行修改与提高,在传统的民间艺术形式中赋予抗战等时代内容,不仅受到普通民众的热烈欢迎和喜爱,而且也得到毛泽东的重视和支持。

　　从"民族形式"的论争中,我们可以引发这样一个思考:假使没有抗日战争,那么民间文艺能否得到发掘? 能否从文学边缘位置向中心位置移动? 能否使大批、大量的文艺工作者放低身段主动亲近普通民众? 当然,这只是一个假设,但它很好地说明了人民群众在历史上的重要地位,民间文艺所具有的价值和意义。从学习西方的外来形式到发掘自己民族的民间文艺,从欧化到大众化、民族化的过程中可以看出,新的文艺要受到人民群众的喜爱,就必须和时代紧密相连,反映出人民的心声,善于发掘民族民间文艺的特色和长处,才能真正发挥文艺的作用与功能。而这场"民族形式"问题的论争,不论论争结果如何、双方的观点正确与否,至少通过这场论争,引起了越来越多的文艺工作者对民族形式问题的重视,同时,也使得民间文艺,尤其是解放区的陕北民间文艺得到发掘和凸显,逐渐走入延安文艺建构之中。

三、延安文学建构中的陕北民间文艺

1.《讲话》与陕北民间文艺的凸显

　　延安文艺座谈会召开之前,以书本、期刊、杂志等为载体的流传于知识分子中间的主流文化和以口头、表演、说书等形式为主的盛传于普通民众中间的民间文化如同两条河流,各自奔腾,却鲜有融合。而这两种文化的主体——知识分子和普通民众在思想情感上也并未真正地打成一片,而是存在着一定的隔阂与距离。正如杨劼在《旧形式与"延安体"》一文中所说:"1942 年以前,民间的东西也很少有知识分子真正地在内心重视它",①当然,这里并不是指所有的知识分子,而是大多数的知识分子,这样一种普遍的现象,不可能不引起领导者的重视。因此,虽然"民族形式"的论争使陕北民间文艺得到了一定程度的发掘,但知识分子真正以学习,甚至是仰视的态度对待民间文艺,并使陕北民间文艺得到凸显则是在《讲话》之后了。

在《讲话》中,毛泽东讲述了开文艺座谈会的目的:"求得革命文艺的正确发展……借以打倒我们的民族敌人,完成民族解放任务。"②在全民抗战的时代里,在国家生死存亡的关头,文艺的首要任务就是要动员一切可以动员的力量,赶走外国侵略者,实现民族解放。毛泽东在谈到文艺为什么人的问题中说道,"我们是鼓励革命文艺家积极地亲近工农兵,给他们以到群众中的完全自由",③这就为文艺工作者接近群众、深入群众提供了政治上的支持与鼓励,也为文艺工作者的实践活动指明了方向。紧接着,毛泽东提出了怎样为人民的问题,"只有用工农兵自己的东西,因此在教育工农兵的任务之前,就先有一个学习工农兵的任务"。④ "工农兵自己的东西"就是长期以来一直存在于人民群众中并为他们所独有的民间文艺,民间文艺是人民群众自己的文艺,它产生于他们的生产生活的实践之中,和他们的血液相通、气质相连、蕴含着他们的精神状态与生活理想,正如《讲话》中所说:"人民生活中本来存在着文学艺术的典藏……它们是一切加工形态的文学艺术的取之不尽、用之不竭的唯一的源泉。"⑤相对于知识分子来说,虽然普通民众的文化水平不高,认字读字的能力差,缺乏书本知识,但他们在民间文艺,也就是"他们自己的东西"上却很丰富,这是知识分子望尘莫及的,正如卢燕娟在《〈在延安文艺座谈会上的讲话〉与人民文化权力的兴起》一文中所说:"相对于劳动者所掌握的劳动技能

---

① 杨劼:《旧形式与"延安体"》,《文艺理论与批评》2003 年第 6 期。
② 毛泽东:《在延安文艺座谈会上的讲话》,《解放日报》1943 年 10 月 19 日。
③ 毛泽东:《在延安文艺座谈会上的讲话》,《解放日报》1943 年 10 月 19 日。
④ 毛泽东:《在延安文艺座谈会上的讲话》,《解放日报》1943 年 10 月 19 日。
⑤ 毛泽东:《在延安文艺座谈会上的讲话》,《解放日报》1943 年 10 月 19 日。

和生产知识,(知识分子)失去了天然优越性,退居次要地位。"①从这段话中可以看出,在抗战的大时代背景和解放区特殊的环境下,普通民众的地位逐渐优于知识分子,受到重视,而民间文艺的地位也随之凸显出来,是知识分子需要学习和借鉴的艺术形式。

在"教育工农兵"之前,要"学习工农兵",其实质就是知识分子农民化,也就是思想上、情感上要与农民相通。知识分子不仅文艺上要"化"为农民喜闻乐见的文艺,而且思想上也要"化"为农民。"化"为农民的目的是要创作出能团结和鼓舞人民群众的作品,为抗战服务。然而要真正创作出普通民众喜闻乐见的文艺,一个重要的途径便是汲取民间文艺的力量和营养。也就是说,《讲话》使普通工农群众的地位提高了,知识分子的地位下降了;文艺不再是个人感情的吐露了,而是服务于政治的工具。在《讲话》精神的指引下,文艺工作者不仅要深入普通民众生活,在思想、情感等方面与普通民众融为一体,而且还要学习和利用普通民众喜闻乐见的民间文艺形式,为革命服务。

2. 陕北民间文艺对延安文学的多重启示

《讲话》之后,陕北民间文艺得到凸显,知识分子放低自己的身段,学习与借鉴陕北民间文艺,并从中获取营养,对其文艺创作具有多重启示的作用。

（1）集体创作的成果

陕北民间文艺,不论是说书、民歌,还是秧歌、腰鼓等民间文艺形式,它们的创作主体从来不是个人的率性而作,而是集体共同参与和努力的成果,比如,陕北说书,说书人所说的剧目,并没有其具体的作者,它是口耳相传、世代流传下来的,是集体创作的成果,因此,它的创作者是集体,是一代又一代的人民群众,所以,最多能看到的是某一个说书剧目是有某人整理或某人改编,而没有某人所作。

---

① 卢燕娟:《〈在延安文艺座谈会上的讲话〉与人民文化权力的兴起》,《中国现代文学研究丛刊》2012 年第 6 期。

　　文艺工作者正是看到了民间文艺的这种特点，从中获得启示，因此，他们在进行文艺创作时，善于听取各方面的意见，将小我融入在集体之中，掩盖自身锋利的个性光芒，创作出和普通民众情感相连的作品，即使有些作品署名作者为某个人，但或多或少都带有集体创作的痕迹。一件作品从构思到创作再到完成以及到最后的面世，在各个阶段都会有来自各方面的意见或帮助，比如，定稿后，有同行或组织的意见，出版后，又会有人民群众与读者的意见，因此说个人创作的作品也常常带有集体创作的痕迹。值得注意的是，在各方面的意见中，居重要地位和起重要作用的意见是普通民众的意见，这和《讲话》是分不开的，普通民众成为知识分子学习的对象，流行于普通民众间的文艺是知识分子文艺创作的源泉，普通民众的意见在知识分子的创作中起着重要的作用，这也是知识分子自觉和主动向普通民众学习的一个过程。

　　比如《解放日报》在 1944 年 11 月 30 日刊登亚马的《关于戏剧运动的三题》一文，就特别指出了人民群众在戏剧创作中的重要作用，"把群众看作是集体的批评家和导演，才能真正学到很实际的东西"。① 从中可以看出，知识分子思想情感上逐渐向普通民众靠拢，重视普通民众的意见，每一部作品的完成、每一出戏的排演，其中都有普通民众的参与，这一点在歌剧《白毛女》的创作中体现得较为明显。

　　《白毛女》从收集材料、确定主题再到最终完成，这一系列的过程中都有来自各方面人员的广泛参与及意见。就收集材料而言，它是"1944 年秋，西北战地服务团的邵子南在晋察冀阜平县，听到一个'白毛仙姑'的故事，便收集带回延安。"②1945 年经延安鲁迅艺术文学院的集体创作和加工，并由贺敬之、丁毅执笔，马可、陈紫、张鲁等人作曲。由此可见，《白毛女》的收集与创作并不是个人创作的过程，而是集体参与，共同完成。就主题的确定而言，也是经过广泛讨论、研究，参考集体意见而定。有的人把"白毛仙姑"的故事看作

---

① 亚马:《关于戏剧运动的三题》,《解放日报》1944 年 11 月 30 日。
② 孙国林编著:《延安文艺大事编年》,陕西师范大学出版总社 2016 年版,第 674 页。

是神仙鬼怪之类的故事,有些人认为可以把这个故事改为破除封建迷信为主的题材,于是,经过不断的争论与广泛讨论,最后确定为"旧社会把人逼成'鬼',新社会把'鬼'变成人"的主题。而且剧作在演出过程中,也积极听取群众的意见,对一些不合理的情节进行修改。比如最初的剧本中喜儿受到黄世仁的侮辱怀了孕之后,她还对黄世仁抱有一丝幻想,希望黄世仁能娶她,以及后来黄世仁只是被斗争而没有被枪毙等,这些不合理之处都引起了普通民众的不满,在1945年6月,中央书记处对该剧提出了三条意见,其中就有和普通民众要求相一致的枪毙黄世仁的修改意见。

再比如在当时影响较大的话剧——《同志,你走错了路!》,"则把集体创作的深度和广度更大地推进了一步。"①《解放日报》在1944年12月16日第四版和12月17日第四版分别刊登了参与《同志,你走错了路!》的创作者姚仲明《〈同志,你走错了路!〉的创作介绍》和陈波儿的《集体导演的经验》。姚仲明在《〈同志,你走错了路!〉的创作介绍》一文中说道:"我深深的体验到集体的力量,这个戏是集体创作,陈波儿同志,塞克同志,全体演员及后台工作人员都是创作人之一。"②这部戏的内容、情节以及人物对话所用的语言等方面,都是工农干部、群众和知识分子的相结合,正如姚仲明所说:"我感到知识分子和工农干部结合的重要,这个戏光靠文化水平不高的工农干部当然难于写出,假如光靠缺乏生活经验的知识分子……不容易写的有血有肉。"③从这段话中可以看出,工农群众文化水平虽然不高,但他们有实际的生活经验和素材积累,而知识分子虽然有一定的文化水平,但却缺乏实际生活经验,因此,二者的结合就显得非常重要。从更深层次来看,知识分子和工农群众相结合,知识分子真正放低姿态学习工农群众并向工农群众靠拢的过程,实际上也是知识分子逐渐进行政治与文艺的双重改造的过程。

---

①　黄金涛整理:《八路军抗战文艺作品整理与研究·话剧卷》(上册),武汉大学出版社2015年版,第9页。

②　姚仲明:《〈同志,你走错了路!〉的创作介绍》,《解放日报》1944年12月16日。

③　姚仲明:《〈同志,你走错了路!〉的创作介绍》,《解放日报》1944年12月16日。

（2）语言口语化、大众化

在众多的陕北民间文艺中，和说话、语言打交道最多的就要数陕北民间文艺的典型——陕北说书。

陕北说书地域色彩浓厚，地域性强，它所面向的主要就是生活在陕北地区的群众。说书艺人在演唱剧目时，所使用的语言都是白话的、通俗易懂的，口语化、大众化是它主要的语言特点，因此，生活在陕北的普通民众，男女老少都爱听陕北说书，那熟悉的乡音，直白的语言，在任何时候都会让他们感觉到亲切和热烈。因此，文艺工作者把陕北方言融入在他们的文艺作品中，就显得尤为重要。

对于普通民众来说，他们的文化水平不高，听不懂、看不懂，而且也不爱听、不爱看知识分子的"亭子间式"的书面语言，这就把知识分子与普通民众之间的距离进一步拉远了，这只是其中的一个方面。另一个方面是知识分子对于普通群众的语言又是怎样的态度和看法呢？《讲话》之前，知识分子在思想和感情上都没有真正地深入群众，他们不了解群众的生活，相应地，对于普通民众的语言也不熟悉，甚至听不懂，也就更谈不上运用于文艺创作之中了。

语言是文学的载体，普通民众的语言和知识分子的语言是截然不同的，语言成为区别文艺是否大众化、通俗化的一个重要标志。《讲话》之前或者说抗战开始之前，知识分子文艺作品中的语言是比较书面化、带有知识分子自身特点的语言，这些语言不太容易被普通民众所接受。因此，学习普通民众的语言、运用普通民众的语言，从民间文艺中汲取启示，有利于拉近知识分子与普通民众的距离。

知识分子于是深入群众，在生活实践和民间文艺中，取得了实质性的成果。比如《解放日报》在 1942 年 11 月 10 日第四版刊登季纯的《谈方言演剧》，文中说："所以用方言来演剧的事，不仅是没有问题，并且是为了适合最多数农村环境的需要，不得不采取的主要办法。"①从中可以看到文艺工作者

---

① 季纯：《谈方言演剧》，《解放日报》1942 年 11 月 10 日。

受陕北民间文艺和生活实践的启发用方言演剧,不仅可以使作品富有浓厚的地方特色,而且最重要的是,能联系普通民众,拉近和普通民众的距离。比如由劳动剧团集体创作、孙应南执笔的话剧《王好善翻身》,剧中的人物对话所用语言都通俗易懂、口语化,还穿插着方言的使用,地主李德旺的侄儿李小丑向王好善收租,王好善没钱还租,李小丑要闹着去村公所的时候,王自清来进行调和,王自清对王好善说道:"我给您和说和说,叫小丑说个亏,你受点紧,把这事了结了结就算了,你看怎样大哥?"王好善无奈地说:"要不……唉!怎也没法,你看着办吧。"①正是口语化和通俗化语言和方言的使用,使得作品富有浓厚的生活气息,剧中人物的个性鲜明。

不仅是在戏剧、小说等文学体裁之中,文艺工作者将地方语言运用于作品之中,而且在诗歌方面,使人们也将普通民众常用的语言、方言口语等融入诗歌之中,比如,《解放日报》在1942年8月7日第四版上刊登诗人艾青的短诗《秋天的早晨》,"他又从屋里搬出一笤小米……放到嘴里用黄色的大牙咬着"。② 诗中没有艰深晦涩的语言,所使用的都是直白如话的通俗易懂的语言,大众化与口语化是其主要特色。语言的改变虽然只是形式上、外表上的变化,但这种改变也是最直观、最容易看得出的,同时,也是最容易见效果的。再比如《解放日报》1944年8月29日第四版上刊登任琛的短篇小说《借粮》中所写:"那个任连长,可是能行哩……一个麻脸的中年人,圪蹴了好久……"③这里的"能行""圪蹴"等都属于具有陕北地域色彩的方言,不仅使作品中的人物性格更加鲜明,而且也使文本更加鲜活和受群众的喜爱。

(3)形式多样灵活,内容贴合实际

陕北民间文艺的形式丰富多样,陕北说书、民歌、秧歌、腰鼓等,普通民众发掘和利用一切能够利用的文艺形式来寄寓生活理想,表达思想感情,而每一

---

① 黄金涛整理:《八路军抗战文艺作品整理与研究·话剧卷》(上册),武汉大学出版社2015年版,第60页。

② 艾青:《秋天的早晨》,《解放日报》1942年8月7日。

③ 任琛:《借粮》,《解放日报》1944年8月29日。

种文艺形式都有广泛的受众对象和群众基础,并广为流传。这些民间文艺的内容,是普通民众在日常的生产生活实践之中所见所闻所感所作,贴合普通民众的实际,因此,才能受到普通民众的喜爱,并随着时代的变化而不断发展。

文艺工作者从陕北民间文艺的形式多样灵活、内容贴合实际等优点中获得启发,从而将其运用于创作之中,使得延安文艺不仅在形式、题材方面丰富多样,而且文艺作品的内容贴合实际,受到人民群众的支持和喜爱。因为一种文艺形式不可能囊括所有文艺的优势,也不可能动员不同阶层、不同地位的人,不同形式的文艺具有不同的作用和效果,文艺工作者把文艺细分为不同的类型,就是要发挥每一种文艺形式独特的优势,全面展开,充分发挥文艺的艺术效果,把每一个中国人都动员起来,共同为抗战服务。正如《解放日报》在1944 年 7 月 15 日第二版刊登的一则报讯《鄜县街头宣传,形式多样新鲜活泼》中所说,"亦受到群众很大欢迎。但以上方式还嫌不够,以后决定:形式应该多样化,创造群众所喜爱的新形式",①因此,形式的多样化对动员群众是必要的。比如当时的诗歌被划分为街头诗、朗诵诗等不同类型。

就街头诗和朗诵诗这两种诗歌类型而言,同属于诗歌,但朗诵诗有的优势,街头诗却并不具有。朗诵诗主要是诗人直接面向人民群众,通过语言直接与他们交流,具有互动和现场感,尤其对于边区那些文盲、盲人来说,听是他们接触文艺最重要的途径,语言比文字更具力度,因此,朗诵诗在他们之中更受欢迎,这是街头诗等其他诗歌形式所不具有的。再比如,美术又分为墙报、街头画、木刻版画、漫画等不同的美术形式;戏剧分为街头剧、秧歌剧、独幕歌剧、话剧等形式各异的戏剧;再比如报告文学又分为速写、报告、通讯等,总而言之,文艺形式纷繁多样,不同的文艺形式互为补充,才能共同服务于抗战的大局。

另外,在抗战时期,题材多样的文艺形式又是和文艺的内容紧密相连的,在抗战时期,文艺内容多是人民群众关注的抗战内容,贴合人民群众的日常生

---

① 《鄜县街头宣传,形式多样新鲜活泼》,《解放日报》1944 年 7 月 15 日。

活,因此不论是小说、诗歌,还是戏剧、美术等内容都与抗战相关,也正是和普通民众生活贴合。

(4)精神乐观向上,富有鼓动性

在陕北这片厚重的黄土地上世代生长着的陕北人民,他们性格中天生的顽强不屈、乐观向上的性格特征在陕北民间文艺中表现得淋漓尽致。尤其是作为陕北腰鼓代表的安塞腰鼓,它是"陕北高原特有的地域文化现象,也是陕北人精神风貌的象征和符号"。① 安塞腰鼓中奔放的姿态蕴含着生命的顽强与乐观,不管遇见什么样的艰难险阻,都无所畏惧、勇往直前,生命的力在安塞腰鼓中得到完美的彰显。

在《讲话》之前,延安文艺界存在着许多暴露黑暗、揭露社会现实的作品,其中所流露出的悲观与失望、对边区社会的讽刺等,不仅成为国民党攻击共产党的把柄,而且也影响着人民群众高昂的抗战热情。比如延安当时的墙报《轻骑队》,主要对延安的一些干部、具有资产阶级思想的知识分子等现象进行批评和讽刺。

黎辛后来在谈到《轻骑队》的时候说:"他们(指《轻骑队》,引者语)有些稿件就像《野百合花》那样批评延安,甚至有的更厉害。这造成大家思想混乱。"②延安确实是存在一些不好的现象,但《轻骑队》在批评和讽刺之时难免有夸大和以偏概全之感。除此之外,当时的《解放日报》还刊登了很多暴露延安"黑暗"的文章,比如1942年3月9日第四版刊登丁玲的《三八节有感》③、1942年3月12日第四版刊登罗烽的《还是杂文的时代》④、1942年3月13日第四版刊登王实味的《野百合花》⑤等,这些文章多少带有一些悲观低沉的情调,又加上这时已是抗战的第五个年头了,在"外患"与"内忧"的双重夹击下,

---

① 梁向阳:《陕北文化血脉与文学呈现》,《光明日报》2017年3月21日。
② 张军峰编:《延安文艺座谈会的台前幕后》(上册),陕西师范大学出版社2014年版,第155页。
③ 丁玲:《三八节有感》,《解放日报》1942年3月9日。
④ 罗烽:《还是杂文的时代》,《解放日报》1942年3月12日。
⑤ 王实味:《野百合花》,《解放日报》1942年3月13日。

自然使人民群众的抗战热情有所退却,因此,要重新点燃人们对抗战的信心,要改变文艺界的暴露黑暗倾向,文艺工作者要在《讲话》精神的指引下,即《讲话》中所说:"我们所写的东西,应该是使他们团结,使他们进步,使他们同心同德,向前奋斗",①及陕北民间文艺的启示下,创作出乐观向上、精神抖擞的激励人心的作品,比如《解放日报》在 1943 年 1 月 20 日第四版刊登夏风的漫画《加紧生产努力学习》(工厂生活之一)②、《解放日报》在 1944 年 4 月 14 日第四版刊登辛束的短篇小说《爱护群众、帮助群众》③等,这些作品共同的特点就是格调高昂、振奋人心,给人以希望和力量,一改过去失望悲观的文风。

四、延安文人对陕北民间文艺的改造

1. 延安文人对陕北民间艺人的改造

民间艺人作为普通民众中的一部分,他们和普通民众有着相通的生活理想、思想情感,他们在普通民众中有着较大的影响力以及较高的地位,受到普通民众的尊重与喜爱。之所以要对民间艺人进行改造是因为"他们缺乏的是新的观点,对新生活新人物不熟悉,他们却拥有听众、读者,时代变了⋯⋯从思想上改造这些人,帮助他们创作,使他们能很好地为人民服务"。④

知识分子看到了民间艺人的影响力与创造力,但同时也看到了他们身上的缺点。如 1945 年 8 月 5 日第四版《解放日报》刊登林山的《改造说书》一文,文中把改造说书艺人作为"改造说书的中心环节"。⑤ 这是因为林山看到了说书艺人"有熟练的说书技巧,又有很强的创作才能"。并且对如何改造说

---

① 毛泽东:《在延安文艺座谈会上的讲话》,《解放日报》1943 年 10 月 19 日。
② 夏风:《加紧生产努力学习》(工厂生活之一),《解放日报》1943 年 1 月 20 日。
③ 辛束:《爱护群众、帮助群众》,《解放日报》1944 年 4 月 14 日。
④ 丁玲:《从群众中来,到群众中去》,河北人民出版社 2001 年版,第 115 页。
⑤ 林山:《改造说书》,《解放日报》1945 年 8 月 5 日。

书艺人提了建议:"最好是从具体帮助,个别改造入手。"①因为"书匠的竞争心是很强的,又颇重视法令,这样一来,一定有更多的书匠愿意学说新书或编新书,改造说书就可能成为一种运动"。②

丁玲与林山都非常重视对民间艺人的改造,但对民间艺人的改造并不是轻而易举的、一帆风顺的,民间艺人同普通民众一样也是有缺点的,他们在文化价值、审美意识等方面和官方的价值观念、意识形态等存在着出入和差异,再加上他们长期生活在社会底层,难免存在有一些封建和守旧的思想,有的还染上吃喝嫖赌、吸食大麻等恶习,因此,对民间艺人进行改造存在着一些困难与争论。

比如《解放日报》1941年10月4日第四版刊登石毅的《旧剧人的改造》一文,讲到对旧剧人的改造时所遇到的困难:"招呼这七个人是很困难的,在戏剧的表演上,总是坚持着他们师傅的老一套办法,同时每天要钱、要鸦片、要吃的。"③因此,有的人就认为对民间艺人进行改造是很困难,甚至是无法改造的。但这些只是少数现象,大部分的民间艺人还是有着与时代共进步的倾向,愿意也乐于接受改造。

对民间艺人李卜的改造就是很好的例证。《解放日报》在1944年10月30日第四版刊登丁玲的《民间艺人李卜》。李卜本是洛川一个戏班子的戏子,擅长郿鄠戏,李卜有着丰富的演出经验和演唱技巧,在普通民众中很受欢迎。有时候他的戏唱完了,"观众听完了还不肯散。"④但他身上也有着民间艺人普遍存在的一些恶习,"刚来时,他还喝些自己带着的洋烟",⑤但民众剧团的团长柯仲平对民间艺人的改造讲究方法和技巧,因此,他虽然知道李卜身上的恶习,依然抽洋烟,但并不直接揭发而使他难堪,而是"不愿伤他的自尊,装作不

① 林山:《改造说书》,《解放日报》1945年8月5日。
② 林山:《改造说书》,《解放日报》1945年8月5日。
③ 石毅:《旧剧人的改造》,《解放日报》1941年10月4日。
④ 丁玲:《民间艺人李卜》,《解放日报》1944年10月30日。
⑤ 丁玲:《民间艺人李卜》,《解放日报》1944年10月30日。

知道。只从旁劝说,别的人也给他暗示。"因此,李卜慢慢转变了自己固守的思想,努力改掉了自己的恶习。"李卜本是一个爱和平的人……他从此明白了共产党与抗日的关系,抗日与人民的关系。"于是,他改掉自己的恶习,"一狠心,难受了几天,也就熬过去了。"最后,他加入了民众剧团,从思想上转变了,"自觉到公家的东西就是自己的东西,公家的事就是自己的事"。① 因此,当有人在边区文教大会上认为旧艺人难于改造的时候,他立即站起来以自己的亲身改造"做了说明",认为旧艺人是有一些恶习,他自己也是,但他改过来了,他指出旧艺人"在旧社会里是受压迫的,只要一解开革命道理,头脑弄通了,改起来也很容易"。② 从这段话可以看出,对旧艺人的改造,转变他们的思想是关键,他们是支持革命的,只要文艺工作者耐心劝导,讲清道理,对旧艺人的改造就很容易了。

再比如对民间说书艺人韩起祥的改造。说书在陕北具有悠久的历史,在陕北农村中非常流行和受欢迎,有着深厚和宽广的群众基础,被人民群众喜闻乐见,而陕北说书人是陕北说书的主要散播者,他们走乡串村,熟知人民群众的思想与情感、熟悉农村的大事小事、熟练地运用说书表达人民的心声和愿望,并且他们具有不竭的创造力,可以出口成"书",因此,他们在人民群众中具有一定的地位,并受人民群众的尊重与喜爱。比如《解放日报》1945 年 8 月5 日第四版刊登笑俗的木版画《陕北民间说书》③,画中一个陕北说书人在村边的空地上,或树下,手中拿着一把乐器,单膝跪地,为乡民弹唱说书,周围挤满了男女老少,人们听得津津有味,从中可以看出,说书所受欢迎的程度及说书人在人们心中的地位。

韩起祥出生于贫困的陕北农村,有着苦难的童年、坎坷和曲折的人生经历。在动荡的年代里,他的说书生涯也不是一帆风顺的。他遇到过土匪,被抢劫、勒索过,本来就身无分文的他,就愈加窘迫。是共产党给予他帮助,给他鞋

---

① 丁玲:《民间艺人李卜》,《解放日报》1944 年 10 月 30 日。
② 丁玲:《民间艺人李卜》,《解放日报》1944 年 10 月 30 日。
③ 笑俗:《陕北民间说书》,《解放日报》1945 年 8 月 5 日。

穿,给他饭吃。因此,他从心底里感谢共产党,想要为革命出一份力。他有着自觉接受改造的意识,并且也乐于接受改造,以适应时代的发展和更好地为革命服务。比如 1944 年 8 月 2 日,韩起祥正式参加革命工作,并开始编撰新书。当时《白毛女》《兄妹开荒》等一大批深入群众的作品广为流行,并受到群众的喜爱。韩起祥受此影响,也想编撰出受欢迎的新作品,但又没有新书可说,"经过一段痛苦的思考后,他带着这一难题找到了边区文协……很快文协成立了说书组,还派了一名有文化的干事帮助他搞创作。"① 从中可以看出,民间艺人有主动自觉接受改造的意识,并且文艺工作者也对此很重视,乐于去改造和帮助他们。

《解放日报》1945 年 8 月 5 日第四版刊登的付克的《记说书人韩起祥》一文提到,韩起祥说唱了自己的新编书目,这些新书目是他经过改造后,深入乡间,"为的是帮助革命做宣传""在语言上他用的是最活泼生动的人民大众的语气;他很少用旧艺人所惯用的那套公式……他的话不但本地人懂,外来人也是很容易懂的。"②

大部分的民间艺人都出生于贫困家庭,经历过艰难困苦的生活,在战火纷飞的年代里,是共产党给予了他们一片和平的天空,因此,他们从心底里感激共产党,渴望能为革命贡献自己的一份力。这就为延安文人改造民间艺人提供了天然的契机,只需要运用适当的手段和策略,正确地加以引导,改造民间艺人并不是十分困难的。而且,民间艺人主要是为了养家糊口,或者说混一口饭吃,他们本身就具有很强的适应能力和创新能力,他们善于揣摩农民群众的心思,也善于因时因地因人而变。比如陕北说书艺人韩起祥将最初说书时只有一把三弦、一个刷版的说书形式改成了同时使用三弦、刷版、小钗、"蚂蚱蚱"(韩起祥用讨饭的小竹板为原料,制作的一种类似蚂蚱叫声的伴奏乐器)四种乐器的演唱形式,很受普通民众的喜欢。

---

① 祁玉江主编:《陕北说书》,花城出版社 2010 年版,第 86—87 页。
② 付克:《记说书人韩起祥》,《解放日报》1945 年 8 月 5 日。

同时,从知识分子对陕北民间艺人的改造也可以看出,知识分子对民间艺人的改造并不是一种居高临下的姿态。在改造民间艺人的过程中,知识分子也是在不断改造和改变的过程,外在的表现是在作品中的叙述内容、叙述语言等更加贴近人民群众,而且在内心情感上也逐渐越来越接近普通民众,而内在情感的变化又是通过文艺作品的外在形式表现出来。

2.延安文人对陕北民间文艺的改造

在《讲话》之前,就已经有延安文人意识到了民间文艺在普通民众中的重要地位和影响,但同时也看到了民间文艺中有和时代、和革命相脱离的东西,因此,提出要在旧形式中赋予其新的内容,以适应革命发展的需要。比如《新中华报》在1938年2月10日第三版刊登的《边区文协征求歌谣启事》中写道,"从歌谣中,我们可以看出大众的生活和大众的艺术。利用歌谣的旧形式装进新的内容",①这里所说的"歌谣",其实指的就是陕北民歌。同样有着相类似观点与看法的还有《新中华报》在1938年2月10日第四版刊登白苓的《关于戏剧的旧形式与新内容——问题的提起》一文,文中提到,"我们对于旧形式,不但民歌小调都采用,连旧剧有时也宜采用",②白苓同时强调"但同样它要扬弃不合理的、腐旧的、不适宜的旧形式"。③ 再比如《新中华报》在同日本版刊登的少川的《我对延安话剧界的一点意见》一文中所说:"希望多多产生新形式新内容的作品及利用旧形式装新内容。"④同时,作者也强调"不是任何形式都可采取,必须能扬弃不合理、要不得的旧形式"。正如陈思和在《民间的还原——文革后文学史某种走向的解释》一文中所说:"民间文化具有藏污纳垢的特点……但即使在污秽的一面里,仍然有我们新传统所不能理解的东西。"⑤延安文人对陕北民间文艺是从辩证的角度去看待的,对有助于宣传

---

① 《边区文协征求歌谣启事》,《新中华报》1938年2月10日。
② 白苓:《关于戏剧的旧形式与新内容——问题的提起》,《新中华报》1938年2月10日。
③ 白苓:《关于戏剧的旧形式与新内容——问题的提起》,《新中华报》1938年2月10日。
④ 少川:《我对延安话剧界的一点意见》,《新中华报》1938年2月10日。
⑤ 陈思和:《民间的还原——文革后文学史某种走向的解释》,《文艺争鸣》1994年第1期。

革命的形式或内容予以保留和发扬,而对不符合革命的内容予以改造,这种改造是在抗战时期为政治而服务的改造,其中渗透着强烈的政治意识。

(1)陕北说书的改造

陕北说书作为长期活跃在陕北普通民众中的艺术形式之一,和普通民众的生活习惯、心理诉求等息息相关,有的说书内容带有明显的封建迷信等色彩,有的说书语言带有粗俗、色情等特征,这些都和当前社会的时代环境、氛围等极不相称。因此,对隐藏在陕北说书中的封建落后等内容进行改造是势在必行的。

对陕北说书的改造,具体来说,主要包括两个方面:一是说书内容的改造,即思想主题等的改造,将封建落后迷信色彩的内容改造为积极健康向上的并且与时代环境、氛围相符的内容。例如《解放日报》在1945年8月5日第四版刊登林山的《改造说书》一文,文中说:"边区的说书,绝大多数还是'奸臣害忠良,相公招姑娘'那一套,有意或无意地在宣传封建伦理道德、因果报应的思想,或多或少总是含着对群众有害的毒药。"①比如说书《请神》中所唱:"送子菩萨银莲台,催生神童两边排。玉柱安在凌霄殿,老君安在兜帅宫……"②从中可以看出陕北说书中所蕴含的封建落后思想和人们对鬼神的崇拜。而这些都是和时代主题相背离的。在延安文人和民间艺人共同的努力下,陕北说书的内容和思想等都有了很大的变化。比如说书艺人高尔峰创作的《陕北出了个刘志丹》,其内容和思想就与他之前演唱的说书曲目有了很大的不同。"打窑洞开荒办学堂,建立了陕甘革命的总后方……"③在内容上赋予了新的时代内涵,剔除了封建迷信色彩的旧内容,内容积极向上,歌颂共产党,歌颂新生活。

二是说书语言的改造。说书语言的改造,除了将粗俗、色情的词语进行删减或改造,还有重要的一点就是提倡新词新句迭出,富有时代色彩。正如著名

---

① 林山:《改造说书》,《解放日报》1945年8月5日。
② 祁玉江主编:《陕北说书》,花城出版社2010年版,第269页。
③ 祁玉江主编:《陕北说书》,花城出版社2010年版,第351页。

说书艺人韩起祥在谈到自己编书时用词是"只懂得把好的高尚的词句来歌颂共产党,把丑的坏的词句,骂国民党。"①如韩起祥在新编说书《宜川大胜利》中对共产党的军队是"解放军,是英雄,勇敢作战保人民。二月打仗到十月,仗仗得胜仗仗赢⋯⋯"②而对胡宗南的军队是"富县的胡匪看见事不好,好像疯狗向南跑⋯⋯"③而且其中不乏"美国枪""美国弹"等新词新句,从中可以看出,经过改造,说书艺人在思想上有了很大的转变,继而说书的内容、语言等都有了很大的不同,而且与时代、政治等联系也更为紧密。

陕北说书相比较知识分子的文艺作品,即文本而言,它主要属于听觉和视觉艺术。陕北说书在之前主要是作为一种口头表演艺术,很少编辑成书,一方面是由于普通民众的文化水平不高,没有编辑成书的必要;另一方面是由于经济水平的落后,编辑成书不仅要耗费人力、财力、物力等,而且还需要有一定的技术支持,这对身处底层的民间艺人与劳苦大众来说,是很困难的。然而,在《讲话》的号召下,出现了这么一个机会,使陕北说书不仅有编辑成书的可能,更有流传扩大的可能。而承担这一任务的就是知识分子,他们把这些经过改造后的说书编辑成书,其流传范围变大了,不仅识字的普通民众可以阅读,而且更重要的是它可以在知识分子当中传阅,供更多的文艺工作者学习和研究。

（2）陕北民歌的改造

延安文人在利用陕北民歌旧的曲调的基础上,对其歌词进行改造,重新填写新词,这些唱词都是积极向上、正能量地表现新的时代和生活、讴歌新政权的词语。比如《解放日报》1944年12月22日第四版刊登的根据陇东民歌《织手巾》改编的由塞克作词、紫光编曲的新民歌《新秧歌》,节奏上明快有力,歌词积极向上,令人欢快跃动,"全民族哇搞的欢,鬼子就会完蛋",④与时代环境紧密相关,听后使人精神振奋,对未来生活充满信心和希望,贴合群众的心理

①　胡孟祥:《韩起祥评传》,中国民间文艺出版社1989年版,第230页。
②　祁玉江主编:《陕北说书》,花城出版社2010年版,第303页。
③　祁玉江主编:《陕北说书》,花城出版社2010年版,第316页。
④　陇东民歌《新秧歌》,《解放日报》1944年12月22日。

期望,因此,改造得比较成功。

在革命的思想指导和延安文人的帮助下,工农兵群众也成为延安时期文艺的创作主体,讴歌共产党和赞美新生活是他们作品的主要基调。比如《解放日报》在1944年4月24日第四版刊登佳县移民队长屈增全仿《骑白马持洋枪调》而创作的《边区办得没穷人》,民歌中唱道:"多生产,多打粮,边区政府为人民……老百姓光景过美炸。"①在边区政府的领导下,边区人民的生活幸福,而且日子还会一天比一天好,边区人民的喜悦之情溢于言表。除此之外,新改造的民歌中,渗透和弥漫着一种英雄气息,其中不乏对个人的崇拜,使用民间文艺的形式歌颂英雄,既可以看出"英雄"在人民群众中的地位与影响,也可以看出人们在对英雄的歌颂中所蕴含的对民族独立与统一的希冀。比如《解放日报》至今传唱的由佳县民间歌手李有源仿《骑白马持洋枪调》而创作的《毛主席领导穷人翻身》②,之后经过延安文人公木加工而成的《东方红》,简单的歌词,却蕴含丰富真挚的情感。

李季在对陕北民歌、民间传说等陕北民间艺术的借鉴和改造的基础上创作出民歌体叙事诗《王贵与李香香》。传统信天游主要抒发男女之爱,传达着人们对美好爱情的渴望与追求,李季对这一主题进行了改造。在《王贵与李香香》中,主要表现的是红红火火的抗战生活,既有对爱情的书写,也是革命之爱,在传统民歌的基础上增添新的与时代、革命紧密相连的内容。传统的民歌主要以抒情为主,而在新民歌中,则是叙事和抒情相连,叙事中含有抒情,抒情中夹杂叙事。

（3）陕北剪纸的改造

传统的陕北剪纸带有远古图腾崇拜的色彩,在内容和图案上,主要以鸟、蛇、牛等动物图案为主,其次也有花草、人物等。延安文人对其进行改造后,图案与内容丰富繁多,多以革命和延安新生活为主。比如《解放日报》在1944

---

① 屈增全:《边区办得没穷人》,《解放日报》1944年4月24日。
② 李有源:《毛主席领导穷人翻身》,《解放日报》1944年3月11日。

年 12 月 4 日第四版刊登艾青的《窗花剪纸》一文,文中提到边区文教大会陈列室中陈列了由延安文人古元、夏风等根据民间剪纸所创作的新的剪纸,"老百姓非常喜欢这些新的窗花,其中尤以古元同志的《卫生》《装粮》……最受欢迎。"①延安文人拓宽了陕北传统剪纸的内容,增添新的时代内容、表现边区新生活和军民齐心抗战等内容,表达出了边区群众的心声,"老百姓的生活改变了,新的生活渴望着新的艺术去表现它。"②延安文人正是做到了这一点,因此改造后的剪纸也为普通民众所喜闻乐见。

除此之外,延安文人也拓宽了剪纸的用途,传统的剪纸主要用于装饰房屋,贴在窗户上的,而延安文人,比如"李量林同志所搜集的那幅陇东的'顶棚剪纸',既可以做印花布(被面)的底样,也可以做绒毯(炕垫)的底样。"③除此之外,剪纸也可以作为书本的封面等。从这些具体的实例中可以看出,延安文人对传统陕北剪纸的改造,不仅拓宽了陕北剪纸的用途、增添了新的时代内容,而且丰富了群众的生活,起到了动员组织和教育群众的作用。

(4)陕北秧歌的改造

《新中华报》在 1938 年 4 月 20 日第四版刊登徐懋庸的《民间艺术形式的采用》一文,对西北战地服务团到民间采风、学习而取得的显著成绩给予了肯定和赞扬,而且西北战地服务团"把旧剧里的番子改装日本,把奸臣改装汉奸,忠臣改装抗日英雄……居然也使群众不大认得出是旧剧,这个收到了相当的效果,取得了群众的拥护。"④秧歌剧中有许多封建的内容,延安文人在利用其形式上,把和革命无关及相悖的内容、人物等改造成为与革命息息相关的人和事,正如《解放日报》在 1944 年 7 月 24 日第四版刊登沙可夫的《晋察冀新文艺运动发展的道路》一文,在谈到秧歌改造时说道:"这种'秧歌'活动虽充实了些新的内容,但由于在形式上未经多少改造,有的还保留了某些旧'秧

---

① 艾青:《窗花剪纸》,《解放日报》1944 年 12 月 4 日。
② 艾青:《窗花剪纸》,《解放日报》1944 年 12 月 4 日。
③ 艾青:《窗花剪纸》,《解放日报》1944 年 12 月 4 日。
④ 徐懋庸:《民间艺术形式的采用》,《新中华报》1938 年 4 月 20 日。

歌'中所含的封建毒素(如色情,神怪等),以致不完全合适的来反映今天的现实生活。"①因此,在旧形式中装进新内容的同时,也对传统秧歌的形式进行改造,对不适应时代内容的东西予以剔除和改造。

《解放日报》在1942年9月23日第四版刊登丁里的《秧歌舞简论》,文中不仅讲述了秧歌的起源与演化的过程、作用及在人民群众中的地位等,而且特别强调"秧歌舞是需要变,需要起质的变,应当从带有浓重的原始的旧式下,变成活泼生动的现实的舞蹈"。② 从中可以看出,存在于民间的原生形态的秧歌,具有其历史的局限,有和时代、革命斗争等相背离的一面,因此,延安文人在《讲话》精神的指引下,"对'民间'予以意识形态化的改写和重塑,并在此之上创制出新的文化形态"。③

延安文人在秧歌剧的基础上,创作出最为著名和最具代表性的或者说改造最为成功的就是被称为街头秧歌剧的《兄妹开荒》,其由王大化、李波、路由集体编剧,路由作词,安波作曲,在演出形式上,汲取了陕北传统秧歌在街头、在群众中演出的形式,脱离了正规舞台的限制;在内容方面,赋予了时代的内容,剔除了传统秧歌剧中封建、低俗的内容;在语言上,既通俗易懂、大众化,而且又加入了许多新鲜的、贴合革命的语言,比如:"今年政府号召生产……人人赶上劳动英雄,个个都要加油干来么加油干。"④"劳动英雄""加油干"等都是时代新词,替换掉不合时代氛围、革命情调的词语,既采用了普通民众喜爱的形式,又增添了新的时代内容。从中可以看出,当时对民间文艺中的旧形式的利用并不是最终目的,最终目的是为革命和政治服务。

(5)安塞腰鼓的改造

延安时期,对安塞腰鼓的改造主要是对腰鼓的动作、服饰以及腰鼓的参与人员上进行改造。传统的安塞腰鼓动作粗犷豪迈,舞蹈动作幅度大,因此,安

---

①　沙可夫:《晋察冀新文艺运动发展的道路》,《解放日报》1944年7月24日。

②　丁里:《秧歌舞简论》,《解放日报》1942年9月23日。

③　袁盛勇:《延安文人视域中的"民间艺人"——从一个侧面理解延安时期的"民间"》,《文艺理论研究》2006年第4期。

④　《兄妹开荒》,《解放日报》1943年4月24日。

塞腰鼓主要的参与人员是青壮年男子。这样便将一部分妇女、儿童和老人拒之门外了。而延安文人正是看到了传统腰鼓存在的这个不足,因此,他们将其改为动作幅度较小、舞蹈动作易学的安塞腰鼓。《讲话》之后,妇女也可参与其中,这样就可以有更多的人员参与其中,也在一定程度上拓展了革命宣传的范围。其次,是对安塞腰鼓的服饰进行改造,传统的安塞腰鼓服饰较为繁重,如头戴盔缨、脚蹬马靴等,改造后服饰轻盈、简单便捷,腰间系一条红腰带,头戴白羊肚手巾。

(6)陕西木版年画的改造

在抗战时期,由于传统的木版年画底版取材丰富,对技术要求也较低,加上边区群众的文化水平低,不识字认字的人多,而木版年画直观通俗,因此受到延安文人的重视和边区人民的喜爱。由于传统的木版年画内容和新时期的抗战形势关系不大,因此,延安文人对陕西木版年画的改造,主要是对其内容取材方面的改造。新的木版年画在内容上主要取材于边区新生活的人和事的题材,抗战有关的题材,宣传新政策、新风尚的题材等,叙事性强,风格自然朴素,受到了人民群众的喜爱。

而且,在改造传统木版年画的内容基础上,延安文人还拓展了木版年画的表现形式,他们举办了展览会、开创了墙报画,并通过报刊印刷等多种形式传播和宣传革命、动员群众。比如《解放日报》在 1942 年 10 月 16 日第四版刊登黄钢的《街头画报·诗·小说——延安文艺工作的新步调》,作者在文中提到街头画报的受欢迎程度时说道:"整批的延安市民围着看街头墙报。"同时,又加上街头画报的大众化与通俗化,既简洁又形象,"一般群众也能够理解它。"①从中可以看出,延安文人对木版年画的改造是较为成功的。不论是对木版年画的形式,还是对其内容,都做到符合边区人民群众的欣赏习惯,做到真正的通俗易懂。除此之外,延安文人对陕西木版年画的改造,也做到了前期

---

① 黄钢:《街头画报·诗·小说——延安文艺工作的新步调》,《解放日报》1942 年 10 月 16 日。

文艺界所倡导的"旧瓶装新酒"的提法,真正利用人民群众所喜闻乐见的形式,在被人民群众所能接纳和欣赏的基础上,再装进符合时代主题以及符合新形势下人民群众所需要的文艺。使得文艺无论从形式还是内容都能够被人民群众所喜闻乐见,使得文艺真正的大众化,从而也使得文艺不仅为知识阶层所占有,而且使得人民群众也可以通过文艺表达自己的喜怒哀乐,普通群众的文艺也被知识分子所接纳和吸收,甚至是学习和借鉴。

《讲话》中很重要的一个方面,就是对人民群众的民间文艺的重视和汲取,真正做到民族化与大众化。因而,许多作家在文艺创作中借鉴与汲取民间的文艺,或是方言土语的使用,或是直接将陕北民间文艺,如陕北民歌、陕北说书、陕北剪纸等形式贯穿于作品之中,抑或是汲取陕北民间文艺中所蕴含的风格与精神,使其投射于自己创作的文本之中。

延安文人对陕北民间文艺的改造,不论是对哪一种民间文艺的改造,不论是对其内容、形式还是语言上的改造,其中都渗透着强烈的政治意识形态,是在革命战争形势的驱使和《讲话》精神的指引下,自发或自觉、主动或被动地在普及的基础上逐渐提高。从延安文人对陕北民间文艺的改造中可以看出,延安文人在利用旧形式增添新内容上是成功的,他们把革命、抗战、斗争等普及给了普通群众,收到了很好的效果和起到了战争动员的作用,在普及的基础上,在对旧形式的利用上,逐渐地提高了人民群众的文化水平和欣赏水平,陕北民间文艺原有的自在的艺术形态逐渐被打破,改造后的陕北民间文艺已不是纯粹的、只供普通群众自娱自乐的民间文艺了。它的创作主体和接受群体也不仅仅是人民,而是具有一定政治性的文艺类型了。

五、陕北民间文艺对当代文学的影响

经过改造之后的陕北民间文艺,成为延安文艺的有机组成部分。改造后的陕北民间文艺具有了双重性的特点。一是民间性,这是陕北民间文艺自身所固有的,它来自民间、来自人民,经过历史长河的不断洗刷,它积淀着浓厚的民间性。二是政治性,陕北民间文艺在《讲话》精神指引下,进行了意识形态、内容语言等各方面的改造,已经不再是纯粹的民间文艺了,它成为延安文艺的重要组成部分。它的内容、主题思想等都是经过认真改造后的成果,要和党的宗旨保持一致,并为之服务。

1. 陕北民间文艺对山药蛋派的影响

形成于 20 世纪 40 年代至 50 年代的山药蛋派,其主要代表人物是赵树理。赵树理出生于农民家庭,常年生活在农村,因此,他对人民群众有着深厚的感情,他也清楚地知道普通民众需要什么样的文艺,喜欢什么样的文学形式、故事内容,他善于用普通民众喜闻乐见的形式表达普通民众的情感。因此,尽管没有证据表明赵树理 1943 年创作的《小二黑结婚》和《李有才板话》是受《讲话》的直接影响而产生的,但赵树理的作品却显示了与《讲话》在某种程度上的一种契合。因此,才有了后面的"赵树理方向"。正如李杨在《"赵树理方向"与〈讲话〉的历史辩证法》一文中所说:"赵树理的光芒无疑来自《讲话》的映照,只有当赵树理的创作被用来诠释《讲话》的正确性,'赵树理方向'才能够成立。"①虽说赵树理前期的作品并未直接受到《讲话》的影响,只是作者对民间文艺的一个自觉地发掘和借鉴的过程,而当《讲话》传到晋察冀的时候,赵树理对民间文艺的学习与借鉴便由自觉向自发转换了。赵树理的作品中有着厚重的民俗气息,而且对民间文艺做了深度的挖掘和汲取,尤其是对民间说书的借鉴。

赵树理在谈到自己的"问题小说"时说道:"为什么叫这个名字,就是因为我写的小说,都是我下乡工作时在工作中碰到的问题,感到那个问题不解决会妨碍我们工作的进展,应该把它提出来。"②这在赵树理的《小二黑结婚》《登记》等小说中体现得最为明显,小说中所提出的问题都是人民群众生活中发

---

① 李杨:《"赵树理方向"与〈讲话〉的历史辩证法》,《文学评论》2015 年第 4 期。
② 赵树理:《当前创作中的几个问题》,《火花》1959 年第 6 期。

生和存在的问题,并且是普通民众所关注的问题,而且故事都以问题得到圆满解决为结局。比如《小二黑结婚》,小二黑和小芹真心相爱,但却由于二诸葛和三仙姑的封建落后观念,以及金旺、兴旺等人的从中捣乱,使得两人无法结合。最终,通过区长的干预,金旺和兴旺得到了制裁,二诸葛和三仙姑观念开始转变,"老人们的脾气都有些改变,托邻居们趁势和说和说,两位神仙也就顺水推舟同意他们结婚。"①故事就这样得到了完满解决,而且以皆大欢喜结局。从中可以看出,赵树理对传统说书的借鉴和汲取。

在主题上,民间说书有着鲜明的劝世育人的倾向性。普通民众从自己的生产生活实践中,总结出为人处世的道理,并用这些道理来劝人向善,热爱生活,对那些好吃懒做、危害社会的人与事进行批评和劝诫。由于陕北说书具有大众化、通俗化和劝世育人等艺术特色,因此,陕北说书也具有给普通民众提供娱乐休闲的功用和对普通民众的行为规范具有指导功用。赵树理的小说就有很强的劝世育人的倾向,正如他在《随〈下乡集〉寄给农村读者》一文中所说:"我们写小说和说书唱戏一样(说评书就是讲小说),都是劝人的。"②赵树理的小说也对那些好吃懒做、偷奸耍滑的人物进行了批评,并且给人们在生活生产实践中遇到的问题提供解决的方案,对普通民众的行为具有规范和指导作用。从这一点来看,赵树理的小说与陕北说书有着一定的联系。比如小说《"锻炼锻炼"》,不仅对"小腿疼""吃不饱"等好吃懒做的人物进行了批评,而且对迁就落后群众、压制进步青年的干部也进行了批评。并找出了解决问题的办法,不仅对普通民众,而且对基层干部都有一定的规范和指导意义。除此之外,赵树理小说的语言、故事的结构,都可见出对传统说书的借鉴,甚至是直接将说书引入到小说之中。比如小说《"锻炼锻炼"》,一开篇就以说书的形式引领全篇,交代了事件、人物,"'争先'农业社,地多劳力少,动员女劳力,作的不够好:有些妇女们,光想讨点巧,有说小腿疼,床也下不了……"③通过说书

① 戴光中编:《赵树理作品新编》,人民文学出版社2011年版,第21页。
② 戴光中编:《赵树理作品新编》,人民文学出版社2011年版,第130页。
③ 戴光中编:《赵树理作品新编》,人民文学出版社2011年版,第195页。

的形式吸引住读者的注意力,也引发读者对具体的故事情节的展开充满了好奇。

　　除此之外,这篇小说的语言也很有地方特色。比如"小腿疼"因为杨小四贴大字报批评她,于是,在"吃不饱"的挑唆下,去找杨小四理论。"谁给我出大字报叫他死绝了根! 叫狼吃得他不剩个血盘儿,叫……"①这里的"死绝了根""血盘儿"等词都是具有秦晋地域特色的方言土语,通过这些词语的使用,把"小腿疼"泼辣、不讲道理的性格刻画得生动传神,从而也使小说具有了厚重的民俗色彩。在故事结构上,这篇小说有头有尾,结构完整,线索清晰,很容易使读者把握和领会。另外,这篇小说是赵树理为农民而写,正如他自己所说:"从我为农民写作以来……他们要是听不懂,我就修改……因为成千上万的农民都不识字,所以我就写能为他们演出的剧本。"②赵树理的关注点是农民,写作的中心人物是农民。因此,这也决定了他写作范围或视野的狭窄,这也是其后来受到主流文学的冷落的原因。赵树理的小说因为和农村政策联系密切,有时难免会因政策的错误而影响作品的经典性。还有,赵树理过于受民族化、民间文艺的影响,而对西方文化采取排斥的态度,在一定程度上,导致其创作视野不够开阔。随着时代、社会的变化与发展,就会显得有些落伍与保守。

2. 陕北民间文艺对新民歌运动的影响

　　随着历史的不断发展,陕北民歌通过民间艺人和劳动人民的保存、提炼与延安文人的改造提升等,其涵盖的类型也越来越丰富,比如信天游、劳动号子、山曲等不同的类型。陕北民歌的创作主体并非达官贵人,而是普通民众,是劳动人民,是他们即景抒情、即兴创作的用以抒发真实情感的艺术形式。陕北民歌的语言是通俗朴实、明白如话和具有地域特点的方言土语,风格是乐观、明

---

① 戴光中编:《赵树理作品新编》,人民文学出版社 2011 年版,第 200 页。
② 黄修己编:《赵树理研究资料》,知识产权出版社 2010 年版,第 34 页。

快和具有浪漫色彩的。

陕北民歌对新民歌运动的影响,或者可以说是新民歌对陕北民歌的吸收和汲取体现在风格和内容等方面。就风格而言,新民歌运动吸收了陕北民歌乐观、明快和浪漫主义的风格;就内容而言,新民歌运动也汲取了陕北民歌的内容与时代、现实紧密相连的特征。新民歌运动是在"大跃进"运动的背景之下展开的,因此,在狂热、盲目乐观等思想状态的影响下,人们需要运用一种可以表达这种情感的文艺形式,而陕北民歌恰好具有这种特点。例如新民歌《一天要抵几十年》:"只有翻了身的彝族人民,跑一天路,要抵过去几十年。"①这短短几句诗,把人民群众想要改变落后面貌的急切心态展现得淋漓尽致,从中看不到沮丧和悲凉,有的只是满腔热情和豪言壮志。再比如董谊思的《昨天我从这里过》:"昨天我从这里过,一座大山挡住路,今天又从这里过,眼前出现一条河……"②这里显然有一定的夸张成分,但在夸张中,可以感受到人民群众想要在短时期内改变落后状况的决心和急切心理。

陕北民歌的浪漫主义色彩和乐观的风格特征在新民歌中得到了很好的运用。在这种浪漫、乐观、激情澎湃的精神感召下,有助于激励人们为新生活而努力奋斗,有助于把普通民众团结起来,共同致力于社会主义的建设之中,共同为同一个理想和目标而努力奋斗,这是其积极的一面。

但同时我们也应看到,新民歌运动中有很大一部分作品,过于推崇浪漫主义,过于激进和乐观,而忽略了客观现实与客观规律,创作出了很多虚假、浮夸、矫情的艺术质量低下的作品。比如《红色卫星闹天宫》,虽然表达了人们对幸福美好生活的一种憧憬,但是这种憧憬是站在虚幻的、夸张的基础之上的。有人对此提出了质疑,"但是,它在现实——人造卫星上天的基础上,却引导人们往何处看呢? 教人去追求什么呢? 革命的浪漫主义是这样的吗?"③从中可以看出,新民歌带有强烈的浪漫主义气息,表达了人们对幸福美好生活

① 王英:《一天要抵几十年》,《诗刊》1958 年第 11 期。
② 董谊思:《昨天我从这里过》,《江淮文学》1958 年第 9 期。
③ 虹父:《红卫星大材小用》,《戏剧报》1958 年第 16 期。

的向往,但过度的"浪漫",便会将诗歌引入歧途。因此,脱离了客观规律和社会现实的诗歌,只会给人一种虚假和错觉。

3. 陕北民间文艺对陕西山花作家群的影响

延安文艺通过对来自普通民众间的民俗民间艺术的重视和汲取,真正做到民族化与大众化。因而,许多作家在文艺创作中借鉴与汲取民间的文艺,或是方言土语的使用,或是直接将陕北民间文艺,如陕北民歌、陕北说书、陕北剪纸等形式贯穿于作品之中,抑或是汲取陕北民间文艺中所蕴含的风格与精神,使其融合在新的文艺作品之中。陕北民间文艺对陕西文学的影响,最突出的表现是对山花作家群的影响。

在陕北延川成长与发展起来的山花作家群,可以说是受陕北民间文艺影响较为显著和突出的一个作家群。从其创办的文艺刊物《山花》便可看出其具有浓厚的地域特征。"山花",其实就是"山丹丹花",是生长于陕北的一种独特的花类品种。山花作家群以"山花"作为自己的刊物名称,足以见其受陕北独特的地理文化背景的影响。除此之外,延川也是具有深厚文化底蕴的一座小城。从伏羲氏在延川乾坤湾演绎八卦、大禹治水等神话传说中的人物到刘志丹、谢子长等现代革命英雄人物等,都使陕北延川这块小地方具有了厚重的文化底蕴。尤其值得注意的是,随着1942年5月文艺座谈会的召开及1943年10月毛泽东《在延安文艺座谈会上的讲话》的发表,延安文人深入工农兵群众,陕北的民间文艺得到了全面的发掘与借鉴,比如陕北民歌、陕北说书、陕北秧歌、陕北腰鼓等被"重新赋予了革命的意义,从山野走向广场、走向革命的中心"。①

山花作家群的代表人物有曹谷溪、路遥、厚夫、史铁生等,曹谷溪、路遥、厚夫都是土生土长的陕北人,其创作受陕北民间文艺的影响是不言而喻的。

史铁生虽然不是陕北人,但他既是山花作家群的代表作家,同时也是知青

① 梁向阳:《延川有个"山花作家群"》,《陕西日报》2013年5月13日。

作家的代表人物。1969 年,一大批北京知青来到陕北插队,其中就有史铁生。在插队期间,史铁生与陕北人民群众朝夕相处,思想情感也逐渐向普通群众靠拢。即使是知青生活结束了,他也忘不了陕北的人和景,陕北的一草一木、山山水水等都在史铁生的脑海里烙下了深刻的痕迹。正如史铁生自己所说:"插队的岁月忘不了,所有的事都忘不了,说起来没有个完。"①陕北方言他耳濡目染,陕北人民他难以忘怀,这些都在他的短篇小说《我的遥远的清平湾》中展现得淋漓尽致。作者在小说中使用了具有陕北地域特色的方言土语,如"我"和放牛老汉在牛棚的一段对话,"我"问放牛老汉:"怎么没留在广州?"放牛老汉思考了一阵说道:"山里人憨着咧,只要打罢了仗就回家,哪搭儿也不胜窑里好。毬!要不,我的留小儿这阵儿还愁穿不上个条绒袄儿?"②这里的"憨着咧""哪搭儿"等都是地道的陕北方言,生动形象地刻画出了放牛老汉身上特具的幽默和坚强,方言的使用使人物的性格跃然纸上,也使得文本具有了浓厚的陕北气息和浓郁的文化底蕴。

除运用陕北方言之外,这篇小说还将陕北民歌《三十里铺》运用到了文中。使用陕北民歌的好处是借助陕北民歌的粗犷、乐观等特点,淡化了小说的苦难氛围,增强了小说的诗意和文化氛围。即使是艰难的生活,老汉也善于苦中作乐,从侧面也烘托出人物的坚强和朴实。史铁生的另一部中篇小说《插队的故事》,依然使用了陕北方言和陕北民歌,但作品的无奈感和悲凉感增强了,哲理意味也得到了凸显。

路遥作为山花作家群的重要代表人物,在其作品中对陕北民间文艺的运用娴熟自如。比如在其长篇小说《平凡的世界》中对陕北秧歌、陕北剪纸、陕北民歌等都有使用。

《平凡的世界》中第一次插入陕北民歌是在文章的开篇,当少平和金波两人共骑一辆自行车从学校到了村口时,这时太阳已经西下,天色暗了下来,微

---

① 邢仪主编:《延川插队往事》,中译出版社 2015 年版,第 262 页。
② 史铁生:《我的遥远的清平湾》,湖南文艺出版社 2016 年版,第 21 页。

带些凉风,在这样的时刻与环境下,金波便唱起了信天游:"提起我的家来家有名,家住在绥德州三十里铺村……"①正是陕北民歌的插入,将两个少年即将到家的喜悦和轻松的心情烘托了出来,不仅增强了文章的地方色彩和民族文化意蕴,而且也将这片刻的宁静与下文双水村发生的批判斗争的热烈形成了强烈的反差。从侧面也可以看出作者对还处于"文革"时期的农村混乱动荡的状态对朴实的人民群众的禁锢与伤害表达了不满。

第二次插入陕北民歌是在少安到县城去找润叶的时候,少安和润叶在国营食堂吃过午饭后,来到县城外面的县河滩里散步,这时从远处忽隐忽现地传来了一阵女孩子信天游的歌声:"正月里冻冰呀立春消,二月里鱼儿水上漂,水呀上漂来想起我的哥!"②这段信天游的插入不仅贴合当时的地理自然环境,即县城外面的一个安静、祥和的河滩边,这里远离县城的喧嚣和人流的拥挤,比较适合恋人之间约会和谈心,而且也将一个矜持、含蓄,满蕴着相思与爱恋,但在心爱的人面前又怯于开口的女孩的囧态和真实的心理活动表现得淋漓尽致。

此后,作者又将这同一段信天游重复使用了四次。第一次出现是润叶得知少安与秀莲结婚后,独自一人坐在曾与少安一起交谈的河岸上,回忆涌来,"她耳边依稀又听见了那缠绵的信天游从远山飘来——"③同一首信天游,却是不同心情,从而更加衬托了润叶的伤心。第二次出现是在润叶和李向前结婚那天,"在这一片洪水般喧嚣的声音之上,她似乎又听见了那令人心碎的信天游——"虽然润叶与李向前结婚了,但她仍然忘不了少安。第三次出现是少安在河边洗菜时,"耳边时不时听见那甜蜜的歌声从远山飘来——"润叶更多的是对往昔的怀念、对少安的爱恋以及自己内心的难受与伤悲,少安更多的是无奈,面对曾经喜欢过自己的女子和自己动心的女子,却由于家境悬殊,没有勇气去相爱,"他只能默默地给你一个庄稼人的祝福……"第四次出现是在

---

① 路遥:《平凡的世界·第一部》,北京十月文艺出版社2012年版,第25页。
② 路遥:《平凡的世界·第一部》,北京十月文艺出版社2012年版,第99页。
③ 路遥:《平凡的世界·第一部》,北京十月文艺出版社2012年版,第264页。

润叶见到了少平,不由得想起了少安,又一次勾起了她的回忆,"那梦魂一般的信天游也在她的耳边萦绕起来——"①作者分别使用了"缠绵的""令人心碎的""梦魂一般的"等形容词来修饰这段信天游,而不同的形容词也显示了润叶的伤心与难过。

路遥的《平凡的世界》中对陕北民歌的使用不胜枚举,陕北民歌作为陕北普通民众日常生活的一部分,他们用陕北民歌来表情达意,来嬉笑怒骂,来打情骂俏。陕北民间文艺在文学作品中的运用,不仅增添了作品的民俗、民间气息,而且最重要的是透过陕北民间文艺的运用,我们可以看到作家身上的文化自觉意识。

陕北民间文艺在文学作品中的运用,不仅对渲染人物的性格特征起到辅助作用,而且对推动故事情节的发展、表达作者的文化民俗意识等有着明显的影响。而且,陕北民间文艺在文学作品中的使用,与人物性格的塑造、故事情节的发展、文化民俗的表现等是一个相辅相成、互相影响和作用的关系。比如小说中在被批判为"走资本主义道路"的王满银被释放后与自己的婆姨兰花和两个娃娃在回罐子村的半路上,王满银唱起了信天游:"青线线(那个)蓝线线,蓝格莹莹的彩,生下一个兰花花,实实的爱死个人!"②陕北民歌本身就映照着陕北人民的乐观与豁达,这里插入陕北民歌,与王满银被释放后的轻松喜悦的心情相辉映。王满银由于陕北文化和地理环境的熏染,身上有一种天生的浪漫主义色彩。首先,表现在他想结婚娶媳妇,而不要媒人的从中撮合,"他在外面逛胆大了,也不要媒人,就闹腾着自个儿给自个儿找媳妇了。"③这是一个走出过闭塞的小山村,受外面思想影响过的农村"新人"的形象。其次,当他因贩卖老鼠药,被扣上"走资本主义道路"帽子的时候,让他的老丈人孙玉厚感觉很丢人、很羞辱,而王满银在面对孙玉厚时却能表现出一副轻松、无所谓的样子,甚至"他还扭过头对装土的老丈人咧嘴一笑。嘿嘿!怕什么?

① 路遥:《平凡的世界·第二部》,北京十月文艺出版社2012年版,第197页。
② 路遥:《平凡的世界·第一部》,北京十月文艺出版社2012年版,第115—116页。
③ 路遥:《平凡的世界·第一部》,北京十月文艺出版社2012年版,第30页。

他经见的世面多了!"①一个天不怕地不怕的人物,你也可以说是一个没皮没脸的人,但却有一种浪漫主义精神,使得他在"大难不死"之后,还能保持乐观幽默,还能当着婆姨和娃娃的面唱出骚情的信天游,这段酸溜溜的、让朴实的兰花听了都"脸涨得通红"的民歌,唱自王满银的口,也只能唱自王满银的口。因此,这段陕北民歌的插入,加深了对人物性格刻画的深度,将人物的性格特征渲染得鲜活可信,也从侧面表现了兰花对丈夫忠实坚贞的爱。

陕北民间剪纸,也叫窗花,与民俗文化密切相关。陕北人民用剪刀、纸等工具把生活理想、美好愿望、心理期待等映照在剪纸上,用形式各异、图案丰富的纸花展现出来。比如在《平凡的世界》中,1980年双水村开始实行生产责任制,孙少安办起了自己的砖窑,那个晚上他兴奋得睡不着,只见"皎洁如雪的月光洒在窗户上,把秀莲春节时剪的窗花都清晰地映照了出来:一只卷尾巴的小狗,两只顶架的山羊,一双踏在梅花枝上的喜鹊……"②陕北剪纸的题材与取材范围宽泛,人民群众日常所见所闻所感都可以作为剪纸的题材,任意而剪。而且,陕北民间剪纸还有即兴创作、即兴发挥的艺术特色,想到什么就剪什么,想到哪儿就剪到哪儿,自由简单,约束性小,具有较强的个性色彩。另外,陕北民间剪纸流露出的是陕北人民的乐观豁达,富含希望的精神状态,并且也寄寓着陕北人民对幸福美好的期待。比如,《平凡的世界》中,在过年的时候,双水村的人们会在门框、窗户、灶台等各个地方贴上剪纸,辞旧迎新,寄寓着对美好生活的期待。

陕北秧歌是歌舞交织于一起的,且舞且歌,生动活泼。陕北秧歌集地域特色、时代精神、民族风格于一体。无论是秧歌的舞蹈动作,还是其内在蕴含的情感,都与陕北这片黄土地以及在这片黄土地上生长的人多具有的粗犷豪放等密切相关,因此,陕北秧歌深深地烙印上了黄土高原的地域特色。陕北秧歌就是陕北人民群众的狂欢,无论是审美性还是表现内容,都具有大众化的艺术

---

① 路遥:《平凡的世界·第一部》,北京十月文艺出版社2012年版,第32页。
② 路遥:《平凡的世界·第二部》,北京十月文艺出版社2012年版,第84—85页。

特色。从陕北秧歌中,可以领悟和感受到陕北人民强烈的生命意识,哪怕环境再恶劣,物质再匮乏,都无法抹杀陕北人民天生的乐观与热情。陕北秧歌具有振奋人心,增强人们战胜困难的决心与毅力并勇于开拓进取的社会功用。在《平凡的世界》中,作者用了将近一章的笔墨来描写双水村农历正月十五闹秧歌的热闹场面。"全村所有闹秧歌的人才和把式都集中在这个地方。婆姨女子,穿戴得花红柳绿;老汉后生,打扮得齐齐整整。"①不管这一年经历了多少苦难,在新年闹秧歌的这一天,人们都会打扮得漂漂亮亮,将烦恼和不快抛诸脑后,尽情地享受这美妙的时刻。"这时候,我们的玉亭同志也临时放弃了阶级立场,和地主的两个儿子坐在一条板凳上闹'五音'。"从中可以看出,在这个时候,人们会忘却烦恼忧愁,也不会去计较尊卑贵贱,大家在这震耳的鼓点声与动人的舞蹈中尽情狂欢。

山花作家群是在陕北这块黄土地上生长起来的,受陕北地域文化、陕北民间文艺影响深远的一批作家。陕北民间文艺中所蕴含的乐观、坚强等品质在他们的文学作品中都有着深刻的体现。正如惠雁冰在《〈山花〉现象与〈山花〉作家群》一文中所说:"《山花》作家群的成长与陕北地域文化传统有着紧密的关联,'生存逻辑'是他们走向文学的直接引力,'帮扶意识'是他们相互提高的重要策略,'榜样效应'是他们个人奋斗的内在驱动,而陕北文化的纯朴内质和自由精神则是一代代延川青年文学接力、讴歌陕北的深层源泉。"②山花作家群生长在陕北的土地上,陕北地域文化对他们的影响是深刻的,而陕北民间文艺对山花作家群的影响既是潜移默化的,同时也是深远持久的。

陕北民间文艺对当代文学发生影响,其原因是多方面的,其中最主要的是经过改造后的陕北民间文艺已经成为延安文艺的有机组成部分。从一种边缘的、只生长与活跃于普通民众中的底层文艺,成为延安文艺中不可或缺的一个有机组成部分。在某种程度上,可以说陕北民间文艺与延安文艺呈相互贯通、

---

① 路遥:《平凡的世界·第一部》,北京十月文艺出版社2012年版,第409页。
② 惠雁冰:《〈山花〉现象与〈山花〉作家群》,《文学评论》2017年第6期。

相互作用、相互联结的一种关系。因此,陕北民间文艺正是通过延安文艺、《讲话》而对当代文学发生着重要影响。陕北民间文艺有着悠久的历史、有着与人民群众休戚与共的情感牵连。它也是人民群众思想与话语言说的重要方式,它根植于人民群众的生产生活实践之中。对于人民群众来说它是显性的存在,而对于知识分子而言,它是隐性的存在。从被发掘、改造到逐渐纳入到延安文艺的建构之中,陕北民间文艺经历了较为复杂的过程。

从陕北民间文艺对当代文学的双重影响中可以看出,如果将民间文艺运用得当,不仅会使作品具有深厚的文化意蕴,而且也会深得普通民众的喜爱,从而具有中国气派与中国作风,在世界文学之林中,便会有与之进行对话的资本和特色。但若只拘泥于自己的民间格局,或者缺乏对民间文化的辩证认知,那么,民间文化反而会束缚作者的文化想象,作品也会缺乏广阔的文化视野。因此,作家在进行创作时,既要立足于本土文化,以民族文化为根,但也需要有宽阔的现代文化视野,兼容并包,熔古铄今,才能讲好中国故事,创作出思想与艺术俱佳、形式与内容和谐同时又为老百姓所喜闻乐见的经典作品。

第三章　柳青:承上启下的
陕西文学教父

　　柳青作为延安文学的参与者、建构者与继承者,在陕西现当代文学发展历程中有着不可替代的极其重要的巨大作用,"可以毫不夸张地说,没有柳青,陕西文学就是另外一种样子……就文学性来看,柳青所达到的境界,也是不容低估的:通过细节和对话来描写人物心理和性格的技巧,朴素、省净而不乏诗意的语言,从容不迫、疾徐有度的叙事态度——这些,今天小说家比得上的恐怕还不是很多呢。"①

　　柳青在延安时期便有丰富的生活实践与活跃的文学创作,其理论思想、创作观念也因为延安文艺运动发生了巨大的转变,他穷其一生秉承并发扬着延安文学精神,并将此精神始终贯穿于他的创作中。更为难得的是,柳青以他的言传身教,影响和启发了陕西当代作家群的文学活动,新时期陕西文学主将路遥、陈忠实、贾平凹等作家都受到柳青耳提面命的教导、指引、提携,以路遥、陈忠实为代表的很多秦地作家都把柳青当作自己的精神"教父","柳青现象""柳青道路""柳青精神"是柳青遗留给陕西文坛的宝贵文化资源,凝结着柳青作为延安文学创建者之一在当代文学语境中对延安文学精神的承传与发展。追寻柳青延安时期的文学活动,探索柳青在当代文坛取得的卓越成就,研究柳青对当代秦地作家的影响,可以发掘延安文学包含的现代性优良质素,总结延安文学经验在陕西文坛的成功传承,正视当代陕西文学取得的成就与存在的不足,为新世纪陕西文学乃至中国文学健康发展提供启示。

---

① 李建军:《论陕西文学的代际传承及其他》,《当代文坛》2008 年第 2 期。

一、柳青与延安文学

1. 柳青延安时期的文学活动

柳青,原名刘蕴华,陕西吴堡人,1928 年 5 月经刘义维介绍加入中国共产主义青年团,1930 年夏考入省立绥德师范学校(陕西省立第四师范学校),1934 年,柳青考入西安高中,开始了文学创作的尝试。1935 年,"一二·九"运动爆发,柳青作为西安高中学生会主要负责人,积极利用自己在学校刊物《救亡线》担任编辑的优势宣传抗日,进行爱国斗争。1936 年底,柳青经董学源介绍加入中国共产党,主编西安市学生联合会刊物《学生呼声》,发表翻译文章《毛泽东和斯诺的谈话》与短篇小说《待车》。1937 年抗日战争爆发后,柳青充分利用新闻报刊这一文艺阵地鼓动人民奋起抗日。

1938 年,柳青奔赴延安,先后参加部队及基层群众工作,主要从事新闻报道和文艺工作。他先任陕甘宁边区文协"海燕"诗歌社秘书、民众娱乐改进会秘书。之后,又随民众剧团去陕甘宁边区 9 县体验生活。8 月,奔赴晋西南前线,担任部队营、团文化教员。1940 年回延安后,参加了党的整风运动,系统学习了毛泽东《在延安文艺座谈会上的讲话》精神,政治思想得到了提高,创作方向更加明确。

1943 年到 1946 年间,柳青在陕甘宁边区米脂县吕家硷乡担任乡政府文书,参加了减租减息、反奸斗争和大生产运动。柳青初到米脂乡村时,便遇到了环境不适、生活困难、病魔缠身等一系列困扰,基层烦琐的事务性工作也严重干扰着柳青的文艺活动,但坚定的革命立场又使柳青觉得"假使我不能过这一关,我就无法过毛主席文艺方向的那一关,我就改行了。"①大病中的柳青,拒绝别人为他回县城找工作的安排,决意要在最贫穷的乡村扎根驻足,

---

① 柳青:《转弯路上》,《中国当代文学研究资料·柳青专集》,福建人民出版社 1982 年版,第 7—8 页。

"坚持要过这一关"①。在艰苦的生活条件下,柳青不仅读完了《斯大林选集》,还收集了不少写作素材。柳青在生活实践中诚恳地向当地农村基层干部学习,与农民群众建立了深厚的感情。他叼着农民的旱烟锅,与农民一起下地耕锄、一口锅里吃喝、一个炕上睡觉。农民群众勤劳淳朴的美德深深地感染与激励着他,使他迸发出更多的创作激情。三年多的农村生活使柳青最终明白:"我以为作家要以正确的阶级观点与思想感情进行创作活动,除了走毛泽东同志所指定的这条路,再没有其他任何捷径。"②1944 年,柳青创作的以米脂县劳动模范郭凤英为素材的散文《一个女英雄》发表在延安《解放日报》上。他的长篇小说《种谷记》手稿也是在这个时期酝酿萌芽的。

总体来说,柳青从 1938 年 5 月奔赴延安到 1945 年 10 月(其间因组织派遣曾短暂离开延安)离开延安,在延安生活、工作了将近 7 年的时间,这段时间是柳青文学创作的开创时期。他写了一些报道抗日战争、革命战争形势和反映陕甘宁边区新人新貌的通讯、特写,并以饱含热情的笔墨创作了不少反映陕甘宁边区农村生活和前线战斗形势的短篇小说。

在延安时期,囿于战时环境的严峻与革命斗争的需要,柳青多写作短篇小说,他的八篇小说集结成一本集子,名为《地雷》,基本反映了他早期文学创作的风貌。这本小说集中的作品按题材大致可分为两大类:一类是农村题材。如《喜事》《在故乡》等。《喜事》描写了陕甘宁边区抗日民主政权建立之后,在陕北小山村里发生的一场关于普通民众婚姻问题的风波,并通过秉仁老汉的悲剧反映出陈旧的生活面貌必将被前进的历史所改变的美好前景。《在故乡》围绕着故乡变成边区以后,一生过着寄生虫生活的七老汉和以贾步高为代表的绝大多数穷汉们的命运和生活所发生的深刻变化,反映出作家对生活富有启发意义的审美判断。此时的柳青在书写农村题材小说时,很大程度上延续着五四时期知识分子的启蒙立场,体现在作品中多是对农民群众进行启

① 柳青:《转弯路上》,《中国当代文学研究资料·柳青专集》,福建人民出版社 1982 年版,第 7 页。
② 柳青:《毛泽东思想教导着我》,《人民日报》1951 年 9 月 10 日。

蒙教育或是对农村生活陋习进行揭露批判,体现出作家强烈的历史使命感与担当意识,但作家居高临下俯瞰民众的视角也是显而易见的。另一类是革命题材,如《误会》《牺牲者》等。《误会》通过两个陌生人由谈话所引起的误会和误会的最后解除,真切反映出战时环境中人与人之间紧张的关系,表现出八路军战士高度的责任心和警惕性以及同志间情同手足的革命友谊。《牺牲者》通过战士们对在战役中刚刚壮烈牺牲的阵亡战友的沉痛悼念,烘托出年轻八路军战士马银贵的崇高英雄形象,并用他虽然短暂但极其壮美的革命人生历程激励和启迪读者。《一天的伙伴》描绘了一个勤劳、能干、善良、乐观的运输员吴安明的形象,揭示了人物的性格特征和精神世界的丰富性、复杂性,并从中挖掘出不易为人所发现的美好心灵。《地雷》通过对老一辈农民李树元的心理描绘和形象刻画,描写了太行山区抗日根据地群众运送地雷来支援前线,配合八路军抗战的故事,表现了革命战争逐渐改变着农民的传统心理,快速改变着乡村的生活节奏,反映了战争对人们的日常生活产生的深刻影响与巨大变化。短篇小说集《地雷》中的作品数量虽然不多,但由于生动描写了抗日军民的英雄群像,依然反映出作家"饱满的政治热情,深厚的生活基础,独有的艺术风格。"[1]

在抗日战争进入相持阶段以后,解放区成立的变工互助组和生产合作社成为当时在经济发展上组织群众的重要形式。柳青在 1947 年完成的表现个体农民逐步走向集体化道路主题的《种谷记》就恰逢其时地对人民生活中这一重要的新内容作出了较好的反映。《种谷记》虽然正式出版于1947 年东北光华书店,但是该作的构思、写作均发生于延安时期,这部作品是柳青在毛泽东《在延安文艺座谈会上的讲话》发表后创作的第一部长篇小说。

全书洋溢着浓厚的生活气息,是描写工农兵生活、贯彻工农兵文艺方向的成功之作,是我国现代文学中最早反映农村合作化的优秀作品。《种谷记》相

---

① 柳青:《柳青小说散文集·编后记》,中国青年出版社 1979 年版,第 327 页。

当成功地揭示了当时农村中两种思想的矛盾和两条道路的斗争,反映了解放区农村崭新的生活面貌和农民群众生活观念的变化,显示了解放区农村社会主义因素的逐渐成长和壮大。"他把全部的爱倾注在《种谷记》里以王加扶为代表的先进贫苦农民身上,赞颂他们组织起来进行互助合作的非凡事业。"①王加扶虽然没有赵玉林的动人业绩,也没有牛大水的英雄壮举,但他通过领导农民变工生产、集体种谷,俨然成长为一个闪耀着个性光辉的社会主义新人。他的身上充分体现了农民在解放之后要求革除农村贫穷落后的现状,在社会主义道路上继续前进的意志和愿望。小说把王家沟变工互助置于全国革命形势蓬勃发展的时代背景之中,通过细致形象的描写,说明农民走集体化之路是一条康庄大道,整部作品充满了深厚的社会时代感。

2. 柳青延安时期的文学创作特征

柳青的文学创作开始于延安时期,柳青全程参与了延安文艺的建构历程,他在延安时期创作的文学作品是延安文艺的重要组成部分,一定程度上代表和反映了延安文艺的特征与风貌。"延安文艺是在中国共产党领导下的人民大众在改天换地的革命斗争中产生和发展起来的革命文艺,是我国'五四'新文艺发展史上的丰碑,也是马克思主义文艺理论在我国特殊条件下的成功运用和重大发展。"②在延安文艺运动初期,解放区的文学创作取得了一定成绩,但很多作家带有浓厚小资产阶级思想作风,没有把文艺创作与当时的革命任务联系起来,逐渐暴露出了一些弱点。针对文艺界存在的这些问题,党中央组织延安的文化人于 1942 年 5 月召开了文艺座谈会,毛泽东发表了《在延安文艺座谈会上的讲话》,开创了我国无产阶级革命文艺运动的崭新局面。柳青作为延安文艺及《讲话》忠诚的拥护者与实践者,在延安时期的文学创作具有以下几个特征。

---

① 艾克恩:《延安文艺运动纪实——毛主席〈在延安文艺座谈会上的讲话〉的前前后后》,《延安文艺回忆录》,中国社会科学出版社 1992 年版,第 419 页。

② 张鸿才:《延安文艺论稿》,宁夏人民出版社 1999 年版,第 3 页。

（1）强烈的政治教育性

延安文艺在毛泽东思想与《讲话》精神的指引下,自觉、及时、直接地反映人民群众火热的斗争生活,帮助人民群众提高思想觉悟,真正做到为工农兵创作,为工农兵服务。延安文艺在特定历史时期里对广大人民群众在政治上、思想上起到了重要作用,在推动现实社会的前进方面发挥了巨大的精神力量,而延安文艺强烈的政治性也是不同于其他文艺的特质。这一时期的文艺作品在内容上都是为解放战争服务的,在思想上都是具有明显的政治功利性质的。柳青曾说:"文学事业是党的事业的一部分,它有高度的严肃性,作家必须向党负责,向人民负责,要考虑作品的效果。"①从第一部短篇小说集《地雷》与第一部长篇小说《种谷记》起,柳青的创作就已经尝试与政治接轨。虽然缺少宏观的无产阶级理论视野,但这些作品已能及时并深刻地反映出革命斗争中萌生的新生力量。可以说,柳青是革命宣传者与文艺工作者的统一,他的文学作品中体现着无产阶级革命文艺理论的倾向性和战争环境中农民生活的真实性之间的紧密结合,带有深刻的时代烙印。延安时期的文学,甚至受延安文艺影响的文学都通常被认为是政治运动的产物,是不同程度地为政治服务的,然而即便这段时期的文学作品具有强烈的政治性与意识形态的背景,也不能抹杀它作为先进文学艺术的存在意义。柳青延安时期的文学创作中出现强烈的政治性是不可避免的,也是无可厚非的。无论《喜事》《在故乡》,还是《一天的伙伴》《误会》均体现出强烈的政治倾向性,通过对战争环境中普通军民的日常生活摹写,显示出无产阶级革命事业的正义性与必胜趋势。

延安文艺在注重政治性的基础上,也高度强调教育性。延安文艺要求党员作家首先是党员然后才是作家,所有的作家、文学家都应该是文艺工作者。为谁工作?目的很明确,为无产阶级革命工作,做宣传教育群众的工作。毛泽东在《讲话》中指出:"我们今天开会,就是要使文艺很好地成为整个革命机器

---

① 端木国贞:《记柳青》,《当代文学研究丛刊(一)》,中国社会科学出版社 1980 年版,第178页。

的一个组成部分,作为团结人民、教育人民、打击敌人、消灭敌人的有力的武器,帮助人民同心同德地和敌人作斗争。"他旗帜鲜明地宣称:"唯物主义者并不一般地反对功利主义,但是反对封建阶级的、资产阶级的、小资产阶级的功利主义,反对那种口头上反对功利主义、实际上抱着最自私最短视的功利主义的伪善者。世界上没有什么超功利主义,在阶级社会里,不是这一阶级的功利主义,就是那一阶级的功利主义。我们是无产阶级的革命的功利主义者,我们是以占全人口百分之九十以上的最广大群众的目前利益和将来利益的统一为出发点的,所以我们是以最广和最远为目标的革命的功利主义者。"他要求文艺工作者"去参加工农兵群众的实际斗争,去表现工农兵群众,去教育工农兵群众。"文艺工作者以教育者的身份进行创作,文艺作品自然带有明确的宣传教育目的。在毛泽东文艺思想指引下,柳青追求文艺作品的思想教育作用。当然,他在追求思想教育作用的同时,也没有忽视艺术创作的审美要求,而是把两者相互糅杂,统一在自己文学创作中,使革命的思想内容和审美的艺术形式能够达到最大程度的完美结合。柳青在这一时期创作完成的长篇小说《种谷记》就达到了延安文艺的要求,它的价值不仅在于文学艺术上的独特发现,更在于政治思想教育上的重大作用。

(2)浓厚的大众化倾向

首先,柳青的文学作品及时反映普通群众的斗争生活。一切为了人民大众,是革命文艺创作规律最基本的出发点,也是延安文艺的本质特征。《讲话》在提出文艺为人民大众服务的同时,还指出了文艺应当如何为人民大众服务的问题。《讲话》发表后,文学创作的题材和主题都发生了改变,人民大众的斗争生活变成了作家关注的重点,有所作为的先进人物变成了作品的主人公。同时,文艺家笔下的人民群众表现出新时代人民的光辉,虽然还有不可避免的弱点和缺陷,但更有让人钦佩的美好情操。总而言之,《讲话》改变了文艺与人民大众的关系,实现了文学的大众化,确立了人民群众的主体地位。柳青这一时期的文学作品与大众的斗争生活紧密相关,他把人物个人的命运和阶级的命运联系起来,探求生活的真理,描述乡村的故事,抒发群众的情感,并使主人公致力于为人民大众的革命事业而奋斗,表现出革命战士对生活变革的个人体验。柳青从生活习俗到气质神态以至思想感情都是地地道道的北方农民,因此他笔下的乡村不仅真实而且独具特色,既呈现了农村各阶级的复杂矛盾,描绘了农民贫苦落后的生活,又揭示了农民革命的斗争要求和逐渐觉醒的意识过程,显示出新的生活真理和时代色彩。总体来说,柳青的小说创作体现了延安文学对人民大众的革命斗争生活深刻而独到的艺术表现和审美体验。

其次,柳青追求文学的大众化形式。《讲话》着重揭示了无产阶级革命文艺的根本方向,并要求文艺家在深入生活、接触群众之后,采用老百姓喜闻乐见的文艺形式写出更加真实的故事和人物,即要求延安文艺具有大众化的特征。大众化的文艺形式表现的内容多是人民群众亲历或熟悉的现实生活,这种新文艺契合了根据地人民群众的文化心理,能够获得广泛的群众基础。延安文艺在人民群众最易于接受的文艺表现形式下形成了一场具有广泛群众基础的大众化文艺运动,而革命艺术家运用大众化文艺形式表现人民群众的新生活,这种形式的确立也赋予了延安文学蓬勃生机的新面貌。在《讲话》精神的号召下,柳青带着一封介绍信,开始了体验生活、改造思想的阶段,他所投身的革命战争生活与农村社会变革是与广大农民的根本利益相一致的。在无产阶级力量的推动下,他的作品具有了一种能为农民所喜爱和乐于接受的特质,采用群众乐见的方言俗语,塑造群众身边的普通人物,追求故事情节的连贯统一。由于柳青对中国农村知之甚深,和中国农民感情甚笃,所以他对于农村变革的现实图景和各类人物的描绘就自然要比其他作家更为贴切和深入。也正是因为柳青在切身利益和审美趣味上与底层农民本能地相通,加之他对大众化民间艺术的表现方式的娴熟运用,所以他的作品深受广大农民的喜爱并在解放区广泛流传。

(3)厚重的现实主义特色

现实主义的文学创作方法一直是 20 世纪上半叶中国文学创作的主流,这与 20 世纪上半叶中国国情有着极大关系。延安时期,特殊的战时环境使现实主义的文学创作方法更受推崇,革命根据地的文艺家被要求组织起来,建立起以"鲁总司令"为旗帜的文艺军队为无产阶级革命服务。柳青文学创作始终遵循现实主义,现实主义是他一生文学活动的底色。

延安文学的现实主义要求文学家转变文艺思想,深入火热的斗争生活,描绘农村新的变化和农民中新的人物。许多文学艺术家参加了实际革命斗争,世界观随着生活经验和思想感情的变化而发生了深刻变化,他们适时地转变思想,开始了对农村的崭新变革和农民的生产生活的关注,这表明了新的人民文艺时代的到来。柳青的文学创作几乎都是深入生活的产物,作品之所以能够正确地反映我国农村中各种错综复杂的矛盾,关键就在于柳青能够长期扎根农村,直接投身斗争。延安时期,柳青在米脂县当了三年文书,整天一身农民装束,经常与农民在一起,并通过工作、生活上的交流,和人民群众在感情上逐渐结合,从实践中积累了大量生动的真实的创作素材,为他进行文学创作铺垫了深厚的生活基础。之后,他根据这一时期在农村的生活体验,最终成功地创作出了反映解放区农村生活的现实主义长篇小说《种谷记》。

延安文学的现实主义要求文艺家在工农兵方向的指引下,运用现实主义的创作方法,努力塑造典型人物。现实主义的原则是从生活出发,真实地再现典型环境中的典型人物。在这一时期,延安作家正是立身于农民之中,在客观真实的基础上观察生活,并运用现实主义文学创作方法按照人物的本来面貌塑造人物形象,以人民群众为作品的主人公,突出人物身上积极、崭新的品质特征。柳青成功地运用现实主义的创作方法描写了《种谷记》这个平实又普通的故事,形象地再现了边区人民真实动人的斗争风貌,使人感到分外新鲜有味且富有时代意义,情绪上还会得到某种鼓动。柳青作品中的场景、人物、细节等都是生动且真实的材料,反映的也是正在变革的农村发生的真实变化,充溢着浓烈的生活气息,以艺术描写的自然、逼真感染读者,并流传后世。柳青的文学创作基本是以现实主义的精神全景式地展现了农村中各个阶层人物的心理变化,也正是由于柳青拥有丰富的生活阅历,对同一类型的人物从生活习惯、兴趣爱好到动作姿态,甚至思想感情都了如指掌,才能够把典型因素融汇于个性之中,塑造出各式各样有生命的、有魅力的典型人物形象。

(4)多元共融的开放性

延安文学具有超越地域界限的开放性。延安文艺座谈会召开之前,相对开明的政治气候和开放的文学政策,都为借鉴和吸收外国文艺提供了良好的外部环境。在各个艺术领域中,文学家对外国文艺在创作手法、写作技巧、艺术风格上的学习、借鉴与模仿,无疑培养了一代新人的成长,提高了延安文艺创作水准。延安文学要求作家以开放性的眼光看待各种问题,包括正确对待外国文化。青年时期,柳青在不断接受中国传统文化熏陶的同时,对外国优秀文学作品也产生了浓厚的兴趣。创作早期,他由于深受欧洲文学的影响而在写作经验和表现手法上汲取了外国小说的丰富营养,使得自身文学艺术的继承和借鉴视野比较开阔。到了延安文艺时期,虽然各个方面的具体条件仍然不可避免地有所限制,但是在相对开放的文艺政策下,柳青与同时期的文艺家一并竭力借鉴和吸收外国文艺中比较有用的因素。从他的文学创作中经常出现的一些议论和印证,可以看出柳青深受托尔斯泰、雨果的影响,借鉴、模仿他们作品中的某些艺术表现手法。甚至有人说柳青的《种谷记》简直是巴尔扎克的小说,这是柳青具有开放性的文学特质的最有力证明。然而,柳青虽然喜爱外国著名作家的作品,但对于所读的书并不都是兼收并蓄,而是通过独立思考,提出自己的看法和见解,着重研究一些问题。之所以如此,不光是由于他对文学的虔诚认真和个性的耿直倔强,更是他坚持开放性的学习方法和兼容并包的文学创作态度。柳青具有直面现实、直面人生的勇气和魄力,使他在文学创作上形成多元共融性,他善于吸收、借鉴外国文学中各种流派在艺术上的长处,极力追求一种更为丰厚、更为博大的文学境界。

(5)质朴生动的民间通俗性

《讲话》发表之后,广大文艺工作者建立了现代的民族化新文艺,从而对外国文艺的借鉴和吸收变得更有分寸,特点也更加鲜明。一直以来,在处理外国文化与我国文化关系的问题上,我们始终坚持把民族性摆在第一位。民族性是各国文学走向世界艺术的基石,在世界文学的总体范围内,各民族的文学占有自己不可替代的位置。强调民族性,强调保持中国特色,是我国文艺持续发展的基本方向。20世纪40年代以延安为中心的解放区文学,在时代需求和文学发展的双重驱动下,形成了以"走向民间"为特征的文艺运动,同时确立了以民间文艺为主体的审美品格。民间文化形态以多种方式融入主流文化建构中,这是中国新文学现代化进程中的有益尝试与探索。延安时期对于文学民族化的审美追求顺应了根据地农民的文化趣味,当时的文学创作呈现出较为明显的向民间文化形式"回归"的趋向,显得拙朴而富有地域韵味,带有一种质朴的民间气息和民俗之美。

柳青在《讲话》精神的指引下,在文艺的工农兵方向的指引下,主动深入农村基层,吸纳民间文艺的营养,学习民间艺术之所长,捕捉工农兵的审美趣味,自觉地选择了以农村和农民为主体的民间民俗文化作为自己文学创作的基础。积极投入群众的火热斗争,思想感情逐步同工农兵打成一片,既熟悉了他们的语言和生活习惯,又理解了他们的审美和心理特征,为创作合乎工农兵斗争需要的、具有民间民俗特征的文学作品提供了现实条件。柳青文学创作的很多方面都来自民间的真实力量,这种民间的力量使得作品不断暴露出民间生命、生活的真相,从而使民间能够以相对真实的面目保留它的原始生态。柳青明确地沿着延安文艺要求的方向,自觉地走向民间,并在深入生活、体验情感的同时,努力学习民族和民间文艺。在此基础上,柳青在延安时期的许多文学作品都具有浓郁的民间民俗特征,深受群众与读者的喜爱与欢迎。

3.柳青参与延安文学建构

柳青是延安文学体制的建构者、参与者和实践者,他作为延安文学运动的亲历者,身体力行地响应和贯彻当时的文艺方针,对延安文学体制的最终建立作出了应有的贡献。

抗日战争爆发后,柳青和当时许多爱国青年一样,满怀激情地寻求革命真理,寻找救国道路,最终纷纷奔赴革命圣地延安。当时带着梦想与理想涌进延安的多数知识青年并没有清晰地认识到自己的小资产阶级立场与无产阶级革命之间的罅隙与裂缝,没有意识到彻底摒弃小资产阶级知识分子作风对于无产阶级革命胜利的重要意义。对此,在党中央的安排和指示下,毛泽东组织延安文艺界人士,召开了具有历史性意义的延安文艺座谈会,并发表了重要讲话。会议的中心论点之一就是作家与工农兵相结合的问题。《讲话》中提到"必须长期地无条件地全心全意地到工农兵群众中去,到火热的斗争中去"①,即要求文艺工作者和人民群众相结合。作家对自己描写的生活,最好有亲身的直接感觉。这种感觉敏锐、精细、真切的程度,最好能像工人对工厂生活,农民对农村生活,战士对部队生活那样熟悉。因此,作家只有长期地全心全意地深入生活,并从人民群众那里汲取精神力量和思想营养,才能创作出为老百姓所喜闻乐见的文艺作品。为了响应文学家艺术家应该深入生活的号召,各根据地的文艺工作者在延安文艺座谈会以后,在毛泽东同志《讲话》精神的指引下,纷纷上山下乡深入农村,奔赴战争前线,去体验生活、磨炼意志,文艺思想、文艺理论和文学创作在民族革命的总方向和为工农兵服务的大方向上统一起来,延安文艺在党的领导和整风运动的推动下得到了空前蓬勃的发展。文艺界人士下乡运动不仅解决了文学艺术的源泉问题,并逐步解决了作家、艺术家与群众的关系问题,实现了思想感情的转化,革命的人生观和文艺观逐步确立。②

广大文艺工作者通过学习理论文件和积极响应政策,提高了思想认识,明确了创作方向,文艺思想上的一些错误观点和文学创作上的不良倾向得到了及时纠正。《讲话》发表后,文艺家开始对自己的世界观、艺术观进行深刻的反省和批评。在检讨自己的同时,延安文人纷纷调整和转换自己的文化观念,纷纷以自己的实际行动,投身到"深入工农兵"的浪潮中。③

柳青抗战初期便来到延安,先在边区文抗协工作,在参加了整风运动和学

---

① 毛泽东:《在延安文艺座谈会上的讲话》,《解放日报》1943 年 10 月 19 日。
② 牛兴华、任学岭、高尚斌、杨延虎:《延安时代的毛泽东》,陕西人民出版社 1999 年版,第189 页。
③ 万国庆:《凝眸黄土地——延安文学史论》,湖北人民出版社 2003 年版,第 21 页。

习了《讲话》精神后被分派到米脂县当乡文书。他遵循党的指示，在米脂度过了艰苦而充实的三年农村生活，在这段与农民摸爬滚打的难忘岁月中，柳青深刻地领会到了文艺整风的意义。在向工农兵群众学习的过程中，柳青努力改造自己，驱赶自己头脑中的小资产阶级知识分子作风与意识，真正理解和领会了毛泽东所说的"生活是文学艺术唯一的源泉"这一道理。在之后的生活和创作中，柳青主动地与人民大众结合起来，把工农兵放在创作的中心位置，并根据革命斗争的需要对收集到的原生态的生活素材进行加工、提炼、升华。他是延安时期知识分子向农民群众学习、与工农群众结合，脱胎换骨并自我改造的楷模。

作为延安文学体制的建构者和参与者，柳青长期地、心甘情愿地、全心全意地深入生活、体验生活，为他这一时期的文学创作奠定了坚实的基础。其第一部长篇小说《种谷记》的成功之处，关键就在于对农村生活的真切体验，并将自己体验到的真挚强烈的思想感情灌注到对于边区人民的生活和斗争的真实描绘中。《种谷记》是这一时期文艺工作者与普通农民群众相结合的产物，也是实践毛泽东指引的工农兵文艺方向获得的丰硕成果。柳青在文艺的工农兵方向的指引下，积极投入群众的火热斗争，思想感情逐步同工农兵打成一片，既熟悉了他们的语言和习惯，又理解了他们的审美和心理，为创作合乎工农兵斗争需要的、具有民族性、大众化风格的文艺作品提供了现实范本。柳青这一时期的一些作品如《误会》《牺牲者》等并非概念化的革命宣传作品，而是努力表现出革命战士在战争环境下对生活变革的不同的个人体验，他自身也从外在形象到内心世界都实现了文艺工作者与革命宣传者的统一。柳青笔下的乡村生活独具特色，笔下的农民各有千秋，他的作品体现了延安文学对人民大众的革命斗争生活深刻而独到的艺术表现和审美体验。

延安文学运动倡议革命的文学工作者创作反映现实题材的文学作品。于是文学工作者走出个人生活的狭小圈子，融入到人民生活斗争的广阔天地中去，与革命实践相结合，与人民群众相结合，专业作家得到了大众文艺营养的哺育，使文艺运动不仅在更广阔的范围内展开，而且呈现出更鲜明的特色与风貌。同时,《讲话》改变了五四以来知识分子的文化观念,把文学纳入了革命斗争的轨道。柳青用文学作品捍卫新生的无产阶级,旗帜鲜明地为无产阶级革命斗争服务。柳青虽然没有直接聆听《讲话》,但他对《讲话》的贯彻实施绝对是深刻的、全面的,他在延安文艺时期的文学活动是大家有目共睹的,他完全可以称得上是延安文学体制的建构者、参与者和实践者,他对延安文学的认同和追随不仅仅是在延安文学这一段时期,更贯穿于他的一生。

二、柳青对延安文学精神的继承和发展

1. 新中国成立后的文学实践活动

（1）主动投身农村生活

延安时期,由于特殊的历史环境与战争氛围,许多作家上山下乡,加入到火热的斗争生活之中,积极参加农村社会实践活动。这中间,一些作家饱受革命熏陶,思想得以转变,心悦诚服地参加农村活动与农民群众生活在一起,不分彼此,水乳交融,几乎成为他们中的普通一员;一些作家的上山下乡却带有策略性,是革命形势所迫,颇有"身在曹营心在汉"的意思,虽然深入了农村,参加了革命斗争,但是与农民、农村生活的隔阂还是存在的,不熟悉、不习惯农村的生活、风俗习惯,所以当革命胜利以后,他们急切地回归城市,寻找过去的生活习惯与作风,这是正常的,也是无可非议的。柳青显然属于前者。

1951年,柳青在秦皇岛写完一部反映解放战争"沙家店战役"中一个粮店支前故事的长篇小说,起名为《铜墙铁壁》。之后,他一直以文学家特有的方式不断探索怎样建设新政权、怎样为人民服务、怎样实现党在新的历史时期的伟大构想。1952年,柳青毅然离开繁华的京城,举家迁移到陕西省长安县皇甫村一座破庙里安家落户,同时挂职长安县县委副书记。1953年,他辞去县委副书记的职务,以一个普通农民的身份扎根皇甫农村长达14年之久,全身心投入创作反映我国社会主义建设时期农业合作化运动的长篇史诗巨制《创

业史》。在这里，曾经生活于京城，口袋经常别着钢笔的文人柳青变成了一个剃光头、穿对襟黑袄、把手缩在袖筒里与农民捏指头摸价的陕西老汉。十几年的时间，柳青与长安县人民结下了深厚情谊，丰富扎实的生活经历也为柳青提供了不竭的创作源泉，《王家父子》《邻居琐事》《1955 年秋天在皇甫村》《灯塔，照耀着我们吧!》《关于王曲人民公社的田间生产点》《怎样沤青肥》《耕畜饲养三字经》《美学笔记》等作品相继问世。1956 年出版的散文特写集《皇甫村三年》、1959 年出版的中篇小说《狠透铁》，都是这段生活真实的艺术记录。

在长安县生活的整整 14 年，柳青自然而然地把创作的艺术焦点投射于中国的农村。他通过对农村生活精细入微的观察和体验，对我国农村在社会主义改造过程中表现出来的复杂微妙的阶级关系和艰辛剧烈的农村生活作了深刻的描绘和充分的概括，进一步揭示了这一伟大时代的社会风貌。柳青以农村现实生活为基准，有分寸、有节制地剖析、描写各阶层农民，真实、深刻地反映现实斗争生活。在人物的行为、情感、语言等方式的处理上让人感到浓烈而真切的生活气息。在 1952 年至 1966 年间，柳青长期扎根于陕西省长安县皇甫村，不仅能够掌握农村的第一手材料，还能够与作品中的人物原型朝夕相处，这样直接的基层生活体验和真实的新鲜感触为其文学创作带来了极大的便利。自从在这里安家落户，他就切实地把自己融入到农村生活当中，以其真实生活体验写出了许多短篇小说和散文。

柳青一直在强调生活对于作家和文学创作的重要作用，他说："生活培养作家，生活改造作家，生活提高作家。"①指出只有长期深入生活，才能对生活做出深刻理解。而他自己也身体力行深入农村长达十多年之久，并将他的所见所闻所感汇聚为一辈子的心血之作——《创业史》。这部描写中国农村社会主义改造的长篇小说就是深入生活的产物，字里行间流露出柳青对农村、农业、农民的深厚感情，表现出柳青对我国"三农"问题的深切关注。这部小说之所以能够逼真地反映出我国农业合作化运动中各种错综复杂的矛盾和斗

---

① 柳青：《柳青同志谈作家的学习问题》，《陕西日报》1962 年 5 月 17 日。

争,深刻地揭示出社会主义道路是我国农民彻底翻身解放的唯一道路这一重大主题,除了作家本身明确的世界观和优秀的文学修养等条件之外,关键还在于柳青能够长期扎根于农村,直接投身于农村的生产生活。他从 1952 年就来到陕西省长安县皇甫村,在实践中积累了大量生动的真实的创作素材,为他后来成功地进行文学创作铺垫了深厚的生活基础。他将自己置身于作品中人物真实的生活场景中,用心去感受、品味他们的生存状态,洞察社会变革给他们的生活带来的变化和影响。整整 14 年,他穿着和当地人一样的装束,过着和庄稼人一样的生活,乐此不疲地穿梭于作品中的人物原型之间,与他们亲密接触、朝夕相处。除了观察他们的生活状态,收集宝贵的第一手资料,还研究政治经济学、社会心理学、历史学,并融合最新的方针政策以及党和国家领导人的重要讲话,竭尽全力为创作《创业史》奠定坚实的生活基础。在皇甫村的 14年,《创业史》经历了艰辛和专笃的准备、创作和修改过程,最终成为"我国当代文学中以农村社会主义革命和建设生活为题材的作品中最优秀的,也是整个 20 世纪中国最优秀的作品之一。"①

　　文学家对于农村及农民的关注与中国社会的现实国情息息相关,几千年来,农村作为中国社会最广大的基本形态,农民作为中国人口最重要的主体构成,他们的存在不仅决定着中国社会基本的历史性质和文明形态,还体现着中华民族基本的心理结构和精神状态。因此,要想真正了解中国社会和中华民族,必须了解中国的农村和农民。同样,文学要反映中国的社会现实和人民群众,就不能不反映中国的农村和农民。② 农村题材的小说创作构成了我国农村社会主义革命的一部文学编年史,这类作品描写了农民从个体私有制向集体公有制转变的全过程,从中可以看到作家对于 20 世纪中国农民走过的历史道路的关注。柳青长篇小说《创业史》的出现使我国社会主义农业合作化运动得到了大规模、全景式的体现,既具有鲜明的时代特征,又具有浓郁的民间

----

①　旷新年:《写在当代文学边上》,上海教育出版社 2005 年版,第 48 页。
②　张德祥:《繁花满眼看文坛——当代文艺潮流批评》,中国文联出版社 2006 年版,第250 页。

色彩,《创业史》作为我国"十七年"文学涌现出的扛鼎之作,其与柳青主动投身农村的实际经历有很大关系。

(2)积极融入农民群体

人民群众是历史的创造者,中国自古以来就是农业大国,农民一直是中国人口数量最大的社会群体,20世纪的中国无产阶级革命把农民这一特殊群体推上了历史舞台,农民一度成为中国革命斗争与社会主义建设事业的主力军,农民在20世纪中国历史进程中起着不可磨灭的推动作用,农民及其文化价值构成了20世纪中国文学的重要表现对象。柳青的农民情结源于对农民群体的热爱和对农民生活的牵挂,农村、农民、农业既是他的精神支柱,也是他的创作源泉。

柳青自幼生长于陕北农村,其生活习惯、言谈举止都与农民天然地相近,心理意识、情感志趣也都倾向于农民。他还有着长期在农村生活的经验,对农民有着特殊的感情,多年来他一直把故乡农村、农民当作文学创作的中心和重点。从《种谷记》到《创业史》,中国农民的命运一直是他关注和描写的主要对象。柳青作为一个优秀的文艺工作者,始终自觉地站在农民的立场上,以农民的切身利益为出发点,时刻关注着广阔农村所发生的深刻变革,着力把握现实生活中具有典型意义的先进人物,塑造出能够反映时代精神的典型形象。柳青也正是因为他出身农村,熟悉农民,出于对农村生活的了解和农民阶级的偏爱,才能够创作出乡土气息浓厚、地方特色鲜明的文学作品。

柳青始终执着地把农民的利益和需要放在首位,是一个一生为农民代言的作家。从本质上说,柳青是一位从生活态度到气质性格,从价值取向到精神品格都属于农民的乡村知识分子,他与中国最下层的农民保持着紧密的血肉联系。柳青"对中国农民生存状况和精神心理的熟悉,对中国北方农村民间艺术形式的热爱与通晓,是同时期的其他作家很难达到的。"[1]柳青是与农民有着天然血肉联系的作家,他始终把关心中国农民命运作为自己的历史使命。

---

① 万国庆:《凝眸黄土地——延安文学史论》,湖北人民出版社2003年版,第56页。

《狠透铁》中的老生产队长做啥都狠,不仅在思想上对毛主席关于农业合作化的号召跟得紧,还在行动上对隐藏在人民内部的阶级敌人斗争得狠。在《铜墙铁壁》中,柳青描写了以米脂沙家店粮站为中心的护粮斗争,歌颂了石得富等人的英雄业绩。整部小说真实、感人,十足的乡土气息,形象地体现了真正的铜墙铁壁"是群众,是千百万真心实意的拥护革命的群众"这一真理。[①]《创业史》则真实地再现了我国 20 世纪 50 年代初中国农村发生的伟大的经济变革和政治变革,他对农民的生活和劳作细节描绘得相当细致真切,对农民的心理也拿捏、把握得比较准。作者以深邃的目光、博大的胸怀和严肃的态度表现出对社会主义初级阶段中国农民问题的深刻思考和对农民命运的热切关注。作者不吝笔墨地歌颂以梁生宝、高增福为代表的贫苦大众在创造社会主义伟业时表现出来的时代热情,歌颂他们不顾自身安乐的共产主义献身精神。透过作品还可以看到贫苦农民在中国革命与建设事业历程中的觉醒、反抗、斗争与创业的酸甜苦辣。从被压迫的农民为争取生存的权利、为争取民主与平等所进行的斗争,到为了创造一种富裕的、幸福的新生活所进行的艰苦创业,可以看到农民在 20 世纪中期的梦想和追求,可以看到从农民身上、从社会底层爆发出来的力量和理想。

柳青创作《创业史》时的农民立场并非初涉文坛就如此,早期的文学作品由于受到五四文学形式和文学语言的熏陶和影响,把农民身上的弱点如强烈的体味、粗鲁的言辞、易怒的情绪等当作农民群众的普遍特点有所夸大,甚至《种谷记》也体现出知识分子优于农民的意味和倾向。"在文体形式上,《种谷记》还很幼稚,在语言、结构、构思等方面都表现出明显的尝试痕迹。在使自己的知识分子趣味如何与对农民的描写衔接方面,他还没有真正走上轨道。"[②]这种情况在《创业史》中有了彻底改变,柳青在对农民语言、心理的塑造和对农村生活的描写上都真正做到了与农民站在同一立场,用农民的眼光

---

① 艾克恩:《延安文艺运动纪实——毛主席〈在延安文艺座谈会上的讲话〉的前前后后》,《延安文艺回忆录》,中国社会科学出版社 1992 年版,第 419 页。

② 吴进:《柳青与革命文体的生成》,《中国现代文学研究丛刊》2013 年第 7 期。

看问题。为了贴近农民、认识农民、写好农民,他在神禾塬上的皇甫村一住就是 14 年,与农民同吃同住,共同体验社会主义发展历程中新农村的变化。柳青始终对于社会主义初级阶段的农业合作化充满期待与憧憬,《创业史》反映的社会主义制度建立过程的生活和斗争是他在皇甫村对互助合作化运动认识的艺术表现,作品里的人物原型大多是这个村子里的农民,而其中的社会主义英雄人物梁生宝就是他在现实农村生活中对王家斌等农民的艺术认识并有意拔高,让这个农民身上充满理想与激情,甚至作者不断跳出作品结构抒发自己的议论与抒情,"他心中燃烧着熊熊的热火——不是恋爱的热火,而是理想的热火。年轻的庄稼人啊,一旦燃起了这种内心的热火,他们就成为不顾一切的入迷人物。"①

柳青描绘了合作化运动进程里各种类型人物的思想变化和矛盾斗争,歌颂了社会主义制度的优越性,表现了农民在共产党领导下逐渐拥护公有制的曲折艰难的历程。每个农民形象都凝聚了作家丰富的农村生活经验,表现了作家对农民的深切理解和诚挚感情。柳青把人物放置于社会历史的洪流中进行观照,并将自己的生活体验融入笔下的人物身上,在关注外部世界发生骤变的同时,把握住了不同类型的人物在重大历史变革中截然不同的精神律动,从而塑造了一系列生动传神、真实丰满的典型人物形象。

《创业史》的主人公梁生宝作为社会主义新时代的新人形象,是柳青精心刻画的典型人物,在他的身上既有处处从实际出发的农民式的质朴,又有为理想而奋斗的青年革命家的非凡气度。他既是淳朴善良的普通农民,从父辈那里继承了勤劳、淳朴、坚强的优秀品质,又是大公无私的共产党员。在共产党的教育下很快摆脱了小生产者私有制观念的束缚,形成热爱社会主义、富于牺牲奉献的性格特征,他的身上负载着那个特殊历史时期青年人的激情与梦想。在梁生宝身上,庄稼人的优秀品质和新的无产阶级思想得到了辩证的统一,这种辩证统一使梁生宝的性格表现出独特的思想艺术光彩,并使其在中国现当

---

① 《柳青文集》第 2 卷,人民文学出版社 2005 年版,第 78 页。

代文学史上成为一个典型的艺术存在。正是由于柳青拥有丰富的生活阅历，对同一类型的人物从生活习惯、兴趣爱好到动作姿态，甚至思想感情都了如指掌，才能够把各种典型因素融汇于个性人物身上，塑造出梁生宝这样有血有肉的典型农民形象。梁生宝是在党的培养下，在农业合作化运动中锻炼成长起来的 50 年代新型农民的典型，在他的身上，有着共产党员的优秀品质和贫下中农的传统美德。作为互助组长的梁生宝为了党的事业和群众的利益一直以来都兢兢业业、无私奉献，在买稻种事件中表现出令人赞叹的艰苦朴素精神，在进山割竹子事件中表现出令人敬佩的组织领导才能，在对待互助组问题上表现出令人欣慰的政治思想觉悟。除去笼罩在梁生宝身上的浓重的政治意识形态，还原其实质是一个本真的农民形象，这个形象蕴含着丰富的生活内容和乡村实际。梁生宝其实并没有惊天动地的壮举，他的高大形象形成于一些看似平凡的小事，但也正是从这一件件小事上反映出了他身上具有的中国传统农民吃苦耐劳、淳朴厚道、踏实肯干的美德，使他成为可以带领群众走农业互助合作道路的带头人，带领群众走向共同富裕的领路人。"对柳青来说，他不能只是一般地把梁生宝写成一个在实际工作中踏实肯干的合作化运动的带头人，而是要把他塑造成一位历史英雄，塑造成为能够自觉把握自身和历史的清醒主体，以此跟过去的草莽英雄划开界限，成为代表时代高度的新人。"①虽然梁生宝的形象有作者着意拔高之嫌，但是该人物的形象塑造凝聚着柳青深刻的文学思考与文学创新意识，唯其如此，浑身洋溢着创业激情与梦想的梁生宝才不同于延安文学时期《种谷记》中只知踏实肯干的王家扶，也不同于"十七年"文学时期同代作家赵树理《三里湾》中的王金生与周立波《山乡巨变》中的邓秀梅，与王家扶、王金生、邓秀梅相比，作者柳青显然在梁生宝形象的塑造上有严家炎先生评价的"抒情议论多"特点，"但从代表革命意识形态和审美理想的角度看，这样的形象又是必需的，惟此才能体现一种革命文学必须具有的

---

① 吴进：《柳青与革命文体的生成》，《中国现代文学研究丛刊》2013 年第 7 期。

高屋建瓴的气度,才能有那种揭示历史走向的理论深度,才能上升到'美'的高度。"①一些评论家对于农民梁生宝身上具有的理想与激情持怀疑态度,认为超出历史真实的水准,岂不知这一人物形象正是柳青在新的革命环境中对社会主义新式农民的文学想象,寄寓着作者在当时历史环境中对人物形象塑造的新追求。

《创业史》中最出彩、最成功的人物形象梁三老汉身上凝聚着老一辈农民的影子,他所显露出的传统观念和封建思想甚至可以说是根深蒂固的。梁三老汉的心态代表了中国绝大多数中老年农民的心态,他的痛苦、怀疑和摇摆是现实环境引起人物本能、真实的反应,历史的矛盾和社会的矛盾都投射到他的身上。梁三老汉最终走上合作化道路,真实地反映了新旧社会交替时期的农民告别私有制时心灵上所经历的艰难的斗争过程,也是历史发展的必然性选择。另外,蛤蟆滩的"三大能人"郭世富、姚士杰和郭振山,也是《创业史》中塑造得极富个性、十分成功,且富有教育意义的典型人物形象。

柳青的大部分作品都是在农村的典型环境下以农民为主要描写对象的,他对农民有着深厚的感情,农民吃苦耐劳、朴实憨厚的品性感染着他,在贫困和不幸中显示出的坚忍不拔、顽强不息的生命精神和生存能力也让他感动,正因为这份感同身受的情感致使他的作品充满着对下层普通劳动人民的挚爱之情。柳青是一个来自农村并熟悉中国国情、民情的农民知识分子,他的人生价值理念是以农民为本位的,他的作品都反映了当时人民群众的要求和愿望,真实地描绘了人民群众生产生活的实际状况,他同人民群众保持了紧密的联系,并从他们那里汲取了源源不断的精神力量和创作灵感。

2.社会主义现实主义文学

从五四新文学发端至今,现实主义文学在 20 世纪中国文学创作中一直占

---

① 吴进:《柳青与革命文体的生成》,《中国现代文学研究丛刊》2013 年第 7 期。

有重要地位。在历经了批判现实主义、革命现实主义、社会主义现实主义、魔幻现实主义等多种创作方法之后,现实主义文学的内涵逐渐扩大,影响更加深远。20世纪中国现实主义虽然与欧洲19世纪批判现实主义、苏联社会主义现实主义结缘甚深,但在中国社会生活中有选择地熔铸了民族传统现实主义文学的有效形式和手法,从而逐渐演进和更新为富有中国特色的现实主义文学。它凝聚了一个古老民族追求解放的苦痛,具有更强烈的、更热切的现实精神,体现了文学与现实血肉相连的情形。中国的现实主义相较于世界各国的现实主义,既有借鉴又有创新,是在中国传统文学的基础上的引进和交融,形成了独创的、崭新的现实主义文学形式。

现实主义文学思潮一直是我国革命文学主潮,从五四新文学运动开始,在半个多世纪的发展中,现实主义文学产生于现实,执着于人生,不断从人民群众的现实生活和斗争中汲取力量,形成了"为人生"的优良文学传统。鲁迅作为文学革命主将,在现代文学创作领域中率先打出现实主义文学旗帜,引领并感召"为人生"派、"乡土文学"派融入现实主义文学创作,茅盾、巴金、老舍、曹禺、丁玲、张天翼、萧军、萧红、艾青等一批现实主义文学家都曾受到鲁迅的提携和奖掖,为中国现代文学奉献出了杰出的现实主义力作。20世纪40年代,面对多灾多难的现实处境,有良知的知识分子主动承担起了现实赋予文学的历史责任,执着地进行革命现实主义文学创作。柳青、赵树理、孙犁、周立波等一批作家,继承了鲁迅开创的现实主义文学优良传统,并在文学实践中形成不同的艺术派别,丰富和发展了现实主义文学创作。延安文艺座谈会后,柳青一直做农村基层群众工作,逐步走上了革命现实主义文学的创作道路。新中国成立后,由于社会环境与革命任务的变化,社会主义现实主义文学创作方法成为文艺工作者为人民服务的基本创作方法,得到柳青的认可与追随。社会主义现实主义以毛泽东《讲话》为代表的马克思主义文艺思想作为指导思想,强调文艺为政治服务、为人民服务并首先为工农兵服务。社会主义现实主义这一创作方法要求作家从现实发展中去描写生活,要求作家站在进步的立场上"去熟悉人民的新生活,表现人民的先进人物,表现人民的新的思想和感情"①,进而为社会主义建设服务。柳青于新中国成立后坚持在农村安家落户,继续和农民兄弟生活在一起,亲历了中国农村社会主义革命的全过程,坚定了社会主义现实主义的创作理念。无论是在现实主义受"左"倾政治思潮压迫的"十七年"期间,还是粉碎"四人帮"以后被重新唤起的再发展时期,柳青都始终秉持着现实主义文学传统,用现实主义的文学方法思考和探索人民群众的新生活。

柳青早期深受欧洲现实主义文学的影响,在文学艺术上充分汲取了外国文学的营养与经验,开阔了视野。在执着追求现实主义的道路上,柳青早期的创作着眼于社会人生,注重文本描写上的客观真实,基本上沿着五四新文学运动开辟的批判现实主义的道路前进。对于没有将阶级矛盾作为主要描写对象进行书写的第一部长篇小说《种谷记》,柳青曾经自我批评:"我太醉心于早已过时的旧现实主义的人物刻画和场面描写,反而使作品没有获得足够的力量。"②以致没有将作品上升到阶级矛盾激烈冲突的政治高度,缺乏服务革命斗争的力度。多年后,柳青的另一部长篇小说《创业史》采用社会主义现实主义手法所展示出的雄阔时代画卷,具有历史的、文化的史诗气魄。它的问世,标志着柳青现实主义文学创作趋于成熟。《创业史》是融中国民间传统文学与苏俄为主的外国现实主义文学为一体的集大成之作。因为它客观显示了社会主义的必然历史趋势,赞扬了社会主义制度的优越性,可以说是新中国成立后我国社会主义现实主义的杰出典范作品。尽管《创业史》所反映的时代生活已成为逝去的历史,但是作家现实主义文学艺术的深厚功力与对于中国农村的眷恋和农民的挚爱永远值得广大作家学习和借鉴。

柳青在自己漫长的文学道路上毫不犹豫地选择并坚持了现实主义的创作方法,在经历了旧的批判现实主义、革命现实主义之后,确立了社会主义现实主义的创作方法,柳青的文学是标准的社会主义现实主义文学文本,这种文学

---

① 周扬:《为创造更多的优秀的文学艺术作品而奋斗》,《文艺报》1953 年 10 月 15 日。
② 柳青:《毛泽东思想教导着我》,《人民日报》1951 年 9 月 10 日。

文本的特征就是社会主义现实主义理论的特征。① 社会主义现实主义创作特征表现在艺术性和政治性两方面：艺术方面追求典型性，即典型环境中的典型人物塑造；政治方面是从社会主义意识形态对文学的要求引申而来，如倾向性、人民性、党性等特点。新中国成立后柳青的作品是符合社会主义现实主义文学这些要求的。

在作品叙事上，社会主义现实主义文学要求通过典型化手法提炼最能反映真相、最能揭示本质的生活现象进行概括集中。文艺创作对时代的概括和描写，作家对历史、现实和未来的种种思考，都是通过塑造人物形象得以实现的。② 并且，现实主义要求运用朴素的语言对典型事物进行冷静、细腻的刻画和描绘。农村题材的作品与农村生活、农村变革结合得相当紧密，能够反映出最典型的社会生活面貌，是最具有现实主义题材的作品。而柳青是一个艺术上有造诣，有追求有勇气有良知的现实主义作家，思想觉悟的高度、认识问题的深度和生活积累的厚度都使他能严格遵奉生活实际和生活逻辑来营造典型环境、刻画典型人物。《创业史》以梁生宝互助组的建立、巩固和发展为线索，通过对渭北平原蛤蟆滩这一典型环境的描写和对各类典型人物的精心塑造，真实和深刻地展示我国农村社会主义革命初期两条道路、两种思想的斗争，以及五亿农民走社会主义集体化道路的历史进程。

在思想意识上，社会主义现实主义文学要求作家必须站在无产阶级的立场上，用共产主义的世界观来观察和描写现实世界。社会主义现实主义带有浓重的政治色彩，要求文艺工作者自觉践行毛泽东文艺思想，文学创作为工农兵服务，为无产阶级革命斗争服务，为社会主义合作化运动服务。柳青在创作原则上忠实地贯彻现实主义的创作方法，所以他的作品必然性地带有特定历史时期和作家本人政治的局限性，但由于他坚持"从生活出发"这个相对客观的立场，所以政治时效性与阶级论观念并不完全遮盖作品特有的艺术审美特

① 蓝爱国：《解构十七年》，华东师范大学出版社 2003 年版，第 92 页。
② 陆贵山主编：《中国当代文艺思潮》，中国人民大学出版社 2002 年版，第 176 页。

性。在文学实践中,柳青所遵循的现实主义创作方法同无产阶级文学的党性原则在现实创作中达到了比较完美的结合与统一。

在情感表现上,社会主义现实主义文学要求作家描写生活中那些真正使自己感动并经过其感情熔冶了的东西。因为现实主义文学是真正的人民文学,是真正为人民的文学。现实主义的文学作品重视人物和人物内心世界,强调表现作家的真情实感。也只有忠实于作家自己的东西,才能够忠实于客观现实,也才能够打动读者,引起读者的共鸣。因此,广大知识分子深入到生活实践中去的行为过程不仅是获得创作源泉的途径,同时也是增强情感沟通的途径。创作主体对他所描写的对象世界的这种情感,是他进入对象世界的通行证,是他与对象世界沟通的中介。① 只有发自内心的真情实感,才能够描绘出令人动容的优秀作品。柳青在现实主义文学创作中注重把反映客观现实和表现主观感受有机地统一起来,他关注社会现实生活,但不仅仅局限于表面的叙述,而是通过艺术描写投入主观情感,参与对生活的评价。

柳青作为一个有良知的作家,一生坚持现实主义原则,从生活出发,直面现实,表现出强烈的民族责任感和社会责任心,在他的文学创作中充分体现出现实主义的表现方法和创作精神。对于“现实主义过时论”,他曾说:“也许现实主义可能有一天会‘过时’,但在现有的历史范畴和以后相当长的时代里,现实主义仍然会有蓬勃的生命力。”②事实证明,柳青是对的,现实主义的内在生命的确具有强大的、长久的适应时代的能力,是不断变化、向前发展的。

3. 柳青的文学精神

延安时期的文艺方针政策教育和培养了一代知识分子,柳青是延安文艺精神忠诚的学习者、实践者和拥护者,具有极其强烈的社会责任和奉献精神,

---

① 张德祥:《繁花满眼看文坛——当代文艺潮流批评》,中国文联出版社 2006 年版,第251 页。

② 路遥:《早晨从中午开始——〈平凡的世界〉创作随笔》,《路遥文集》第 2 卷,陕西人民出版社 1993 年版,第 14 页。

是传承毛泽东文艺思想与《讲话》精神的典范,他的文学创作代表了延安文学的发展方向,他的文学精神与延安文学精神一脉相承。柳青终身坚持和实践着延安文艺精神,主要体现在四个方面。

(1)坚定的政治立场

柳青在青年时期不断追求真理、获取知识,不仅培养了他的文学兴趣和独立思想,还开拓了他的政治视野,使他认清了国共两党的本质,确定了无产阶级的革命立场。他广泛涉猎外国文学作品、左翼作家作品以及政治经济哲学书籍和报刊,并在发表了《待车》等作品之后,主办了救亡刊物,由此开始走上了追求真理与光明的革命道路。

延安时期,经历延安整风运动之后,柳青的阶级立场更加坚定,作为一位党员作家,首先是党员,然后才是作家,自然他的每一部作品都自觉地站在党的与革命的立场上从事写作。《讲话》要求文艺家转变写作立场,坚定地"站在无产阶级的和人民大众的立场","我们的文学艺术都是为人民大众的,首先是为工农兵的"①,这一论断为无产阶级革命文艺规定了明确的服务方向,即文艺的工农兵方向。《讲话》要求文艺家站在群众之中用普通人的眼光观察世界,做群众的代言人。在展开群众性的文艺活动的同时,文学艺术家纷纷走向社会,深入工农兵,学习民间艺术,运用群众喜闻乐见的形式,创作出崭新的深受人们喜爱的文艺作品。柳青身为一名无产阶级党员作家,其文学的阶级性和政治的倾向性在作品中显现得尤为重要。除了人们耳熟能详的纯文学小说之外,他还写作了经验总结《米脂县民丰区三乡领导变工队的经验》、工作报导《长安县三王区人民公社的田间生产点》、俗文口诀《耕畜饲养管理三字经》、书面意见《建议改变陕北的土地经营方针》等政治文献资料,这些资料折射出柳青和党的革命事业有着直接的联系,而其中的政治立场与倾向则更是显而易见。

柳青在新中国成立前就已经是毛泽东文艺思想的忠实实践者,柳青的作

---

① 毛泽东:《在延安文艺座谈会上的讲话》,《解放日报》1943 年 10 月 19 日。

品始终追求文学审美和政治观点的完美结合,他除了尽可能真实地表现生活的特有美感和原生状态,还将人物及其活动都纳入阶级矛盾和路线斗争的框架内。柳青的作品表现了相对的艺术真实性和鲜明的政治倾向性的统一。新中国成立后,柳青为了贯彻《讲话》的基本精神,传承延安文艺优良传统,自愿放弃京城优裕的物质条件,申请落户家乡农村,以获得文学创作取之不竭的丰富源泉,为农民立言,农民的阶级出身和家庭环境使得他对农民的理解和认识极为准确而深刻。在成长为知识分子之后,他不但没有疏远农民,做袖手旁观的局外人,而是更加积极融入到社会主义新农村建设之中。《创业史》产生于特定的历史时期,因此不可避免地具有时代局限性和政治功利性,但这绝不影响其伟大意义和崇高地位。在那个特殊的年代,柳青自觉地追随着主流意识形态话语,尽量全面地展现农民在合作化运动中的精神风貌。作品一方面理直气壮地宣扬社会主义农业合作化的优越性与必然性,另一方面比较严格地遵循现实主义的基本精神,即按照生活的原貌来反映生活。正是因为这样,才使得《创业史》即便具有明确的政治倾向与时代刻痕,也依然无法磨灭它的文学史价值。柳青不仅是离开北京落户皇甫村的作家,还是中共长安县的县委副书记,他亲历和领导了农村的合作化运动,以极大的热情呼应主流意识形态书写了史诗巨著《创业史》。总体来说,这部小说是柳青站在党的立场上描写农村合作化运动,以阶级斗争为主要线索连接起形形色色的农民群众,揭示他们内心的矛盾纠葛与喜怒哀乐。柳青在亲身参与社会主义农业合作化运动过程中,始终响应党的号召,认真参加各项政治学习,翻阅党报大刊,努力吃透政策,紧跟形势,以手中之笔为社会主义事业蓬勃发展服务。柳青一直坚持社会主义文艺方向,关注民生,情系百姓,努力为改善中国"三农"问题鼓与呼。

(2)大胆的文体创新意识

如果说,柳青在延安时期的文学活动并不足以使他成为引领那个时期的文坛主将,那么新中国成立后,以《创业史》为代表的柳青文学创作使他成为我国"十七年"文学的领军人物。柳青在中国当代文学史中的地位主要取决于他对革命文艺体式的创新,《创业史》实现了延安文学在新的历史时期美学形态的成功转型,"从重视'民间'的延安文学到建国后'颂歌'型的革命文学,体现了成功后的中国革命对文学新的要求,即完成了对理想化革命文学的'形式'的追寻。"①柳青作为中国现当代著名作家,文学道路开始于延安时期,成名于"十七年"文学时期,学界关于柳青及其文学创作一直处于较大的争议之中,贬之者认为柳青及其文学作品就是党的文艺政策的图解,缺乏创新;捧之者认为柳青及其作品是摹写时代风云的壮丽画卷,是史诗巨制与时代强音的完美融合,这两种不同声音形成文学史上的"柳青现象"。无论人们如何评价柳青及其作品,都无法否认柳青是中国现当代文学史上不可或缺的巨大历史存在。要正确解读"柳青现象",必须要全面而深刻理解柳青在文学史上的地位与意义。一部作品的文学史地位主要取决于这部作品对文学发展、文学推动的作用,能进入文学史的作品并非都是艺术与思想的完美统一,一些稚嫩甚至粗糙的文学作品只要能够显露或者推动文学潮流涌动照样是可以"入史"的,如白话诗歌发轫之初,胡适《蝴蝶》一诗,"两个黄蝴蝶,双双飞上天。不知为什么,一个忽飞还。剩下那一个,孤单怪可怜。也无心上天,天上太孤单。"整首诗缺乏诗意,字句尚欠推敲,但该诗却在中国新诗史与中国现代文学史上有着重要的地位,研究中国白话文学史无法回避这首艺术稚嫩的小诗。相反,一个时代出现了密集的艺术技巧非常完美的作品,就不必也不可能把这些作品全部"入史",其艺术审美价值较高,但文学史地位并不高。柳青的《创业史》无论赞之者多么喜爱,但是主要人物性格处理的单一化、概念化痕迹还是比较明显的,以往评论者认为次要人物梁三老汉的塑造要比梁生宝这个主要人物成功并非没有道理,两者相比,梁三老汉显得有血有肉,极有个性。作为一个有着丰富文学经验与深厚创作功力的柳青在创作这部史诗巨制之时,不会不意识到主人公形象的简单固化,之所以这样做,显然是有着自己独特的艺术追求。柳青作为延安文学的建构者之一,面对新的政治与生活环境,敏锐地调整了自己的创作风格,以党的文艺工作者身份全身心拥抱新的

---

① 吴进:《柳青的文学史意义》,《文学评论》2013 年第 2 期。

时代与人民,"就《创业史》的写作来说,它在总体上完成了意识形态对新中国文学长久的期盼,这里的总体不但是指'主题'的提炼,'英雄人物'的塑造,更是指形式的寻找,一种并不属于个别作家的个别形式,而是属于某一时期文学的带有普遍性形式的寻找。"①《创业史》代表了柳青从解放区文学向"十七年"文学成功的过渡与创立,这种文体代表了"十七年"文学的主体特征,成功地昭示了社会主义初级阶段中国新农村的社会图景与新式农民渴望创业的激情与梦想,具有浓烈的共产主义乌托邦理想,成为"十七年"革命文学的代表文体,显示出柳青大胆的文体创新意识。

20世纪40年代末,中国革命形势发生了翻天覆地的重大变化,中国共产党领导的人民武装力量已经夺取革命的胜利,建立起了人民群众当家作主的共和国。延安时期,革命事业压倒一切,文艺运动要围绕革命斗争服务,新中国成立后,社会主义建设事业成为新中国各项事业的重中之重。以蒋介石为首的国民政府离开大陆之时,疯狂敛财,大肆破坏,给新的人民政权留下千疮百孔的烂摊子,人民群众虽然当家作主,但是由于国内连年征战,国民党政府贪污成风,所以新中国的经济基础极端薄弱,基础设施一穷二白,国库空虚,民生凋敝。国际上,以美国为首的资本主义阵营对社会主义国家采取封锁、冷战方式,企图将新的社会主义国家扼杀于摇篮之中。内外交困,给人民政权带来极大威胁,中国共产党号召人民群众自力更生,艰苦奋斗,一定要在一穷二白的基础上建立起繁荣昌盛、欣欣向荣的社会主义国家。新的革命形势呼唤新的文艺作品为新政权、为社会主义事业鼓与呼。柳青终于以自己巨大的文学勇气以及求新求变的文体意识创立了适应时代要求的"颂歌"文体,与代表延安时期文艺方向的赵树理们拉开了距离,作品不再局促于配合解决农村工作具体问题,而是从政治的高度与时代主题出发,承担主流意识形态对于文学的要求,创立了一种新型的符合时代发展与展现特殊历史时期农民群众崭新社

---

① 萨支山:《试论五十至七十年代"农村题材"长篇小说——以〈三里湾〉、〈山乡巨变〉、〈创业史〉为中心》,《文学评论》2001年第3期。

会风貌的新文体。

（3）密切的群众路线

密切的群众路线是柳青文学精神的坚实基础,表现在以下几个方面。

首先是深入农村的社会实践。延安时期,柳青作为第一批响应毛泽东文艺思想的作家,一头扎进米脂农村,与当地群众生活在一起直到因工作需要才离开当地。全国解放后,柳青甘心远离城市,放弃在北京工作的优越环境和应该享受的优越待遇,毅然回到家乡农村,历时长达14个春秋,与当地农民群众摸爬滚打在一起,其中的艰辛可想而知,但这也是他获得了创作上巨大成功的根本原因。代表作《创业史》反映的是我国社会主义初级阶段农业合作化运动波澜壮阔的历史画卷,作品中各个人物的行为方式、情感体验和语言表达,都深具民生视角和真切的生活气息,这完全得益于作者克服万难扎根农村的非凡毅力和认真踏实的创作态度。

其次是关注农民的思想感情。柳青文学创作是在对急剧变革的现实生活的热切关注下,对普通民众的生存命运的深刻体验。柳青一身农民装,满口陕西方言,以普通群众的身份融入生活,了解农村各阶层群众的生活习性和情感需求。他虽然早年在米脂乡政府当过文书,后又作为县委副书记落户长安县皇甫村,但比起基层干部或者公务员的社会角色来说,农民的身份更让他得心应手。他以这双重身份介入生活,立志成为农民的贴心人。他敏感触摸到处于社会主义事业建设初期的农民心灵深处,细微深切地揭示出人物感情世界中所经历的微妙变化,通过深入了解普通农民群众真实的生活状态和心理愿望,把在作品中大力歌颂社会主义建设事业新人、新式农民作为自己不可推卸的职责。他与农民之间形成了一种难割难舍的特殊感情,这种亲近的感情不仅使他体验到了人生的欢乐和意义,还使他获得了创作上的巨大成功。当柳青走上与人民群众相结合的道路,就奠定了他的创作必然会发生新的变化与新的风貌,他的作品是他与农民兄弟同呼吸、共命运所取得的最可贵的收获,《创业史》在探索中国当代农民的生存方式、生活道路和历史命运作出了最好的诠释。

第三是观照现实的理性精神。作为作家,仅仅有对于农村和农民的情感、对于农村和农民文化的认同是不够的,还必须有清醒的审视现实的历史理性精神。《创业史》发掘出了当代农民身上潜在的斗争精神和开创精神,体现出情义相连的互助精神和人伦道义,凸显出农业合作化运动历程中多数农民们的高尚人格品德。然而柳青不仅看到了劳动人民身上的优秀品质,也敢于暴露中国农民在几千年封建文化下形成的弱点和缺陷。他并没有一味地赞扬他们,而是把他们身上存在的保守自私、麻木愚昧的局限性也一同呈现,这并非歪曲丑化农民形象,而是真实地再现农民群体,这种实事求是的历史理性精神除了需要作家具备相应的文学素养,更需要作家具有勇敢真诚的理性信念。柳青作为一个力图深刻地、历史地反映中国农村社会和农民命运的作家,不仅在思想感情上与农村农民相通,还在理性精神的驱动下对部分农民身上固有的劣根性作出客观描绘,他笔下的乡村世界和农民群众是相对真实的历史存在。柳青在农村题材的小说创作中,把对农村农民的深厚情感与冷静的历史理性精神协调起来,所以他的文学作品既充满着情感的表露,又闪耀着理性的光辉。如果说柳青在 20 世纪 40 年代初深入农村是建立在对马克思主义简单化理解的基础上的,甚至并非完全自愿深入农村体验生活,但是新中国成立后他落户农村完全是自觉自愿的,因为深厚的情感选择和理智基础已经渗入他的思想。获得农民的生存体验,感受农民的喜怒哀乐,与广大农民融为一体,对农民及其生活的农村产生发自内心的深厚情感,这不仅确保作家描写的对象是他真正熟悉的,而且给予作家揭示这一群体的心灵世界的勇气和热情,达成情感与理性在创作中的辩证统一。

(4)丰富的社会实践

柳青曾说:"一切归根于实践。对于作家,一切归根于生活。"①他始终坚持文艺为工农兵服务的方向,几十年如一日地深入生活,努力创作,无私地奉

① 柳青:《和人民一道前进》,蒙万夫等编:《柳青写作生涯》,百花文艺出版社 1985 年版,第 31 页。

献了自己毕生的精力，一直战斗到生命的最后时刻，不愧为人民的作家。

柳青特别强调生活对于创作的重要意义，并且非常重视作品的生活真实性，追求作品对生活的客观反映和真实表现。柳青创作的基本主题是反映农民问题，书写农村变革，其特点表现为鲜明的现实主义倾向和民族化大众化的风格。柳青对农村凡俗生活的场景呈现与对农民文化心理习惯的揭示结合在一起，使作品充溢了陕西特有的地域文化特点。从柳青的文学创作可以看出，他对陕西农村的生活场景、人情伦理、民俗习惯描绘得相当细致真切，也正是由于柳青具有深厚的生活基础和广泛的学识，才使得他的作品具有了一种史诗的品格和意味。

《创业史》是建立在社会现实基础之上的农村生活故事，同时也是革命政治理想鼓动下的时代巨制。柳青既用文学的手法描写人生，又从政治的高度透析社会。在20世纪50年代那个特殊的社会历史时期，留给作家自由发挥的文学空间极为有限，任何个人的文学创作必然受到当时政治环境、文学体制、文化氛围的限制和困囿，柳青充分发挥自己卓越的文学智慧，在夹缝中求突变与创新，以其超人的才华和毅力在夹缝中书写了《创业史》这部真挚感人的生活故事，梁家父子单纯质朴的生活至今仍散发着人性的光辉。多年的生活实践使柳青对农村农民了如指掌，而对人物的准确把握和对细节的真实描绘都使柳青的文学创作具有强烈的生活实感。

延安文艺运动已随波澜壮阔的中国革命结束，但延安文艺精神依然留存于许多文艺家的心中，延安文艺由于自身独特的文学价值，在经过时间与岁月的砥砺，至今还是熠熠生辉，显示着强大的艺术生命力。延安文艺精神指引柳青走上了一条正确的创作道路和生活道路，柳青也以自己的文学创作和生活实践证明了延安文艺的长久生命力。

三、柳青对陕西当代文学的引领和影响

柳青对于陕西当代作家有着极强的示范和指引作用，延安文学通过柳青

对当代文学、当代作家尤其陕西当代作家产生了重大影响。柳青是中国现实主义文学创作的杰出代表,他深入生活的可贵精神和独特朴实的艺术风格已成为陕西文学界的优秀传统,他反复强调的"六十年一个单元""三个学校"等文学观点是他数十年文学生活和创作道路的高度概括和总结。柳青开创了陕西文学的精神风尚,指引着陕西几代作家的创作之路,他的文学精神和生活道路在当代文坛尤其是陕西作家群中持续产生着巨大的影响,许多作家都是循着柳青的文学道路开始进行创作的,因而柳青的文学精神与文学道路在陕西当代作家的文学创作中都有鲜明的体现和充分的发扬。

1. 路遥对"教父"柳青的精神传承

路遥把柳青奉为自己的精神导师,柳青生前不仅给了他许多直接教诲,而且路遥还通过柳青的作品和事迹提升了作为一个作家必备的精神素质。可以说,路遥不仅在文学创作传统上继承了柳青,更是在精神层面上深入理解了柳青。从《柳青的遗产》《病危中的柳青》等纪念文章中可以看出路遥一直把柳青当作学习的楷模,他一生都是柳青坚定的支持者和追随者,并自觉地以柳青为师,承续了柳青文学精神,延续了柳青文学道路。

路遥对柳青及《创业史》的重视和推崇程度是众所周知的,他自己曾说:"在中国老一辈作家中,我最敬爱的是两位。一位是已故的柳青,一位是健在的秦兆阳。"①据闻频说,路遥在延安大学学习的几年时间里,柳青的《创业史》就翻烂了三本。路遥自己也说过,柳青的《创业史》他至少读了七遍。这也印证了白正明所说的:"在路遥的床头,经常放着两本书:一本是柳青的《创业史》,一本是艾思奇的《辩证唯物主义和历史唯物主义》,是路遥百看不烦的神圣读物。"②就这样,柳青促成了路遥创作心理的形成,还激发了路遥执着的

---

①　路遥:《早晨从中午开始——〈平凡的世界〉创作随笔》,《路遥文集》第 2 卷,陕西人民出版社 1993 年版,第 48 页。

②　白正明:《路遥的大学生活》,见马一夫、厚夫、宋学成主编:《路遥纪念集》,人民文学出版社 2007 年版,第 4 页。

文化选择,柳青在文学上的艺术视野和非凡思想都给路遥带来了深远的影响。路遥从柳青那里继承更多的是以下几个方面。

(1)创作方法的借鉴

柳青是一个在艺术上有造诣有追求有勇气的现实主义作家,他能严格遵循生活的实际和生活的逻辑来构思情节、刻画人物,达到了同代作家无法企及的高度。在文学追求上,路遥也始终坚持现实主义的文学道路。他在文学创作上选择现实主义创作方法,并始终秉持着自己的创作理念,这正是柳青文学精神的鲜明体现。

路遥在继承柳青的现实主义文学精神的基础上,更加深刻地体现了现实主义的开放性,他酝酿、构思、写作《平凡的世界》正是西方各种文学思潮迭起的20世纪80年代中期,但他依然坚决地遵循现实主义文学创作方法。他之所以成为中国当代现实主义文学发展历程中的一个不容忽视的作家,在于并未受"现实主义过时论"的影响。路遥认为,中国的社会现实更适合于现实主义的描绘,多数读者的阅读兴趣也更倾向于现实主义文学的表现形式。因此,他毅然决定用现实主义创作《平凡的世界》,"力图有现代意义的表现——现实主义照样有广阔的革新前景。"①但路遥并未照搬"十七年"文学流行的社会主义现实主义创作方法,路遥对柳青的现实主义创作方法是有所发展的。柳青着眼于政治、经济的层面,而路遥在80年代后期开放的现实主义观的影响下力图从政治、经济、社会、历史、文化、伦理、道德等多个不同层面去剖析人性、观照生活,从而在文学中更加全面地反映现实的复杂性,表现出了一种更加开放、更加丰富的"现实观"。同时,他的一系列现实主义文学作品也是在吸收、融合了新的文化意蕴和新的艺术质素的基础上,进一步深化了现实主义的文学内涵,使现实主义在安排情节、设置环境、塑造人物等方面都具有了现代气息。正如雷达在评价路遥《平凡的世界》时说:"这部作品对当代文学的

① 路遥:《早晨从中午开始——〈平凡的世界〉创作随笔》,《路遥文集》第2卷,陕西人民出版社1993年版,第16页。

意义是,它使人们看到:现实主义发展着,且不断注入新的活力;生活的深刻性和时代精神的渗透,任何时候对艺术创作都是最根本的。"①

现实主义作品的核心是塑造有血有肉的典型人物,在这一点上,两代现实主义作家为文坛树立了榜样。② 柳青的《创业史》中逼真细致的人物描写是现实主义的完美诠释,主人公梁生宝无疑是作者着力塑造的英雄人物的典型形象。路遥的《平凡的世界》里的孙少平是作家精心刻画的典型人物,一方面是《人生》中高加林这一人物形象的进一步展开,另一方面这个人物身上有着路遥青少年时代的影子。除了作家自己本身的原因之外,作品不可避免地要受到时代政治的影响,20 世纪 50 年代崇尚英雄人物,而 80 年代开始关注平凡人物。在这样的政治氛围下,柳青的《创业史》里对"创业"型的人物多有拔高,而《平凡的世界》比较能真实具体地把握平凡人物的性格。

(2)乡土情结的承继

作为描写中国农村生活的行家里手,作为现实主义文学大师,柳青和路遥都站在自己所处时代的思想制高点上,俯瞰了生活本身固有的逻辑,用充满爱和憎、喜和忧的生活故事,真实、广泛而又深刻地概括了我国农村大变革时代的一段历史,给读者提供了一个完整、鲜活、真实的历史生活内容。③ 柳青对乡村和农民生活有比较深刻的了解,刻画了变革时期带有关中平原乡土气息的鲜活的农民形象,创作了充满乡土韵味的《创业史》。《平凡的世界》明显地受到《创业史》的影响,路遥和柳青一样对乡土和农民有着真挚的感情,他描写的文学生活和《创业史》一样,是中国农村亿万农民所走过的艰难历程的生动写照,基本真实地反映了中国农村中的各类农民在社会变革中的利益冲突与人性矛盾。

在文学创作中,路遥具有深厚的乡土情结,所以他的文学视野始终聚焦在陕北农村上。他对于乡土农村的持续关注,是与他生于农村、长于农村的现实密切相关的,他从小面对的是绵延不断的黄土,相处的是地地道道的农民,接

① 雷达:《民族灵魂的重铸》,中国工人出版社 1992 年版,第 409 页。
② 马宽厚:《陕西文学史稿》,中国文学出版社 2002 年版,第 253 页。
③ 马宽厚:《陕西文学史稿》,中国文学出版社 2002 年版,第 249—250 页。

受的是乡土文化的熏陶,自然而然就养成了朴实憨厚的性格,选择了农村生活的创作题材。路遥一生都坚持着对陕北农村的书写,他致力于通过文字把满腔热情挥洒在陕北土地上。独特的陕北地貌、淳朴的陕北风俗、实诚的陕北乡民、婉转的陕北民歌和直率的陕北方言等独具魅力的陕北乡土文化都是路遥小说创作的基础,这些基本要素所合力形成的浓郁清新的乡土气息,使路遥的小说形成了别具一格的艺术风格。

路遥的乡土小说,是 20 世纪中国乡土小说不可忽略的重要组成部分,其主题话语是传统乡村的现代性转化。他通过对"城乡交叉地带"的描绘,在强烈的乡土叙事动机中表现出乡土人生哲学的价值偏爱,实质上是乡土中国在现代化过程中,新时期作家面对"现代性"权力话语所产生的质疑与困惑。路遥虽然较早接触到的是乡土文化,但后来也受到现代西方文化的影响,面对乡土文化和现代西方文化这两种截然不同的文化碰撞,路遥尽管极力使两者达成完美结合,但依然会有不可调和的时刻出现,面对这种情况,他在心理上情感上都会毫不犹豫地偏向乡土文化,这样的文化选择形成了其独特的文化心理,体现在作品中就是对乡村生活的执着书写和对乡土文化的过分迷恋,即"通过对城市及其文化的批判,实现对乡土精神的肯定。"①然而我们不得不承认,正是这浓厚的乡土意蕴促使了路遥小说创作的成功和经久不衰。

(3)生活道路的追随

柳青一生注重深入生活,到过部队下过农村,时间最长的一次是他举家前往农村整整 14 年,柳青坚持并身体力行的生活道路影响陕西后辈作家。路遥是以柳青为榜样的,他跟随"教父"柳青的脚步奔波于乡村城镇,最终写出了《人生》《平凡的世界》等描写城乡"交叉地带"的文学作品。当《人生》等中短篇小说在国内外产生巨大影响之后,他并未就此止步,而是从文学导师柳青不畏艰苦深入农村的生活道路中受到了深刻的启迪和强烈的感召,他默不作声地一头扎进陕北,在整整 6 年的时间里,他下矿井、进山村,深入艰苦地方体验

① 吴妍妍:《现代性视野中的陕西当代乡土文学》,人民出版社 2010 年版,第 81 页。

生活,条件很苦、生活不便、有病难医都吓不倒他。

为了搜集积累丰富的写作素材,路遥一边废寝忘食地遨游书海,一边克服万难体验生活。对于一个现实主义小说家而言,经验世界的丰富程度对其创作有着决定性的影响。路遥深谙其中的道理,并以极大的热情投入改革开放初期农村火热的生活之中。虽然他作品中涉及的陕北农村就是他很多年前一直生活的地方,他对那里的艰苦、落后甚至愚昧深有体会,但他依然耗费了大量的时间精力深入学校机关、集贸市场、工矿企业等单位体验生活,不仅放过羊、揽过工,还往返于沙漠,甚至下矿井干活,以加深对处于社会变革之中的农村、城镇生活的感性体验。

1982 年,他随弟弟王天乐来到铜川矿务局下属的鸭口煤矿体验生活、进行创作,并亲身体验煤矿生活。1987 年秋,当《平凡的世界》涉及大量的煤矿生活场景书写时,路遥又一次回到了这里。据王天乐回忆,为了使《平凡的世界》贴近人民、贴近生活,而最终成为文学精品,路遥一边坚持写作,一边还要观察、调查、采访群众,查阅资料,他深知,只有把自己尚不熟悉的生活场景观察明白,把自己未曾体验的经验体味出来,写出来的东西才能真切感人。因此,他曾冒着生命危险,在矿区一遍遍地下井,到最幽深潮湿的地方去感受矿工的心灵世界。通过长期的持久的深入生活,路遥终于熟悉了煤矿井下井上的基本情况,了解了矿工们的习惯、情感、心理和语言等,为他的文学创作注入了新鲜而富含营养的血液。

(4)牺牲奉献的精神

柳青为了自己心爱的文学事业殚精竭虑,呕心沥血,虽九死而未悔;路遥也是一个不知疲倦探寻文学高峰的脚夫,他具有非凡毅力和献身精神,刻苦自律、顽强拼搏、吃苦耐劳,一直在用自己的生命创作。他常引柳青"文学是愚人的事业"这一名言勉励文学的爱好者,也以此自策自励。他常劝一些文友,别把身体看得那么重,别太在乎自己的身体。他自己正是这样做的,他以"像牛一样劳动,像土地一样奉献"为座右铭,毫无保留地继承了柳青坚忍不拔的顽强意志和不屈不挠的献身精神,抓紧生命中的每一分钟去写作,生怕自己的文学梦想同自己的导师柳青一样因生命突然终止而酿成残破的遗憾。在粗犷、刚劲的陕北文化和浑厚、质朴的关中文化的滋润、熏陶下,在柳青等文学前辈为"生命写作的创作理念"的深刻影响下,路遥对文学产生了热忱的挚爱和宗教徒般的献身精神。

路遥为了写作《平凡的世界》,把自己关进一间小屋里,进入他小说人物的精神世界,和他们生活在一起,或忧愁或喜悦,或沮丧或激奋。整整6年,他都沉浸在创作的热情和病痛的折磨之中。《早晨从中午开始》是路遥关于长篇小说《平凡的世界》所写的创作随笔,这个质朴又带点哲理意味的篇名既是他创作生活的真实写照,又暗含着他为文学事业呕心沥血的殉道精神。路遥是从1985年秋天住进铜川陈家山煤矿医院开始创作《平凡的世界》的。他写作起来非常卖命,在创作这部长篇小说的日子里,他的早晨通常都是从中午开始的,为了文学事业,他不顾香烟对身体的摧残,一根接着一根地吸。《早晨从中午开始》里对他当时的创作状态进行了生动再现,可以想象得到,他通宵达旦地写作,生活毫无规律,为文学透支生命的场景跟柳青当年何其相似。"玩命"的文学巨匠路遥,虽然仅仅经历了人生短短43个春秋,却给世人留下了丰富的文学遗产和宝贵的精神财富。他从柳青身上继承的执着、坚忍、勤奋、奉献等精神,不仅体现在文学氛围上,更凸显在他的人格魅力上,柳青文学精神经过路遥的继承得以发扬光大。

2. 陈忠实对柳青的追随与超越

在初登文坛时,陈忠实曾有"小柳青"的美誉,他称柳青为自己最崇拜的作家之一。"柳青的《创业史》是我阅读量最大的一部书。我前后买过9本《创业史》,我去南泥湾五七干校,就带了两本书。《毛泽东选集》非带不可,另一本就是《创业史》。"①陈忠实由衷地钦佩柳青对文学事业的忠诚,对现实主

---

① 高慎盈、曹静、戴斯梦:《文学的心脏,不可或缺——〈解放周末〉独家对话著名作家陈忠实》,《解放日报》2012年9月14日。

义的坚持,他从中学开始便对柳青的《创业史》爱不释手,在创作初期有意无意地模仿柳青的文学创作,以至于他的短篇小说《接班以后》发表后,人们误以为是柳青改换笔名后的新作,可见柳青对陈忠实文学创作的深刻影响。但之后经过长时间的艺术磨炼和创作实践,他的创作观和文学观发生了深刻变化,"直到 80 年代初到中期,我才意识到,必须形成自己的风格。'大树底下好乘凉',我们倚靠它可以获益匪浅;但另一面就很残酷——'大树底下不长苗',尤其文学,必须形成自己的个性。"①陈忠实把柳青、王汶石等一批陕西老作家的文学创作以及文学思想融会贯通,吸收并运用在自己的创作中,进而努力铸就自己独特的创作道路。确切地说,他不仅是对柳青文学精神的继承,还成功地在继承的基础上实现了对柳青个人的超越,对柳青文学经验的拓展。陈忠实对柳青的追随与超越着重表现在以下几个方面。

(1)奉行"三个学校"的文学主张

柳青奉行"三个学校"的文学主张,即:"生活的学校,政治的学校,艺术的学校。"②他特别强调深入生活的重要性,认为生活是创作的最大源泉,而人民的作家必须在现实生活的实践中寻找创作的养料。柳青的创作一直以来都是向生活靠近,向人民靠近,因为只有这样才能保证文章的真情实感。对于这一观点,陈忠实曾说:"我信服柳青三个学校的主张,而且越来越觉得柳青把生活作为作家的第一所学校是有深刻道理的。"③

在《讲话》精神的指引下,柳青坚持着"生活是创作的基础"④这一文学观点,多年来一直驻扎在长安神禾塬下一个荒僻的农村里,并最终完成了史诗般的文学巨制《创业史》。新时期以后,虽然革命斗争的时代已经过去,但是深

---

①　高慎盈、曹静、戴斯梦:《文学的心脏,不可或缺——〈解放周末〉独家对话著名作家陈忠实》,《解放日报》2012 年 9 月 14 日。

②　柳青:《生活是创作的基础》,《中国当代文学研究资料·柳青专集》,福建人民出版社1982 年版,第 41 页。

③　陈忠实:《我信服柳青三个学校的主张》,《陈忠实文集》第一卷,太白文艺出版社 1996年版,第 581 页。

④　柳青:《生活是创作的基础》,《中国当代文学研究资料·柳青专集》,福建人民出版社1982 年版,第 41 页。

入生活、扎根群众的创作途径并没有过时。追随着柳青长期深入生活的学校进行实践的脚步,陈忠实在二十年的时间里,一直生活在社会的最底层,在西安灞桥白鹿塬上身体力行地遵循着柳青"三个学校"的文学主张,一边深入生活,一边累积材料,为文学创作夯实基础。之后,他到长安、走蓝田,走访了关中的上百个乡村,详细查录民国史料,然后住进灞桥老屋,闭门谢客,吃着农村的粗茶淡饭,进行艰苦的创作,历时 5 年,一本"死后可以当枕头"的沉甸甸的50 万字的《白鹿原》问世后便轰动文坛。可以说,长篇巨著《白鹿原》正是陈忠实在坚持"三个学校"这一文学主张的情况下积累素材并完美收官的,而这部小说成为中国当代文学一个新的里程碑也是有着坚实的生活基础的。

（2）发扬现实主义的文学传统

柳青和陈忠实都属于现实主义作家,柳青的现实主义写作手法通过感情色彩强烈的抒情和是非鲜明的议论,在创作中得到了充分的体现,而陈忠实虽然与柳青有传承关系,但由于时代的不同及个人的原因,他对现实主义有着自己独特的认识和理解,即他的内心情感和主观思想都包含在客观朴素的描写和叙述之中。换句话说,陈忠实所奉行的现实主义文学虽然也饱含着作者的满腔热情,但情感却隐含在客观冷静、朴实无华的文字底下,给读者更大的回味空间。

20 世纪 90 年代陈忠实的《白鹿原》问世,继柳青、路遥之后又一次证明了现实主义文学的巨大魅力。陈忠实坚定地声称:"《白鹿原》是现实主义的创作。"同时也指出:"我觉得现实主义原有的模式或范本不应该框死后来的作家,现实主义必须发展,以一种新的叙事形式来展示作家所能意识到的历史内容和现实内容,或者说独特的生命体验……现实主义者也应该放开艺术视野,博采各种流派之长,创造出色彩斑斓的现实主义;现实主义者更应该放宽胸襟,容纳各种风貌的现实主义。"①在现实主义的真实性问题上,柳青文学创作的真实性是在特殊时代和特殊环境下有条件有限制的真实,而陈忠实文学创

---

① 陈忠实:《关于〈白鹿原〉的答问》,《小说评论》1993 年第 3 期。

作的真实性虽然不能完全抛开作者思想认识和政治立场的倾向性,但作者已经努力追求历史的真实。"柳青是我最崇拜的作家之一,我受柳青的影响是重大的。在我小说创作的初始阶段,许多读者认为我的创作有柳青味儿,我那时以此为荣耀,因为柳青在当代文学上是一个公认的高峰。到80年代中期我的艺术思维十分活跃,这种活跃思维的直接结果,就是必须摆脱老师柳青,摆脱得越早越能取得主动,摆脱得越彻底越能完全自立。我开始意识到这样致命的一点:一个在艺术上亦步亦趋地跟着别人走的人永远走不出自己的风姿,永远不能形成独立的艺术个性,永远走不出被崇拜者的巨大的荫影……我决心彻底摆脱作为老师的柳青的荫影,彻底到连语言形式也必须摆脱,努力建立自己的语言结构形式。我当时有一种自我估计,什么时候彻底摆脱了柳青,属于我自己的真正意义上的创作才可能产生,决心进行彻底摆脱的实验就是《白鹿原》。"①在现实主义的典型性问题上,陈忠实借鉴了柳青的《创业史》中对素芳的描写,小娥成了鹿子霖发泄性欲的工具,素芳也是被姚世杰骗奸并占有,两者都是尊长对侄媳的玷污。但是小娥和素芳相比形象更典型,性格特征更丰满。小娥是融入《白鹿原》的主要故事情节链条中的,是须臾不可缺少的重要角色之一,而素芳则游离在《创业史》的主要情节之外,是个可有可无的小人物。由此可见,陈忠实采取的仍是"旧写法,老题材"的现实主义的文学表现方法,他进一步发展并充实了现实主义,同时兼用象征主义和魔幻现实主义的创作技巧,这便是他的创新之处。

　　陈忠实《白鹿原》的出现,显示了现实主义的写作手法仍然没有过时,它不但有存在的必要,而且有了写出精品的可能。首先,陈忠实仍然坚守传统现实主义对典型环境中人物的典型性格的塑造。其次,陈忠实除了秉持现实主义塑造典型人物的要求之外,更侧重于典型人物的文化人格。与前辈作家柳青所坚持的现实主义两相比较,陈忠实的写作似乎更加符合历史的本真面貌与趋势,《白鹿原》相较《创业史》更加"真实"。陈忠实在《白鹿原》中所运用

---

①　陈忠实:《关于〈白鹿原〉的答问》,《小说评论》1993年第3期。

的现实主义不是简单的对过去现实主义的重复与回归,它克服了批判现实主义、革命现实主义、社会主义现实主义在我国受时代环境与文化体制制约带来的缺陷,是经过改造和吸纳了各种外来文化和本土文学的优秀成果,而最终创造出的更高层次上的现实主义,这不仅是对中国,也是对世界现实主义文学表现方法的丰富和发展。

（3）延续史诗巨制的艺术追求

孕育秦皇汉武、汉唐雄风的秦地作家历来追求文学的史诗表达,秦人司马迁为陕西文学开创了悠久的史传文学传统。柳青的《创业史》是立足于社会文化意识、政治文化意识,描绘社会政治的历史生活,构成一种审美形态的社会史。陈忠实的《白鹿原》则是立足于历史文化意识、人性文化意识,描绘经过文化心理沉淀的历史生活和历史主体人的发展进程,构成一种审美形态的文化史、人性史和心灵史。

《创业史》和《白鹿原》是两部具有史诗高度的作品,而且史诗特点都不仅体现在故事的时空范畴上,还体现在其气势恢宏的艺术结构和叙事方法上。柳青具有宏大的创作气魄,敢于驾驭史诗巨制,其代表作《创业史》就是对社会生活的反映和概括,从大处着眼,向深处突进,具有史诗般的气势和特点,被称为"中国农业合作化运动的史诗"。柳青通过小小的蛤蟆滩,将中国农村政治、经济、思想、社会、伦理等领域存在的错综复杂的矛盾冲突一一刻画出来,《创业史》也因其宏大的艺术气魄、精湛的艺术笔触被誉为"史诗性""纪念碑式"的文学巨著。陈忠实的《白鹿原》通过白、鹿两姓一个家族的纠葛,以其恢宏广阔的家族背景,描绘了陕西关中乃至整个中国农村从清末到1949年前后50年的历史,起点高,思想新,气魄大。无论是从历史概括的广度深度以及艺术构思的雄伟宏大来看,都是首屈一指的。《白鹿原》与《创业史》一样都具备了史诗性品质,都将无可争议地在中国当代文学史上占有一定的地位。

（4）关注农村农民的生存发展

柳青对农村现实和农民现状的热切关心是有目共睹的,他对农村题材的选择也显示出他独特的关注点。而陈忠实作为柳青忠实的追随者,认为:"柳青在农村题材这个领域里创造了一个高峰,艺术的高峰,思想的高峰,至今依然为文坛所敬重",因此"我个人对柳青由仰慕到崇拜"。①

通过作品不难看出,陈忠实和柳青一样也是始终关注农村状况和农民命运的作家。正是柳青的《创业史》对农村生活的真实描绘和对农民心理的细腻描写,才使陈忠实第一次开始关注自己脚下的土地和周围的乡民。陈忠实作为一个出生于农村的知识分子,他对农村、农民有着剪不断的情谊,这种情谊使他很难超然于乡村之外去批判农村的落后和农民的愚昧。但是,他在接受了现代文化之后重新审视乡村传统文化,有了对乡村传统文化出路的思考。这两种截然不同的情感同时体现在陈忠实对关中农村历史的描绘中,也导致他在书写乡村时的复杂心态。然而,这并不影响陈忠实站在农民立场上进行的农村书写,吸引他的不仅仅是农民生存的苦难,还有农民的文化心理发展历程。长久以来,"陈忠实以一个关中乡村普通农民身份观照20世纪关中农民文化心理发展史。"②同时,对于农民的精神发展历程,陈忠实也是站在平民的立场上予以同情和肯定的。

3. 柳青对其他作家的精神引领

柳青为世人留下了一个作家对文学、对生活的真知灼见。他把文学不仅仅视为作家个人的事情,而将其作为党和人民事业的一个重要组成部分,因此始终有着强烈的使命感、责任感和严肃认真的创作态度;他不为一时的成绩沾沾自喜,有着不断向新的艺术高峰攀登的精神境界;他为了进行文学创作,积极地深入生活、融入群众,有着执着书写农村农民的思想意念;他把文学视为"愚人的事业",有着甘愿为之吃苦受累、殚精竭虑的献身精神。柳青作为陕西作家的楷模与典范,他的这些文学思想和文学精神无疑都对后辈作家产生了巨大的积极影响。路遥、陈忠实之外,贾平凹、浩然、邹志安、杨争光、高建群

---

① 陈忠实:《柳青创造了一个高峰》,《西安晚报》2007年10月10日。
② 吴妍妍:《现代性视野中的陕西当代乡土文学》,人民出版社2010年版,第117页。

等作家也都从柳青身上得到过很多启迪,都对"柳青精神"有着不同程度的传承。

　　当柳青在文坛上具备了相当的影响力和地位之后,便自觉地承担起了点拨后辈、扶植新人这一作家的历史使命。他先后从事《中国青年》《延河》等编辑工作,其间扶助过的文学青年和文艺爱好者数不胜数,留下了慈祥坦诚的长者风度和严谨理智的严师形象。柳青曾说:"老作家的任务,一是要在深入生活上作出榜样,二是在写出优秀的作品上作出榜样。以自己的行动,影响新作者,带动新作者。"①作为陕西老一辈作家,柳青不仅为陕西现代文学打好了基础,还为当代作家树立了榜样。许多文学爱好者都曾与柳青有过交往,或通信,或面谈,作为文学晚辈,他们都或多或少地得到过他的帮助和支持。柳青一贯重视和关心青年作家,特别是那些既肯吃苦又有才华的人。他对《红岩》的作者罗广斌、杨益言就给予了热情的鼓励和祝贺,同时也坦率地对作品提出了看法和意见,他深刻有见解的信件和谈话给了青年作家很大的启发与帮助。儿童文学作家鲁迁曾先后五见柳青,他像拉家常一般同鲁迁亲切随和地聊起工作、学习和写作问题,并用他独到的见解精辟地论述关于如何学习、如何深入生活、如何为孩子们写作等,他的"零距离"教诲和告诫激励着鲁迁坚持不懈地在文学道路上前进,而这五次见面也影响了鲁迁的一生。柳青甚至在病榻上也不忘对年轻作家谆谆教诲,勉励他们坚持写作、用心写作。柳青对陕西后辈作家的影响是巨大而深刻的,其中包括以陕西作家为主的同僚、报人、文学研究者和批评家等。年轻一些的作家,如首届柳青文学奖获得者吴克敬,在公开和私下的场合都曾认真地说过,他是发自内心地崇敬柳青。杨争光也无不流露出对柳青的《创业史》的喜爱之情。陕西文学评论家王愚也曾多次聆听柳青的讲话,感到受益匪浅。柳青一生对后辈作家颇多教诲,然而他在扶植新人这一问题上从不居功自傲,认为是一位老作家应尽的义务和责任。

　　柳青的作品和人格都对当代作家尤其是陕西作家产生了重要影响。柳青

---

① 王维玲:《追忆往事》,《大写的人》,中国青年出版社1982年版,第78页。

的《创业史》发表不久，就被权威的中学语文教科书节选了一小节，命名为《梁生宝买稻种》，经过老师的教授和学生的学习，《创业史》通过国家统编教材影响了几代人。柳青不怕吃苦、情系农村、深入生活的写作方式也对后来的陕西作家产生了巨大的影响，这种影响在几代陕西作家的作品中都有表现。我们在路遥、陈忠实的创作中，可以清晰地体会到柳青文学精神脉动，在更为年轻的作家及其创作中，比如杨争光的长篇小说《从两个蛋开始》、冯积岐的长篇小说《村子》等，也可以体味到柳青的文学精髓。

陕西作家最重要的特点就是他们几乎都来自农村，写的都是农村的故事，是"农民作家"。历数陕西作家，柳青、路遥、陈忠实、贾平凹、冯积岐、邹志安等都是在黄土文化的孕育下成长的，他们有着共同的命运，相同的经历。从柳青起，陕西作家就和黄土地一样朴实、浑厚。柳青扎根于西安南郊的长安乡下，在皇甫村一待就是 14 年，他剃着光头，戴着瓜皮帽，穿着对襟土棉袄，蹬着粗布鞋，与农民一起穿梭在田间地头。他不但坚决落户僻野乡村，还坚持农民的生活标准，真正做到了入乡随俗，他举家迁移农村的勇气和魄力以及淡泊名利的生活方式堪称当代作家的楷模。柳青的乡村叙述注意整体性和普遍性，关心的是全体农民在社会主义事业中的命运轨迹。总的说来，对农村和农民命运认真严肃的思考和执着描写是自柳青以来陕西作家的共同特色，他们充满情感地追寻底层大众、弱势群体的生活脉搏，形成了陕西文学深沉厚重的总体风格。追寻着柳青的足迹，陕西当代作家几乎无一例外地选择书写陕西乡土史，并拥有自己熟悉的生活基地。路遥的《平凡的世界》是在移身陕北、远离都市之后，平心静气下大功夫磨砺出来的陕北平凡乡村世界。陈忠实的落足点在西安东郊，《白鹿原》是在他花四五年功夫蜗居于农村老宅中创作出来的关中乡村历史。贾平凹早期的"商州系列"也是描写自己耳闻目睹最为熟悉的故乡生活，他涉足于商洛山脉的脚印让他不断推出商州系列小说。冯积岐则从关中西府之地寻找自己的创作源泉，并从他自身的历史记忆和心灵记忆中搜集片段，意图反映特定时期整个陕西西部乃至中国农村的生活影像。邹志安作为农民的儿子，把表现农民的喜怒哀乐、理想追求和中国农村的变革生活作为自己创作的主题,他以他的全部创作记录下中国农民在社会主义改革中的发展历程和精神面貌。

现实主义的写作手法和"史诗性"艺术创作一直为陕西作家所青睐。柳青一直对现实主义情有独钟,路遥、陈忠实、贾平凹、邹志安等陕西知名作家在20世纪80年代各种域外文学思潮一拥而入之时依然崇尚并实践着现实主义的写作方法。面对风云突起的"现代主义",路遥执着坚持现实主义文学创作以致很长时期让同代作家和部分读者误以为路遥"过时"而嗤之以鼻,但正是因为路遥的坚持才引发了"现实主义冲击波",粉碎了"宏大叙事解体""文学死亡"的谎言,让读者看到了现实主义新的生命力。邹志安就成功地运用心理分析的手段来塑造笔下的人物,推动情节的纵深发展,并进而形成了独具自身风格的现实主义的艺术特色。陕西作家对"史诗性"文学的钟爱也是有据可循的,在剧烈的历史变革时期,柳青以其深邃的历史眼光,有意识地将合作化运动作为一种大规模展现历史与乡村变动的时代画卷,历时多年把《创业史》打造成了史诗巨制。后来的陕西作家深受这种史诗性构思的影响,也力图写出那种有着巨大历史氛围和思想容量的文学巨著,于是相继出现了一批规模浩大、叙事宏阔的作品,如路遥的《平凡的世界》,贾平凹的《浮躁》,陈忠实的《白鹿原》,高建群的《最后一个匈奴》,甚至杨争光的《从两个蛋开始》,都在某种程度上继承了《创业史》这个"史诗性"的特点。

柳青的精神风尚和精神品格在陕西几代作家的创作中都有或多或少的体现和发扬,众多陕西作家对柳青的师承关系显示了柳青对当代文坛的影响。后辈的陕西作家继承了柳青许多文学传统和文学精神,如特别强调生活体验对于创作的重要性,创作眼光由关注现实到关怀历史,目光聚焦于农村尤其是农民精神与心理变迁,重视作家理性思维能力拓展,探寻陕西黄土地上的乡村美学,注重作家自身人格的修养等。柳青对陕西后辈的影响是极其巨大的,他们对柳青精神的学习和继承也都是自觉的,其中以路遥和陈忠实为代表的陕西当代作家坚定地踏着柳青的足迹,承继着柳青的文学传统,持续不断地为陕西文学再造辉煌。在柳青的精神感召下,他们的文学理念和审美追求大致相近,但在个人风格上又独具特色、互不雷同。众多优秀的当代陕西作家在三秦故里坚守着现实主义的文学创作,关注着血浓于水的乡土民情,继续着柳青未竟的文学事业,用自己的笔把柳青精神和陕西文学事业发扬光大。

柳青把延安文艺的传统通过柳青精神带入到了当代文学中来,渗透到了陕西作家的血脉当中,让新作家在新时代尝试现实主义创作、乡土文学创作和史诗性巨著的创作。可以说,柳青作为一个文学标杆,影响的不只是一个时代,并且这种影响不会因为时代更替而褪色。柳青不仅在过去与现在,也会在将来继续影响着后来人,是整个陕西文坛呈现出陕西作家、陕西人独特的人格与文化魅力。

伴随着新中国的发展历程,陕西文学亦走向辉煌。柳青的《创业史》、杜鹏程的《保卫延安》、路遥的《平凡的世界》、陈忠实的《白鹿原》、贾平凹的《秦腔》……六十多年来,陕西文坛群星灿烂,一部部优秀的作品奠定了陕西文学在中国文坛独树一帜的"重镇"地位,更汇聚成一条川流不息、波涛汹涌的文学长河。而柳青则无疑是陕西文学的开拓者,他以其独特的人格魅力和作品魅力为陕西文学打下了坚实基础,使得多位陕西当代作家在对柳青的模仿中逐渐寻找着自己的文学轨迹,并逐渐找到了自己的创作之路。如果说作家在文学史上的地位不仅仅是由当世,更主要的是以其后世的影响来决定的,那么柳青的文学史地位到今天仍需重估,柳青的文学史意义仍有待学者们进一步挖掘。柳青对陕西当代作家的精神传承、精神导向、精神指引作用更是显而易见的,他的"六十年一个单元"的文学观点、"三个学校"的文学主张、关注底层的写作姿态、现实主义的创作手法、史诗性的写作模式影响和启示着许多陕西乃至中国当代的许多作家,激励他们在创作的道路上勇创高峰、再造辉煌,柳青及其创作已经成为当代文坛不可替代的宝贵文学遗产。

第四章　陕西文学评论对文艺
人民性的承传与发展

　　陕西是我国的文学大省,自古以来,它孕育了辉煌的姜炎文化、周秦文化和汉唐文化,并于20世纪40年代对延安文学注入新质,使延安文学在中国现当代文学史长河中产生深远影响。陕西地区的文学生命力旺盛并极具爆发力,长期以来成为评论界关注的焦点。文学批评与文学创作是文学活动中对立统一的两个方面,文学创作为文学批评提供批评对象,文学批评又可以解释文学创作中遇到的问题,通过对创作活动与文本的分析可以为作家创作提供正确的导向,同时批评家也充当文坛的清道夫,在批评活动中须建立正确的价值取向,以便文学活动朝着健康的方向发展。陕西文学评论家作为同陕西作家并驾齐驱的一支队伍,他们的思想沿袭了延安文学的因子并受西方文论的感染与冲击,形成各有千秋却殊途同归的文学评论观。

　　陕西文学活动自古以来就积累了丰厚的创作成绩,20世纪90年代的“陕军东征”更是轰动中国文坛的大事件,曾成为当时文化界最火爆的文学现象,学界对陕西文学的关注和研究推陈出新,研究成果颇为丰硕。然而作为文学活动中的两支重要的队伍——作家与评论家,学界对他们的关注呈现出明显的偏向性,对评论家的关注度不如作家,两者相差悬殊。

　　文艺人民性原本是俄苏文论中的一个概念,经过历史演变被列宁、马克思等人纳入其文艺批评理论体系。这一概念自传入中国就成为我国现实主义文学批评中的重要一隅,作为主流批评话语中的一个概念,对我国现当代文学的发展产生了深远的影响。20世纪五六十年代到80年代在文艺理论和批评领域围绕着文艺人民性范畴,一些学者着重探讨了"人民"的概念,人民性的具体含义,人民性与阶级性以及党性的关系等话题。

21世纪以来,随着文学批评方法和观念的多样化,中国当代文学批评受到了西方文艺批评理论的冲击,学界开始对文艺人民性范畴进行新的概括和解读,例如孟繁华《新人民性的文学——当代文学经验的一个视角》一文提出了"新人民性"的概念,他认为"新人民性"一方面要反映底层人民的生存状况,在表达底层人民的生活愿望与思想感情的同时"也要真诚地表达或反映底层人民存在的问题"①。有的学者极力排斥当下文艺人民性的附加意义,认为应当谨慎地维护人民性的原初含义。王晓华提出要建构当下文艺的人民性就应该引入"公民"的概念。② 还有学者提出"后人民性"③"从'人民性'到'人性'"④等概念。在西方文论的冲击下,文艺的人民性曾一度遭到批评家的冷落,如今又有学者从先前的文艺人民性概念中挖掘出新质。因此,当下的人民性概念内涵更加丰富,意义更加广阔,愈加适应当下文艺批评的时代语境,对当下的文学批评和文艺的长足发展有着重要意义。

21世纪以来,改革开放政策的实行,使社会各方面均发生了翻天覆地的变化,在文学批评领域,批评家之前遵循的旧有的批评方法遭到冲击,国外各种庞杂的理论潮水般涌入,彻底改变了文学批评的观念,多样化的批评方法使文学批评的作用也更多转向了描述、阐释⑤及私语式言说。因此文学批评方

---

① 孟繁华:《新人民性的文学——当代文学经验的一个视角》,中国作家网,2007年12月15日。

② 王晓华:《我们应该怎样建构文学的人民性?》,《文艺争鸣》2005年第2期。

③ 陈晓明:《"人民性"与美学的脱身术——对当前小说艺术倾向的分析》,《文学评论》2005年第2期。陈晓明指的"后人民性"区别于俄苏文学中的人民性,专指当下小说中的苦难书写和底层叙事。

④ 张胜利:《从"人民性"到"人性"——新时期以来文学评价标准转变之一》,《烟台大学学报(哲学社会科学版)》2010年第1期。

⑤ 孟繁华认为:"学院派批评在文化研究成为批评的一个主要方法之后,阐释变成主要的了,价值立场开始缺失,一切都在阐释。"原文见冯希哲:《文学批评之症候、困境及突围——"首届全国文学批评期刊与当代文学走向学术研讨会"综述》,《海南师范大学学报(社会科学版)》2008年第4期。

面出现不少问题:文学价值评判功能日趋减弱;文学批评的价值立场严重紊乱以及价值尺度或批评标准逐渐迷失。文艺人民性作为一种马克思主义文学批评方法近年来又得到重申,被挖掘出的新质为文艺评论提供了新的思路和方法。文学评论家只有找到恰当的批评方法,及时把握时代脉搏,其文学评论才能产生实质性的反响。王晓华在其文章中指出了文艺人民性重申的理由与必要性,认为人们之所以越来越关注人民性,人民性的话题之所以能够吸引众多学者的眼球,是因为先前人民性的内涵已经不符合巨变的时代语境,因此有必要呼吁文学家重构文学的人民性。原因有两方面:首先,中国的改革实践催生了"公民"这一概念,较之先前的"人民大众",这一提法更具合理性,"公民"的出现迫使文学家不得不重新思考人民性的维度;其次,两极分化导致一部分底层人民陷入失语状态,因此,要求文学家关注底层,关注大多数人。①

文艺的人民性这一批评方法自俄苏文学中引进后经历了中国化的过程,与中国本土文学批评方法相融合,在中国文学史上产生了深远的影响并在当下文学活动中依然发挥着积极的作用。在文艺人民性中国化的进程中延安时期是绕不开的话题,陕西评论家的批评观深受延安时期文艺思想的影响。陕西文学评论与陕西作家群一样有着旺盛的生命力,历代评论界涌现出诸多思维敏锐、独具锋芒的评论家,为陕西乃至全国的文艺事业作出了相应的贡献,遗憾的是陕西文学评论家并未如陕西作家一样受到同等的关注,当下的文学批评虽然身处多元化的批评大潮,但他们所坚守的价值取向依然来源于文艺的人民性。

一、文学批评中的"人民性"因素探源

一般来说,中国马克思主义文学批评话语模式有三种,即启蒙话语模式、

---

① 王晓华:《人民性的两个维度与文学的方向——与方维保、张丽军先生商榷》,《文艺争鸣》2006年第1期。

革命话语模式和人民话语模式。其中人民批评话语"致力于凝聚人心",有利于"体现政权的合法性"。文学批评的人民话语模式使文学批评具有宣传人民民主的功能,这一话语模式自形成以来,在我国文学批评界产生了深远的影响,主要体现在三个方面:第一,现实主义成为我国文坛的主流,人民性的观念深入人心;第二,文学的意识形态的复杂性卷入争论的旋涡,学界对于文学与政治关系的思考逐渐趋于理性;第三,文学的观念逐渐走向多元和开放,"文学话语的公共空间正逐步建立。"①

　　文学的人民性概念最早出现在俄苏文学理论中。孟繁华认为,人民性最早出现于19世纪80年代批评家维亚捷姆斯基与屠格涅夫的通信中,据学者戴建业考察,最早在文学批评中使用这一概念的是俄国学者拉地谢夫。事实上真正对"人民性"概念作出规定的是别林斯基,随后出现的许多俄罗斯理论家都对文艺的人民性进行过实践性的探讨。杜勃罗留波夫的文学评论,普希金、高尔基等人的文学作品都对文学的人民性作出了阐释。俄苏文学中最初的人民性这一概念含有强烈的民粹主义倾向性,经由别林斯基对其重新解释后,含义发生变化,人民性区别于民族性,也不同于"官方的人民性",它所关注的是国家底层民众的利益、情感和要求。

1. 俄苏文艺理论中的"人民性"因素考察

　　苏联的建立在20世纪人类历史上有其自身的特殊性,它在暴力革命中艰难地成长起来。建国初期,国家饱受内忧外患。外敌侵略、民心涣散加上经济萧条低迷,使苏联整体陷入泥潭。此时,首先要做的工作便是建立一致的政治信仰,在特殊的历史背景中"人民性"被当时官方作为最佳选择,可以为革命斗争凝聚人心。因此,最初的"人民性"是为了维护国家政权而提出的。

　　19世纪初期的俄国文坛上,"人民性"一直是一个被热烈议论的话题,人

---

① 范生彪:《中国马克思主义文学批评话语模式研究》,华中师范大学2013年博士学位论文。

们对人民性的含义众说纷纭。有人认为,人民性需要从祖国的历史中取材;有人认为,只要用俄语写成的作品就具有人民性;还有一些保皇党和御用文人把忠于沙皇说成"人民性"。后来教育大臣乌瓦罗夫将人民性概念概括为一个"三位一体"的公式:政教、专制政治、"人民性"(即官方人民性)。普希金于1982年写了《论文学中的人民性》一文,阐述了自己对人民性的理解和看法,后来又对其作了完善和补充,普希金所说的人民性侧重于民族性。他说,"作家的人民性是一种只能为本国同胞充分赏识的优点"①,普希金的人民性不仅来源于他对民间生活的悉心观察,他还把眼光投向国外作家,作为俄国著名的莎士比亚评论家之一,普希金首先肯定了莎士比亚戏剧内容的人民性,认为莎士比亚的戏剧之所以伟大,不仅在于莎士比亚对人民语言的运用,还在于莎士比亚的写作是为人民的写作,能够真实地再现人民生活。普希金坚定地指出:即使作品取材于异国,只要它能够真实地展现一定时代的社会风貌和人民生活,这部作品也是具有人民性的。② 总之,这一时期人们通常把人民性当作捍卫国家主权的工具,因此大部分人依然是从种族、主权的角度去理解文艺人民性的。

普希金对人民性概念的阐释对这一概念的发展作出了一定贡献,在俄国文学史上产生了重要的影响,但进一步促进这一概念完善和发展的是杜勃罗留波夫。1858年,杜勃罗留波夫的文章《俄国文学发展中人民性渗透的程度》对人民性的独到见解引起了人们对人民性广泛的关注。杜勃罗留波夫认为,现实主义文学除了体现艺术描写的真实性以外,还应当包含一个重要的原则,即文学的人民性,也就是艺术作品要反映人民大众的悲欢,反映他们的意志与愿望、思想与情感、风俗和习惯等等。杜勃罗留波夫反对把文学的人民性仅仅局限于记叙一些风俗习惯、模拟一些方言俚语,他认为要真正实现文学的人民性,应当善于发现当地自然的美丽,不仅如此,还应该从民众的角度出发:"忠

---

① [俄国]普希金:《论文学中的人民性》,《普希金文集》第七卷,张铁夫译,人民文学出版社1995年版,第151页。

② 张铁夫:《群星灿烂的文学——俄罗斯文学论集》,东方出版社2002年版,第162页。

实地表现其仪式、风习等等"。① 杜勃罗留波夫在其文章中指出普希金虽然认
识到文学的人民性,但由于其所受教育的限制、家谱学上的偏见、享乐主义倾
向等影响使得普希金强调的人民性只停留在作品的形式层面,因此,杜勃罗留
波夫认为,真正的人民诗人必须深入人民的精神领域,必须丢弃书本上的观念
和一切等级偏见,与人民站在同一水平线上,去体验人民的生活,"去感受人
民所拥有的一切质朴的感情。"②后来杜勃罗留波夫对人民性提出了更高的要
求和愿望,他认为俄国文学家不应该停留在仅仅描写人民性的形式,作家要努
力表现人民的内在生活。一个真正的艺术家除了深入地观察人民的生活以
外,还需要体验和感受这种生活,跟人民血肉相连,"穿进他们的皮肤和灵
魂"③。

　　俄国文学史上对人民性概念作出进一步阐释的另一位评论家别林斯基,
他是俄国现实主义文学批评和现实主义美学的奠基者,对俄罗斯文学理论的
发展有着深远的影响。19 世纪 30 年代,在别林斯基的评论文章里常谈论文
学的民族性问题,后来,他把"人民性"和"民族性"加以区别,认为"艺术的人
民性"和"艺术的民族性"是两个不同的概念,民族生活并不是统一的,存在着
民众的生活和"有教养的社会的生活"两个层面。别林斯基在阐明现实主义
与人民性联系的同时,揭露和批判了教育部部长乌瓦罗夫的"人民性"概念
(即官方的人民性,包括专制政治、政教、人民性。旧时,沙皇的御用文人格列
奇、布尔加宁等在自己作品中极力美化宗法制农村,宣扬沙皇政府的专制政
治,这种官方人民性专职为沙皇利益服务)。别林斯基坚决反对这类官方的
人民性,认为俄国真正的艺术家应当是"摆脱俄国专制政治、政教、人民性的
唯一领导者、保卫者和解救者"④。别林斯基的观点引发了俄国政界、思想界
第一次围绕人民性问题展开的论争。

---

① 　[俄]杜勃罗留波夫:《文学论文选》,辛未艾译,上海文艺出版社 1984 年版,第 496 页。
② 　[俄]杜勃罗留波夫:《文学论文选》,辛未艾译,上海文艺出版社 1984 年版,第 496 页。
③ 　[俄]杜勃罗留波夫:《文学论文选》,辛未艾译,上海文艺出版社 1984 年版,第 498 页。
④ 　吴元迈:《俄苏文学及文论研究》,中国社会科学出版社 2014 年版,第 22 页。

别林斯基在批判了"官方人民性"之后，又同俄国的斯拉夫派的"人民性"进行了论争。在普希金、屠格涅夫、涅克拉索夫、奥斯特洛夫斯基、冈察洛夫、谢德林、陀思妥耶夫斯基、列夫·托尔斯泰等活跃于俄国文坛时，俄国文学史上存在斯拉夫派、民粹派、根基派等众多文学流派。斯拉夫派的奠基人阿·斯·霍米亚科夫认为人民性应当来源于俄罗斯深厚的民族历史，文学本质上要反映人民生活的基础以及全体人民的愿望和理想，人民性具体指的是村社中讲究礼仪、富于诗意的日常生活，总之，它包含在民间文学艺术中。斯拉夫派的另一代表人物康·谢·阿克萨科夫（1817—1860）同样也探讨过文学的人民性问题，他认为文学应当体现各民族的精神力量和民族性格，俄罗斯人民的民族性格是"虔诚的宗教情感、逆来顺受的忍耐精神和忠君思想"[1]。因此，俄罗斯文学家书写和体现人民性时必须反映和推崇这种情感。由此可见，斯拉夫派的"人民性"颂扬的无非是一些落后保守的东西，它美化的是彼得一世改革以前的俄罗斯。德国唯心主义的代表人物谢德林也主张艺术要表现"人民的精神"，"根基派"批评家尼·尼·斯拉特霍夫把艺术的"人民性"归结为表现俄罗斯民族性格、俄罗斯人民的宗教信仰及温和顺从的品格。别林斯基坚决反对这种做法，认为这种做法将人民性庸俗化了，因为在"根基派"批评家眼里，似乎只有在以下层人民生活为题材的作品中才可以找到人民性的影子。

俄国波诡云谲的社会环境促使众多进步作家意识到人民的重要性，认为自己应当是人民思想的代表，就像赫尔岑曾说道，没有获得政治自由的人民，只有通过文学这一渠道才可以找到发泄的出路，并把文学作为他们唯一可以交流思想的乐土，他们只有通过文学，"才能使人们听到自己愤怒的呐喊和良心的呼声。"[2]列宁作为俄国社会主义领袖也对人民性问题表达了自己的看

---

① 汪介之：《回望与沉思：俄苏文论在 20 世纪中国文坛》，北京大学出版社 2005 年版，第44 页。

② ［苏］梅拉赫：《列宁和俄国文学问题》，臧仲伦等译，中国社会科学出版社 1982 年版，第3 页。

法,体现了他高瞻远瞩的眼光和洞察力。列宁的人民性区别于上述其他批评家或作家的人民性,他认为真正的人民性必须体现人民的利益,因为俄国文学的发展离不开人民,文学的发展过程和人民的觉醒过程是辩证统一的,文学的发展伴随着波澜壮阔的群众运动,因此,列宁十分注重文学在革命运动中的功能和作用,认为俄国人民群众从最初的麻木愚昧状态到后来的觉醒并积极参与革命斗争,文学的作用功不可没。"文学起初是唤起人民参加革命斗争,然后又同波澜壮阔的群众运动融合在一起。"[1]于是俄国文学作品便勾勒出形形色色的革命运动画卷,包括社会思潮和民众生活的斗转变迁。

纵观俄苏文学史上人民性概念的发展,可以看出,人民性最初带有民粹主义的倾向性,到后来其意义逐渐转向注重书写人民群众,关心群众的利益,关注大多数人的生存状况。

2. 中国古典文学中的"人民性"因素追溯

人民性这一概念虽然是一个舶来品,但它本身具有的深刻内涵能够与我国古代文学相互融通。翻阅我国辉煌的古典文学著作,不难发现大量具有人民性的文学作品和文艺批评观。由于我国古代社会朝代更迭频繁,因此文学遗产中的人民性也表现出复杂性,一个时代的文学作品反映的是那一时代的社会风貌和历史发展状况,我们挖掘古典文学中的人民性,不能用当下的眼光来看待它,必须回到历史场域中,用历史的眼光分析古典文学作品的人民性,客观地看待其局限性。

先秦文学作为我国古代文学发展的源头主要包括秦代以前的几个历史时期的文学,这一时期的文学是当时原始人们在祭祀活动和日常生活中发展起来的,文学形式多以口头文学为主,经过口耳相传的方式得以流传下来。先秦文学中优秀的文学遗产包括歌谣、神话、《诗经》、诸子散文、《楚辞》等。其中

① [苏]梅拉赫:《列宁和俄国文学问题》,臧仲伦等译,中国社会科学出版社1982年版,第7页。

《诗经》《楚辞》分别代表着我国现实主义和浪漫主义两大主流文学流派,先秦文学中反映人民生活、揭示百姓苦难的例子不胜枚举,例如:《尚书》的"哀民""保民",《国语》的"庇民""恤民",《左传》的"亲民""重民",《论语》的"安民""济民",《老子》的"圣人无常心,以百姓心为心"①,这些观点连缀起来体现了我国古代"以民为本"的思想传统,这一传统深刻影响着后世文学的创作理念。先秦文学作为我国古代文学的源头和起点,为我国后世文学的发展提供了宝贵的经验,此后,我国古代文学就承继着文学要揭示社会重大问题、体现人民愿望、反映人民心理的可贵传统向前发展着。

汉代文学在先秦文学的基础上发展起来,先秦文学的优秀传统为汉代文学的发展奠定了良好的基础,汉代为我们留下了大量的文学遗产,主要成就体现在汉赋、散文、史学巨著《史记》以及以《古诗十九首》为代表的五言诗等方面。其中乐府民歌最能体现人民的生活和劳动状况,乐府民歌大多出自劳动人民之手,其创作目的源自抒发日常生活中的感悟。据《汉书·艺文志·诗赋略》记载:"自孝武立乐府而采歌谣,于是有赵、代之讴,秦、楚之风,皆感于哀乐,缘事而发,亦可以观风俗,知厚薄云。"②对人生体验的喜怒哀乐都可以成为汉乐府写作的缘由。汉乐府名篇《十五从军征》揭露不合理的军役制度导致民间民不聊生的现状,"十五从军征,八十始得归","羹饭一时熟,不知饴阿谁"③寥寥数语展现了一场令人震撼的民生悲剧。

魏晋南北朝时期的文学属于典型的乱世文学,当时社会战乱连绵、朝代更迭频繁,身处战乱中的作家批评家有感于纷乱的时局和社会环境,创作的文学作品和批评文章带有明显的悲剧性,战争使很多人遭逢苦难、流离失所。民不聊生的社会现状唤醒了作家的自觉,使得作家主动关注民生,这在许多作家的作品中能够得以印证,例如曹操的《蒿里行》:"白骨露于野,千里无鸡鸣。生

---

① 傅正义:《中国古、近代文学的怨刺性、人民性——兼与西方古、近代文学比较》,《社会科学研究》2000 年第 3 期。
② 班固:《汉书》,中华书局 2007 年版,第 342 页。
③ 许逸民、黄克、柴剑虹:《乐府诗名篇赏析》,北京十月文艺出版社 1988 年版,第 11 页。

民百遗一,念之断人肠。"①这些诗歌均可以表现诗人对人民的体恤和怜悯,以及面对残酷战争给人民带来的灾难而产生的痛惜之情。

隋唐时期是我国诗歌发展的高潮与巅峰时期,涌现了一大批优秀的诗人,其中杜甫、白居易、王建、张籍、李绅等人的诗中常可以看到表现人民生活状况、体恤下层劳动人民的文字,如"四海无闲田,农夫犹饿死"(李绅《悯农其二》),"但伤民病痛,不识时忌讳"(白居易《哭唐衢》),"携来朱家门,卖与白面郎。与君啖肥马,可使照地光。愿易马残粟,救此苦饥肠"(白居易《采地黄者》),"可怜身上衣正单,心忧炭贱愿天寒"(白居易《卖炭翁》)等,这些诗,均可以看出诗人通过再现下层人民生活境况,揭露社会不公,同情下层人民命运的博大情怀。中唐时期,唐朝历经浩劫,安史之乱使得社会动荡不安、政治腐败,国家一些有志之士希望通过文学来改良社会风气,挽救风雨飘摇的国势。因此,白居易、元稹、李绅等人共同倡导了"新乐府运动",提出"文章合为时而著,歌诗合为事而作","为君、为臣、为民、为物、为事而作,不为文而作也"的观点,真正体现了乐府诗歌的写实精神。新乐府倡导的创作诗歌的目的是:"唯歌生民病,愿得天子知"。② 由此可以看出,新乐府着重强调的是诗歌的社会功能,表现出强烈的批判现实主义精神。

唐代文学史上另一位关注民生的诗人是杜甫,他以广博的胸襟和敏锐的洞察力为人民写作。杜甫诗歌的思想内容大都体现出他对社会现实的密切关注,乾元元年(758 年)年底,杜甫回到洛阳探亲,759 年唐军与安史叛军发生大战,唐军败退,杜甫从洛阳返回华州,中途经过石壕、新安和潼关,亲眼目睹了战乱给百姓带来的疾苦,面对流离失所的人民,感慨万千,写下享誉文坛的"三吏""三别",诗中再现了战乱的社会环境,表现出作者对黎明百姓的同情怜悯和对国家命运的无限担忧。杜甫由自身的遭遇想到所有的"天下寒士",发出了"安得广厦千万间,大庇天下寒士俱欢颜"的感慨,欲替所有"寒士"寻

---

① 许逸民、黄克、柴剑虹:《乐府诗名篇赏析》,北京十月文艺出版社 1988 年版,第 32 页。
② 雷恩海:《中国古代文论的融通与开拓》,中国社会科学出版社 2014 年版,第 23 页。

找安身之所,更是道出杜甫强烈的忧患意识。除此以外,杜甫诗歌《同元使君春陵行》中"致君唐虞际,淳朴忆大庭","悽恻念诛求,薄敛近休明"两句高度评价了朋友元结的《春陵行》《赋退示官吏》两首诗中所体现的一心为民的思想,认为它们"具有热爱人民的内容,辞情慷慨的风格特色"。① 这也可以看出杜甫思想内容中暗含的人民性因素。

北宋豪放派词人苏轼虽常以表现豁达乐观态度的豪放词著称于世,但在其数量庞大的文学遗产中也不乏体现人民性的诗篇。"三年东方旱,逃户连敧栋。老农释未叹,泪入饥肠痛",表现遭遇天旱之后农民的悲苦遭遇。"况复连年苦饥馑,剥啮草木啖泥土。今年雨雪颇应时,又报蝗虫生翅股。"(《寄刘孝叔》)同样书写了蝗虫灾害使农民生存受到威胁后的无可奈何。回顾苏轼的一生,几乎都在为四方百姓的安定生活而奔波劳碌。

南宋和元代深处于民族危难之际,动荡的社会环境促成了一批坚持收复失地、抗敌御辱的词人、戏剧家,南宋爱国词人陆游、辛弃疾、张元干、文天祥等人的诗词无不体现着诗人重整山河的抱负和胸襟,例如"臣心一片磁针石,不指南方不肯休""楚虽三户能亡秦,岂有堂堂中国空无人"。元杂剧《西厢记》《牡丹亭》《倩女离魂》等满腔热血地歌颂青年男女对封建礼教的坚决反抗,对自由幸福的强烈争取。明代小说《水浒传》成功塑造了一批大义凛然、血肉丰满的领导农民起义的英雄人物形象。

清代曹雪芹的《红楼梦》借四大家族的兴衰成败暗示了黑暗腐朽的封建社会必然灭亡的命运,通过现实主义的手法将社会面貌和人情百态描绘出来。曹雪芹始终站在人民的立场上对人性给予尊重,对光明予以向往。小说《红楼梦》曾得到毛泽东的高度赞扬,毛泽东从人民性和历史性的角度来解读《红楼梦》,"是其对红学研究作出的独特贡献"。②

清末四大谴责小说的出现促使晚清小说创作走向高潮。李宝嘉的《官场

---

① 王运熙:《中国古代文论管窥:王运熙文集》,上海古籍出版社2014年版,第182页。

② 张海燕、徐功献:《毛泽东论〈红楼梦〉的历史性与人民性》,载李佑新主编:《毛泽东研究》,湘潭大学出版社2013年版,第297页。

现形记》铺展出一副形形色色的官场丑态图;刘鹗的《老残游记》借一位江湖医生的口吻叙述了晚清时期官僚的昏庸残暴,百姓穷困交迫、民生凋敝的局面;曾朴的《孽海花》以爱情为故事线索批判了腐朽没落的晚清社会,讴歌革命党人孙中山等人破旧立新的改革思想;吴沃尧的《二十年目睹之怪现状》以近 200 个小故事反映晚清时期官场、商场、科场行将就木的畸形发展状态,作者热切呼吁一个新时代的到来。

我国古典文学中体现人民性的作品不胜枚举,在众多的充满人民性的作品中知识分子与人民由于"身份"的不同而表现出对立的隔离感,作为对立的两个阶层,作品一方面表现出知识分子对下层人民深陷水火处境的同情,另一方面又表现出对自身心有余而力不足的自责与无奈。不论是战乱年代还是和平时期,构成国家主要力量的还是人民,历朝历代知识分子只有具备了"为民写作"的自觉意识和使命感,才能在文学长河中熠熠生辉,光彩永驻。

3. 现当代文学对"人民性"因素的整合与吸纳

俄苏文学与我国文学一直以来保持着密切联系,最早关于俄罗斯的记载自元代开始就已经出现,直到后来,因为地域上相邻和社会形态的相似性使得中俄两国之间的交往愈加频繁,俄苏文学对我国文人的思想观念、对文学作品的内容均产生了不可磨灭的影响。20 世纪 50 年代,我国作家大多从实用出发,将苏联文学的主题、艺术手法和文学风格移植到中国,50 年代末到"文化大革命"结束的 20 年间,俄苏文学与当时许多优秀作品一样被视为毒草而遭遇政治批判,20 世纪 80 年代,俄苏文学在中国的地位又开始回暖,重新受到推崇,后来随着苏联解体,俄苏文学的影响逐渐减弱,并淡出中国学人的视野。

19 世纪思想进步的俄国作家在解放浪潮中表现出与封建专制坚决斗争的勇气与决心引起了同样处在历史转折时期的中国作家的共鸣,他们作品中包涵了强烈的民主意识、鲜明的人道主义精神和历史责任感,对我国作家的写作观念产生了深远的影响。

五四时期是我国现代文学的开创时期,各种新思潮(个性解放思潮、人道主义思潮、为人生的平民主义思潮等)的涌入刷新了作家们的思想观念。当时,我国文学界对俄国文学产生了高度热情,尤其是"为人生"的文学思潮促使茅盾、郑振铎、叶绍钧等人发起成立文学研究会,主张文学创作要"为人生",认为文学作品应该从这一目的出发,反映社会现实。文学研究会十分重视介绍、引进和研究外国文学作品。他们着重翻译俄国、法国等国家的现实主义著作,这一时期,俄国作家托尔斯泰、普希金、高尔基、屠格涅夫、契诃夫等人的作品在我国备受欢迎。

五四之后,风起云涌的革命浪潮席卷中国,活跃在文坛上的左翼作家洪灵菲、胡也频、蒋光慈、沈端先、柔石、叶紫、田汉、冯乃超等人的文学创作或多或少都受到苏联文学的影响,他们的作品大都表现工农群众对革命运动积极的参与精神,作品整体基调高昂乐观。然而,随着五四文学进入高潮,文学发展的过程中的弊端也逐渐显现出来,这一阶段正是我国大量吸收外国文学思潮的历史时期,中国文学出现了严重的欧化倾向,文学在一定程度上脱离了人民大众的欣赏习惯,使文艺的接受范围逐渐缩小,仅局限于小资产阶级和青年学者中。左翼文学时期,文学的大众化与民族化曾被文艺界提出并广泛讨论过,但这一问题最终并未得到解决。

延安时期,由于战时环境、时局、政治、地域、文化等各方面原因,俄苏文学更加凸显出与战时环境的适应性,解放区文学与俄苏文学的关系更加密切,以毛泽东同志为主要代表的共产党人,大量吸收借鉴马克思主义并提出马克思主义中国化的命题。他们认为可以将马克思主义的普遍原理与中国具体国情相结合,运用马克思主义普遍原理解决我国实际问题。延安时期毛泽东等人对马克思文艺理论在继承的同时进行了创新,具体体现在以下四个方面:其一,毛泽东思想的形成标志着马克思主义文艺理论中国化进入成熟阶段;其二,毛泽东提出的新民主主义文化纲领,成为中华民族文化发展的引路灯;其三,要求文艺工作者遵循文艺为人民大众服务的根本宗旨,坚持以人民为主体的艺术观;其四,倡导百姓喜闻乐见的民族新文艺。① 这一时期,周扬、丁玲、艾青、周立波、柳青、杜鹏程等作家都受到过苏联文学的影响。丁玲写于延安时期的小说《我在霞村的时候》《在医院中》,敏锐捕捉社会大环境中易被忽视的"小人物"形象,表现对她们处境的同情与理解;《太阳照在桑干河上》与《暴风骤雨》,丁玲和周立波所倡导的主题和故事情节方面都受到苏联文学的影响;艾青写于延安时期的几部诗集②对战争中人民和民族的遭遇表现出的同情与担忧都有着苏联文学的影子。延安时期的文学艺术是中国特殊历史时期的产物,是中国共产党联合人民大众为争取胜利所产生的革命文艺。延安时期,真正实现了文学与大众的有效结合,因此,延安文学是与人民大众结合得最紧密的文学,再加上当时有毛泽东的《在延安文艺座谈会上的讲话》作为理论支撑,有政策对大众文艺的大力宣传,还有经济、文化等各方面的有效配合,使得延安文艺能够自觉地书写人民大众的生活,反映人民大众在革命斗争中的激情和参与精神。五四时期提出的文学为什么人的问题在延安文学中得到真正的答案,可以说延安文艺是继五四新文学和左翼革命文学之后的又一个崭新的文艺阶段。毛泽东提出的文艺"必须和新的群众相结合",文艺要为"人民大众"服务的思想体现了毛泽东思想中"文艺与人民紧密结合"这一重要的观点。正如他在《在延安文艺座谈会上的讲话》中提到的"什么是我们的问题的中心呢? 我以为,我们的问题基本上是一个为群众的问题和一个如何为群众的问题。"③毛泽东正是以文艺与人民的关系问题为核心,构筑了他的革命的文艺理论体系。

新中国成立以后,俄苏文学一直对中国文学产生不同程度的影响。20 世纪 50 年代,中苏关系密切,我国曾大量吸收苏联社会改革的经验并运用到生产实践中。这一时期,文学方面除了对俄国作家作品的译介外,文学批评家别

① 宋建林:《延安时期马克思主义文艺理论中国化的理论创新》,《文艺理论与批评》2012年第3期。
② 艾青写于延安时期的诗集有:《火把》《北方》《向太阳》《黎明的通知》等。
③ 畅广元主编:《马克思主义文艺理论》,高等教育出版社2006年版,第286页。

林斯基、车尔尼雪夫斯基、杜勃罗留波夫等人的理论著作受到了高度重视,并有了系统的介绍。1953 年上海译文出版社出版了《别林斯基选集》第一卷,1954 年新文艺出版社出版了《杜勃罗留波夫选集》第一卷和第二卷,1961 年上海文艺出版社出版了《车尔尼雪夫斯基论文学》上卷。与此同时,面世的俄国其他文艺理论著作还有梁真等人译的《别林斯基论文学》《论普希金的"奥尼金"》,车尔尼雪夫斯基的《生活与美》(原译者周扬对此书重新作了校订)和《美学论文选》等,这些理论著作的总印数达数十万之多,对当代中国文学理论的建设产生了深刻的影响。

60 年代初期,我国文坛依然极力推崇别林斯基、车尔尼雪夫斯基、杜勃罗留波夫的文艺理论思想,此前出版过的他们的论著这一时期都有了重印本。文学方面的交流与影响受社会政治环境的制约,人民性这一马克思主义批评方法曾一度遭到取缔,李希凡在 1973 年专门为再版《红楼梦评论集》所写的一篇"附记"里说到其原因:当时人民性概念被认为是一个模糊的非阶级概念,周扬等人把别林斯基等人的观点奉为经典,利用人民性以图改变无产阶级思想运动、文艺运动的性质,被当权者认为是修正主义文艺黑线,用来冒充马克思主义文艺观。①

"文革"时期,国内局势变革,我国对苏联文学的接受热度一度降到冰点,但仍有一些学者对"人民性"给予关注。1953 年,黄药眠发表了文章《论文学中的人民性》,提出了在认识文艺人民性时易犯的两种错误,一种是简单地用阶级分析的方法来理解文学中的人民性;另一种是无视作者的写作立场,空泛地将"人民性"嫁接在作品上。② 1963 年,周恩来提出了"人民性"就是"阶级性"的观点。"文革"之后,学界对文艺人民性的关注程度明显提高。1978 年杨树茂的文章《为什么不可以有"人民性"?》引起文坛关注,提出文艺领域应当和政治领域一样重视"人民性"。同年 12 月,在山东大学召开的文科理论

---

① 王缵叔:《关于我国古代文学人民性的几个问题》,《宝鸡师院学报(哲学社会科学版)》1979 年第 1 期。

② 黄药眠:《论文学中的人民性》,《文史哲》1953 年第 6 期。

讨论会上,与会者对人民性问题展开了热烈讨论并肯定了文艺人民性的先进性。这一时期大部分人认为人民性与阶级性存在既相对独立又统一的关系,人民性作为阶级性的补充,在评价文学作品时起到重要的作用,"阶级性寓于人民性之中,人民性大于阶级性。"①1979 年 10 月 30 日,邓小平提出,"我们的文艺属于人民""人民是文艺工作者的母亲"②,使文艺人民性的概念更加丰富与成熟。八九十年代,我国文艺理论兼容并包,对包括苏联在内的外国文学经验进行辩证的吸收,态度上更加客观冷静。在吸收批评家理论时涉及他们美学思想的方方面面,例如对别、车、杜等人的批评理论进行借鉴与吸收时涉及的问题有作品的内容与形式关系问题、作家的风格与民族风格问题等。

二、陕西文学评论家对文艺人民性的代际传承

"文学的代际状况,是文学史研究值得深究的方面。因为,代际这样的一个独特区域,交织着历史最丰富的精神冲突。"③四代陕西文学批评队伍之间同样发扬代际的传承精神,我们从年轻一代的评论家的作品中总能看到老一辈那里积淀的经验与方法的传承。总体上,陕西文学批评继承了两个传统,一个是优秀的秦地古典文化传统,另一个是红色延安革命传统。陕西文学评论家邢小利认为,秦地古代文学传统对陕西文学影响最为深远的应当是司马迁的《史记》。首先,陕西作家尤其是小说家极力追求作品的史诗效果离不开《史记》的影响;其次,司马迁对陕西文学家的影响还在于追求作品"不朽"的品格,陈忠实曾起誓要写一部死后可以"垫棺作枕"的作品,《白鹿原》的出世是最有力的证明。陕西文学从红色延安革命文学传统中汲取的养分奠定了陕

---

① 以上观点在陈斐论文的基础上进行了补充,见陈斐:《60 年社会批评视野下的古典文学研究——由人民性、阶级分析范畴切入的考察》,《学术研究》2009 年第 12 期。
② 转引自何西来所著《探寻者的心踪》,陕西人民出版社 1987 年版,第 454 页。原文《在中国文学艺术工作者第四次代表大会上的祝词》见《文艺报》1979 年第 11—12 期合刊。
③ 李洁非:《典型文坛》,湖北人民出版社 2008 年版,第 93 页。

西当代文学的基石。大部分陕西作家关注底层、关注民生、关注乡土,注重写实,例如柳青扎根农村,贴近现实,描写时代潮流中的普通民众,寻求解救民族之路,这些传统离不开延安革命文学的影响。由此看来,古典文化传统和延安文艺传统的结合形成了陕西作家的审美趣味和美学理想。① 实际上,不论中国古典文学还是延安时期的革命文学,都存在着大量充满人民性的优秀作品和文艺评论观,陕西文学批评发展至今,必然受到上述两个传统潜移默化的影响,从代际传承的角度对陕西文学批评界人民性文艺批评论观进行梳理,有利于宏观细致地把握陕西文学批评的历史发展状况。

1. 陕西四代文学评论家之间的纵向传承

陕西一直以来被誉为文学大省,陕西文学深受远古的姜炎文化、古代的周秦文化、现代的延安文艺的影响,因此,当代陕西文学具有深广的历史维度和悠远的民族精神。陕西作为文学重镇主要表现在陕西文学中各种文学样态的井喷式的爆发,其散文、小说、诗歌、文学评论等文学样态在中国文坛上都是一道群英荟萃的风景,其中散文家有李若冰、魏钢焰、和谷、李天芳、刘成章、贾平凹、李汉荣、朱鸿、柏峰、穆涛、方英文等;诗人有柯仲平、耿翔、远村、沙陵、玉臬、晓雷、闻频、胡征、阎安、胡宽、沈奇、刘亚丽、小宛等;小说家有柳青、杜鹏程、王汶石、路遥、贾平凹、陈忠实、莫伸、京夫、王戈、李凤杰、邹志安、李小巴、峭石、赵熙、任士增、李天芳、王宝成等;评论家有胡采、王愚、畅广元、李星、肖云儒、李国平、邰科祥、段建军、李继凯、陈孝英、邢小利、韩鲁华、费秉勋等。

学界对陕西文学的研究早在 20 世纪 40 年代柳青、杜鹏程、王汶石、李若冰等人活跃于陕西文坛时就已经开始,在文学批评界出现了被称为"思想库"的批评队伍,如:王愚、肖云儒、李星、畅广元、刘建军、蒙万夫、王仲生以及后续出现的新一代批评家白烨、李继凯、赵学勇、段建军、周燕芬、韩鲁华等。陕西文学评论家按代际划分大致可以分为四代:第一代以胡采为主;第二代评论家

---

① 邢小利:《文学与文坛的边上》,中国社会科学出版社 2014 年版,第 14 页。

包括王愚、阎纲、何西来、蒙万夫、王仲生、陈孝英、孙见喜、李星、肖云儒、畅广元、费秉勋等;第三代评论家包括李震、李国平、李继凯、赵学勇、段建军、韩鲁华、李建军、李锐、杨乐生、刘卫平、周燕芬、屈雅君、梁向阳、仵埂、李西健、赵德利、常智奇、贺智利等;第四代评论家包括出生于 70 年代左右的孙新峰、马平川、惠雁冰、权雅宁、冯希哲、韩蕊、王俊虎以及更为年轻的评论界新秀杨辉、吴妍妍等。

　　陕西第一代评论家以胡采为代表,在延安时期,胡采曾担任过《大众习作》和《群众文艺》的主编,新中国成立后,胡采又担任西北文联副秘书长,中国作家协会西安分会的执行副主席,《西北文艺》及《延河》主编。他著有《新时期文艺论集》《从生活到艺术》《主题、思想和其他》《胡采文学评论选》等 8 部评论文集,任职经历从 30 年代开始,经历了红色延安革命战争风暴的洗礼,其思想主要受中国化的马克思主义的影响,出版于 80 年代的《新时期文艺论集》和《胡采文学评论选》深入探讨了关于文学创作的许多问题,如对杜鹏程的《保卫延安》进行了合理的分析与捍卫;对陈忠实、贾平凹等年轻一代作家表现出殷切的关心与鼓励;对文学工作者如何解放思想、总结经验、繁荣创作提出了对策与设想。胡采在《新时期文艺论集》中多次提到要遵循文学的党性原则和典型化原则,在谈到学习周恩来关于文艺问题的讲话时,胡采高度赞扬周恩来强调的"无产阶级的政治就是人民的政治","艺术是要人民批准"和"艺术家要面对人民,而不只是面对领导"①的思想;在为贾平凹的作品《山地笔记》所写的"序"中给予当时初涉文坛的青年作家贾平凹以很大的鼓励,认为他今后应当更好地深入生活、深入群众,扩大生活的领域和视野。胡采同志高度地肯定延安革命传统就是中国共产党以人民为本的传统,号召优秀的文学创作者要继承和发扬这种传统,优秀的文学作品首先应当真实地反映现实生活,表达人民的心愿。作家肩负的使命必须考虑到"人民的心

灵,人民的愿望,人民的利益和要求"①,体现人民群众的思想、感情和内心世界所引起的矛盾冲突。在纪念《讲话》的文章中,谈到《讲话》中文艺与政治的关系问题时,胡采同志依然坚持文艺是不能脱离政治的,他把这里的政治理解为人民大众的政治,这种政治关乎人民大众的利益,与人民大众密不可分。

陕西第一代评论家基本上是在毛泽东《讲话》影响下成长起来的,其文艺批评观也离不开讲话中提到的几个基本问题。第二代评论家包括王愚、李星、肖云儒、畅广元等。王愚基本继承了社会历史批评的模式,他的评论文章态度刚正不阿,思想独到睿智,锋芒毕露,对路遥的小说《在困难的日子里》进行了积极的正面评价,认为小说中所反映的那一时期的生活有着深沉的思想和艺术力量,路遥淋漓尽致地表现了人民大众的精神世界,"普通人民之间温馨的感情"②。在谈到五六十年代的陕西之所以被誉为中国文学的重镇的原因时,王愚说这主要来源于陕西作家所表现出来的责任感、平民意识、乡情和敬业精神。③ 李星、肖云儒两位评论家更是紧跟时代步伐,眼光扫描之处皆能发现问题的症结,他们的评论文章不同程度地体现着对人民的关怀,对当下文艺发展的关怀。李星的几篇文章如《热烈而冷静的"三农"报告》《批评家要有责任和担当》《关注百姓命运 回归"恒常"伦理——浅谈〈西京故事〉的剧本创作特色》等凝聚着评论家强烈的责任感与使命意识,在《热烈而冷静的"三农"报告》中用短短几百字对莫伸的长篇报告文学《一号文件》给予恰当而冷静的定位,认为莫伸小说的成功,在于它真实地再现了改革开放以来30多年间中国农业和农民的发展史、农民的命运史、农村的变迁史,小说在肯定成绩的同时提出了诸多问题,反映农民的愿望和呼声,李星及时地肯定了这部作品的社会价值和学术价值。肖云儒一直以来将眼光投向全国甚至国外,注重在全国视

---

① 胡采:《从生活到艺术》,陕西人民出版社1979年版,第197页。
② 王愚:《在交叉地带耕耘——论路遥》,《当代作家评论》1984年第2期。
③ 王愚:《文学重镇的风采——本世纪五六十年代陕西文学扫描》,《小说评论》1994年第5期。

域中探究西部文学,其出版的专著和作品集①凝聚了他多年的研究心血。

第三代评论家李震、李继凯、赵学勇、周燕芬、屈雅君等来自陕西各大高校,女性主义评论家的加入为陕西文学批评团队注入新的活力。其中,屈雅君的文章有的涉及女性的婚恋问题;有的对两性二分之一人格现象进行分析;有的呼吁女性应当具备保护自身权利的意识,有的又从文学叙事的角度入手探讨文学史长河中的女性命运。② 第四代评论家基本都出生于 70 年代左右,以任教于宝鸡文理学院的孙新峰和马平川以及任教于陕西其他高校的惠雁冰、王俊虎、权雅宁、杨辉、李跃力、吴妍妍、梁颖等为代表。他们真诚地发扬和传承着陕西文学精神,坚守学院派批评的阵地,拥抱现实生活,坚持现实主义创作,关注国家发展、时代进步,与人民同行、反映时代风貌。③

虽然时局的变革、社会环境的变化导致陕西四代评论家之间有着迥异的批评风格和不同的关注角度,但经过以上梳理可以看出从胡采到年轻一代的评论家,"人民性"的文学评论观始终是他们传承与坚守的批评原则。

2. 批评范畴内的多元横向比较

鲁迅曾形象地将作家与批评家比作"厨师"与"食客",这一比喻一方面道出创作与评论的关系密不可分,因此作家必须拿出认真谨慎的态度去创作;另一方面蕴含着作为评论家所肩负的使命,评论家做批评一定要以专业水准对文学创作作出鉴定和评价。陕西四代文学批评团队是一支与时俱进的队伍,随着社会潮流的滚滚向前,新一代评论家的批评观念越来越呈现出多元化的态势,就他们文艺评论观中"人民性"这一要素来说同样随时代发展被赋予新的意义。因此,除了纵向分析四代评论家之间的传承关系外,还应在同一批评范畴内将其进行多元化的横向比较,这样不仅能够从深度而且从广度上窥探

---

① 肖云儒的著作有:《民族文化结构论》《中国西部文学论》《八十年代文艺论》《独步岚楼》《独得之美》以及主编的《中国西部文艺研究丛书》。

② 屈雅君等:《中国文学:关于女性的叙事》,人民出版社 2014 年版。

③ 马平川:《茅盾文学奖与陕西文学精神》,《光明日报》2009 年 10 月 25 日。

陕西文学评论中文艺人民性这一要素的发展。

陕西文学评论队伍从胡采到王愚到李继凯再到年轻一代的孙新峰、马平川、杨辉等,四代评论家的文学评论共同构成了20世纪陕西文学的批评理论体系,呈现出一种充满活力的强劲势头。但不同时代、不同地域、不同职业甚至性别等方面的差异都会使评论家持有不同的批评观念。可以从代际、职业、性别、地域等几个方面对陕西评论家进行横向划分,来梳理和比较陕西评论家共同坚守的文艺"人民性"这一因素。

首先从代际划分来看,陕西四代评论家分别对应着不同的时代背景。老一辈评论家胡采的文学批评追随着红色延安时期的文艺政策,以《讲话》为中心的文艺理论著作和当时文艺界呼吁的文艺为大众、为工农兵的口号成为文艺理论工作者的标杆和向导,胡采的文艺评论著作中多次提到"人民"等词语。这一时期的"人民性"更多的是指为工农群众写作,突出文艺的政治功用和阶级性。第二代批评群体是被外界称为"思想库"的王愚、李星、肖云儒、畅广元等,相对于老一辈评论家,这一代评论家经历了改革开放的时代大潮,他们的学术视野更为开阔,眼光所到之处不仅包括陕西文学,更是放眼全国甚至将眼光投向世界,他们文学评论视野中的"人民性"相对于上一辈评论家而言,其内涵更加丰富,外延更加广阔。由于信息化、工业化时代的快速到来,影响了文学活动的各个环节,陕西第三代、第四代评论家关注的领域更加广阔,"人民"的含义也相应地发生变化,人民不仅仅局限于工农兵和普通大众,"公民""底层""乡土与现代性"①等新兴词语也被不同程度地引入到人民性这一概念当中,陕西评论家在沿袭前辈们文艺批评观的基础上有了一定的超越,他们所关注的"人民性"已经区别于延安时期与改革开放初期的文艺人民性。

从职业划分来看,陕西文学批评队伍可以分为学院派和专业批评群体。第一代和第二代评论家胡采、王愚、李星、肖云儒、畅广元大都任职于文联作协

---

① 代表性的有李徽昭的著作《隐退的乡土与迷茫的现代性:当代中国文学的乡土透视》,中国社会科学出版社2013年版;吴妍妍的著作《现代性视野中的陕西当代乡土文学》,人民出版社2010年版。

等文艺体制内,第二代、第三代以及第四代评论家如李继凯、赵学勇、李震、邢小利、韩鲁华、梁向阳、周燕芬、马平川、孙新峰、杨辉等大都任职于高等院校,可以归入到学院派批评队伍中。孙新峰的《缱绻的乡情　伟大的良心——贾平凹〈秦腔·后记〉影视艺术片的审美意义》一文极力赞扬艺术片拍摄者强烈的民间精神和草根意识,并对贾平凹"为人民写作的良心"①予以肯定;此外,他还撰文揭露当前大学非师范新闻专业实习时遇到的困境②,呼吁相应部门尽快解决这一问题,为大学生实习拓宽出路。陕西评论家、延安大学教授梁向阳、惠雁冰发表在《延河》杂志上的《关于乡土中国的观察与谈话》一文中对中国农村发生的变革、城市与农村走向勾连、农民和土地相互脱离以及"空巢农村""空壳家庭"等一系列现代化进程中产生的问题给予理性的分析,体现出他们作为评论家对民生问题睿智的洞察与热切的关注。③ 王俊虎认为,延安文艺的因子深刻影响着陕西文学的发展,为陕西文学积累了丰富的创作经验。陕西文学创作重民生、重乡土等传统均离不开延安文艺的影响。④ 与学院派文学批评相比较,非学院派的批评家涉猎范围更广,如肖云儒的文学批评涉猎文学、戏剧、书法、哲学、民俗等各方面。肖云儒在其关于市场经济与现代人格关系建构的文章⑤中曾指出作家对市场经济裹挟的普通人人格的关切反映出作家对老百姓的关怀,同时也体现出知识分子的人文责任。畅广元在其著作《中国文学的人文精神》中说"社会主义文学应该是真正的人民文学",⑥作为思想代表的文学理论家应当关注人民的喜爱,倾听人民的呼声,研究人民对文学的筛选,他的另一篇文章《为农村教育问题把脉——评农村教育问题的社

① 孙新峰:《缱绻的乡情　伟大的良心——贾平凹〈秦腔·后记〉影视艺术片的审美意义》,《电影评介》2007 年第 17 期。

② 孙新峰:《本是同根生,相煎何太急——新闻专业学生遭遇实习收费尴尬》,《社会观察》2009 年第 1 期。

③ 惠雁冰、梁向阳:《关于乡土中国的观察与谈话》,《延河》2012 年第 4 期。

④ 王俊虎:《论延安文学经验的当代传承——以陕西文学为例》,《东岳论丛》2013 年第 9 期。

⑤ 肖云儒:《文学要积极反映市场经济对现代人格的建构》,《文学报》2001 年 6 月 7 日。

⑥ 畅广元主编:《中国文学的人文精神》,陕西人民出版社 1994 年版,第 1 页。

会学研究》认真地分析了农村教育中遇到的问题和"瓶颈",恳切地呼吁社会各界人士提高对农村教育的关注。

从性别差异来看,一般情况下,在文学评论这一领域男性显示出相当的优势,但在陕西四代评论家当中,女性评论家周燕芬、屈雅君、权雅宁等人的批评业绩也相对突出。与男性文学批评比较,女性以其特殊身份在文学评论方面另辟蹊径,从女性主义和女权的角度对众多社会现象进行观察并抒发了独到的见解。屈雅君作为陕西省妇女研究会副会长、中国妇女研究会理事,始终以其女性主义的眼光关注着女性生存,文章《女性要懂得维护自己的权利》中现代职业女性面临的角色定位问题,女公务员退休问题,女性的收入差别、晋升差别问题等都被纳入女性评论家的视野。屈雅君的《追问婚姻——评 28 集电视连续剧〈我们俩的婚姻〉》分析了新时代进入婚姻状态的女性面临的一系列尴尬处境,她的《从"半边天"到"新淑女"》分析了"新淑女"话语的积极意义和消极意义,警示女性研究学者应当对逆向而来的"裹着崭新的时代包装"的男性中心话语给予密切关注。周燕芬及时肯定了西部女性作家写作时表现出来的天生的底层意识和苦难意识;权雅宁对叶广芩以及阎连科的底层写作和底层意识给予关注,并从道德与审美的角度审视当下文艺婚外情题材的写作。

从地域划分来看,陕西大多评论家均在陕西范围内工作或任职,但有几位评论家走出陕西,在域外担任文学批评工作,如曾任职于中科院的已故陕西文学评论家何西来,以及同样在京工作的陕西评论家李建军、白烨,从陕西走出的人类学研究学者叶舒宪等。相比较来说,置身于陕西范围内的评论家更多地关注陕西地域内的文学创作活动和文坛动态,更多地专注于区域文学研究,如肖云儒的 280 万字的西部文学研究专著《对视》系列、《中国西部文学论》;李继凯的《秦地小说与"三秦文化"》;李星的《路遥评传》《贾平凹评传》;等等。

最后,相对于专业的评论家群体,陕西文坛的有些作家也从事业余文学评论工作,贾平凹、陈忠实等最具代表性。贾平凹曾在会议发言上承认,他们那一代作家大都继承了革命现实主义与苏联文学的优良传统①；陈忠实曾坦言，虽然作家的创作所追求的是一个独特的艺术世界，但最终创作出来的成果属于民族和人民，因此作家的文学理想不得不与民族精神的更新联系在一起。②

总之，不论从代际、职业、性别还是地域等任意一方面将陕西评论家进行比较，均可以看到重底层、重乡土、重人民是陕西文学评论家最为突出的特征。

3. 评论家对文艺人民性的价值执守

陕西深处我国西部内陆地区，相对闭塞的地理环境以及古代农耕文化的影响使得陕西作家、评论家坚持农村题材和现实主义创作，客观如实地书写中国乡村社会的历史变迁。历代在中国文学长河中卓有影响的陕西籍作家大都具有与生俱来的恋土情结，他们的作品大都专注于书写乡土社会的变迁、农村社会风貌等，因此都市题材的缺失也是陕西文学创作的一大遗憾。柳青的《种谷记》《创业史》，陈忠实的《白鹿原》，贾平凹的《浮躁》《秦腔》以及"商州系列"小说，路遥的《人生》《平凡的世界》等集中起来就是一幅20世纪陕西农村生活图景，由此可以看出陕西主流作家都有强烈的乡土意识和社会责任感，"重视农村社会和农民命运，这是陕西作家文学观念中的一个很重要的理念。"③陕西文学界一直以来孜孜不倦地关注着文学与人民的关系，团结在"笔耕"文学研究组的评论家、任职于陕西作协的评论家以及陕西各大院校的学院派评论家对陕西文学评论视野中"人民性"的传承与坚守付诸实践。无论是机构或文艺体制内提出的文艺政策，还是出于作家的自觉，陕西文学评论队伍都践行着文艺人民性的批评观念。

邢小利曾将近百年以来的陕西作家按他们所处的时代特点划分为四代。第一代作家如郑伯奇、吴宓、冯润璋等大体上都是传统意义上的读书人，因他们接受过高等教育，又是学者，可称之为"学者作家"；第二代作家如柳青、王

---

① 《冯积岐作品集新闻发布会暨作品研讨会发言摘要》，《陕西文艺界》2013年第3期。
② 冯希哲：《陈忠实的批评观》，《小说评论》2014年第5期。
③ 邢小利：《文学与文坛的边上》，中国社会科学出版社2014年版，第73页。

汶石、杜鹏程、李若冰等经历过革命风暴,参加过中国共产党领导的革命战争,不是学者,但最终走向文学创作的道路,邢小利贴切地称之为"革命队伍中的文化人作家";第三代作家如陈忠实、京夫、邹志安等普遍出生于新中国成立前后,他们中的一部分接受过高等教育,一部分是工农出生,大致可以分为"知识分子作家"和"工农作家"两类,其中路遥与贾平凹较为特殊,他们兼具上述两类作家的气质,因为他们都出身农村,且受过一定程度的高等教育;第四代作家则随着国际交流的加强能够与外国作家接轨,他们基本都接受过高等教育,如冯积岐、黄建国、杨争光、马玉琛、方英文、朱鸿、柏峰、红柯、李汉荣等,他们属于"知识分子"作家。①

邢小利对陕西作家的划分方法对于研究陕西文学评论家提供了一定的借鉴,四代评论家所处的时代环境大致与四代作家所处的环境相当,因为文学创作与批评是不可割裂的两支羽翼,一定时代的文学创作,必然对应着相应的文学批评队伍。王汶石、杜鹏程、李若冰同一时代的评论家胡采,同样接受了毛泽东《讲话》的熏陶,受到了延安时期文艺为大众服务、为工农兵服务等口号的影响,他的文学评论忠实地映照着延安时期的文艺理论。

1954年胡采参与组织的中国作家协会西安分会成立,参与作协的作家有马健翎、柯仲平、柳青、郑伯奇、王汶石、戈壁舟、李古北、余念、杜鹏程、老九、王宗等。马健翎在大会成立时的开幕致辞中指出了作家协会的任务,作协应当领导会员学习党的政策、学习马列主义、深入生活、努力创作。大会致力于培养青年作家和兄弟民族作家。这一批作家大都从圣地延安走出来,经历了革命战争时期的艰难岁月,他们坚持"深入生活,紧贴时代",努力为人民写作,继承红色延安革命传统,形成了良好的写作习惯。柳青的《创业史》、杜鹏程的《保卫延安》、李若冰的《勘探者的足迹》《少年突击手》、王汶石的《风雪之夜》等作品,体现出革命时期的作家关注现实、极力描绘时代精神的创作理念。

---

① 邢小利:《文学与文坛的边上》,中国社会科学出版社2014年版,第172页。

作协以《延河》作为协会刊物,20世纪50年代作协响应当时国家文艺政策,加强与苏联文艺的交流。1956年经过文化部的批准,苏联作家协会的刊物《新世界》杂志与《延河》相互交换,由此,《延河》开始向外国出口。1957年大批作家响应号召,下乡或到边远地区深入生活,其中柳青安家在皇甫村,兼任县委委员;王宗元赴青藏铁路,兼任管理局政治部副主任;杜鹏程在宝成工地任宣教负责人;汤洛在铜川煤矿;李古北、戈壁舟到自己家乡农村体验生活。这些文艺政策有利于作家真正走近人民、扎根于生活。1956年中国作家协会西安分会理论批评组围绕文学的艺术特征、文学的党性原则和典型化方法展开讨论,"文革"时期除了《解放军文艺》等刊物以外,全国大部分文艺刊物陆续停刊。"文革"后期,为了尽快弥补"文革"时文艺萧条造成的损失,贾平凹、路遥、陈忠实等一批作家不断创新,创作出了享誉世界文坛的《秦腔》《平凡的世界》《白鹿原》等文学作品。分布在陕北、关中、陕南的三位作家关注城乡夹缝中人民的生存,关注民族命运的历史变迁,面对乡村的没落表现出无限的悲悯。

1980年10月,胡采、王愚等组织的"笔耕"文学研究组成立,在"笔耕"文学研究组发起成立的"缘起"中,明确了文学研究组的目的是团结和组织西安地区的文学评论工作者,针对陕西范围内的文学创作情况,对作家作品进行评论,以促进陕西文学创作的繁荣。宗旨是用马克思主义的观点和方法进行研究①,规定文学评论工作的开展要密切联系陕西地区的文学创作实际状况。研究组成立时吸收了多位评论家:王愚时任《延河》编辑部评论组副组长,肖云儒任《陕西日报》文艺部文艺评论编辑,蒙万夫为西北大学中文系讲师,畅广元是陕西师范大学中文系副教授,李健民任《长安》编辑部理论组编辑,刘建军是西北大学中文系副教授,陈贤仲任《延河》编委、评论组组长,姚虹任《长安》编辑部评论组组长,李星任《延河》编辑部评论组编辑,薛瑞生是西北

---

① 陕西省作家协会编:《陕西省作家协会大事记(1954—2014)》,太白文艺出版社2014年版,第59页。

大学中文系讲师,费秉勋系西北大学中文系教师,胡义成为陕西省社会科学院哲学研究所助理研究员。这些学院派批评家和作协、文联等组织的文艺工作者组成了 80 年代陕西文学批评的中坚力量。

1985 年,中国作协陕西分会的主办刊物《小说评论》创刊,由胡采担任主编,李星、王愚担任副主编。1986 年 9 月 17 日,中国作协陕西分会召开了小说创作突破与提高研讨会,会议主要在回顾新时期陕西小说创作历程的同时就陕西作家群、作家个人的创作与突破,农村题材和农民问题,陕西小说创作今后持续繁荣等问题进行了广泛深入的讨论,会议肯定了陕西文学形成的几个特点,如:陕西文学继承和发扬了现实主义传统;文学作品贴近时代,贴近人民群众的生活;作家有着强烈的社会责任感和使命感。在肯定优势的同时也探讨了陕西文学存在的不足,作家的观念、艺术功底、知识结构等方面存在不同程度的欠缺。继这次会议后,1995 年 11 月陕西文艺评论家协会又在西安举办了全国格局中的陕西文艺研讨会。会议讨论了陕西文学在全国格局中的价值定位,肯定了陕西文学的主要成就,同时也尖锐地指出创作中的不足与弊端,如作家的人格修养问题、作品精神价值指向的缺失等。

1997 年 5 月 21 日起,陕西省作家协会等单位在延安召开了为期三天的陕西省青年文学创作座谈会。参加大会的批评家认为,陕西青年一代的作家较之上一辈作家,在知识结构、文化背景方面有很大的优势,他们的艺术视野更加开阔,探索精神更加凸显,艺术追求和审美理想更加丰富多样。他们的多数作品引入许多新的观念,人文关怀和批判力度都显著增强,给陕西文学带来新的活力。然而社会的发展是一把双刃剑,面对全球化的世界格局和多元化的文化格局,面对物欲横流的社会潮流,这一代作家面临的挑战更加尖锐,面临的现实问题也更加复杂。与会人员就这一代青年作家的创作实绩提出若干问题,认为当下作家要在关心时代变化的同时,必须在文学创作中体现现代文化精神和现代意识,强调要切身感受生活,自觉地拓展作家的艺术视野,不要仅局限于陕西作家擅长的农村题材,在题材方面应当广泛地尝试与涉猎。作家必须要注意塑造自己的人格,用作品和人格与世界文学对话。

2013 年 5 月 7 日,陕西省举行了作家协会第六届会员代表大会。2014 年陕西召开了题为"重拾文学的人民性,文学陕军再出发"的陕西文学艺术界代表座谈会,就如何建设好陕西文学阵地提出了几点意见:一是要坚持正确的文学导向,贯彻落实社会主义核心价值观;二是在聚焦社会经济发展的同时弘扬时代主旋律;三是把握文学发展规律;四是要坚持正确的立场;五是要深入人民生产生活,歌颂人民与自然。

此外,纵观历代陕西文艺界召开的各大会议,与会者均提倡要在文学创作以及评论中继承陕西文学的优良传统。由此可见,一直以来陕西文艺界从未放松对文艺人民性的坚守,随着时代变迁,文学界在鼓励作家坚持陕西文学创作的现实主义传统的同时,提醒作家创作还应当注意与世界文学对话。从作家个人到文艺组织的政策,均能反映出陕西文学界对文艺人民性的拥护与坚守。

三、反思后的整合与超越

20 世纪 80 年代以来,由于批评界方法论大潮的影响,文艺的"人民性"这一马克思主义的批评话语逐渐淡出评论家的视野,90 年代市场经济的冲击使得文学的属性和功能都发生了变化,文学的作用不单单只是供人阅读,它还作为商品被人们消费,市场经济使得文学创作和批评的环境更加宽松。"改革""寻根""先锋""新写实"等现代派的创作方法潮水般涌入,评论家面对令人眼花缭乱的文学作品更要显示出冷静与自觉的心态。欲望写作、身体写作等越来越使文学背离了初衷,不能很好地引导大众思维,对人们追求的精神文明建设造成了一定的障碍,为此,一些目光敏锐的批评家将眼光聚焦于久被"尘封"的"文艺人民性",试图通过人民性的复归来应对当前复杂的文学环境。

1. 评论界对文艺"人民性"的重申与争鸣

作为我国马克思主义文艺理论批评的一个基本范畴,文艺人民性这一概念在 20 世纪五六十年代和 80 年代前后几年被广泛深入地探讨,探讨的内容集中在人民和人民性的内涵、人民性与党性的关系、人民性与阶级性的关系等几个方面,经过了一系列探讨,人民性的内涵大致被确立下来,这一时期的文艺人民性基本是结合了俄苏文学理论中的人民性和毛泽东倡导的人民性,要求人民性从唯物史观出发,主要考虑的是人民大众。

近年来学界对文艺人民性重申的力度明显加大,根据学者王晓华研究,目前之所以对人民性重建的呼声不断高涨,原因主要有两点:其一,中国的改革实践使民众的公民意识逐渐增强,要求文学家重新理解"人民性"的维度,在考虑文学的人民性时,应当将"公民"这一概念纳入其中;其二,在现代化过程以及全球化浪潮的推动下两极分化的问题日趋严重,底层人民面临失语状态,要求文学家关注底层,关注大多数人。因此,针对文艺的人民性出现了百家争鸣的现象。①

目前关于人民性的论争文章中,大多数学者对人民性的理解最终都归为"群众性"或"底层性"。王晓华认为 21 世纪的今天,我们对文艺人民性概念的理解仍受俄苏文学的影响,大多数人依然将文学的"人民性"理解为"为绝大多数人民",这种理解已经与我们当下的社会现实不符。中国文学的发展和中国社会的人民性存在同样的问题:首先,文艺工作者在关注人民性的"大众性"时忽略了"个性"这一方面;社会财富与机会的分配不均造成了两极分化——有产者的主人翁意识日趋强烈,而下层人民(主要指下岗工人和失地农民)逐渐陷入失语状态;其次,既然一部分构成人民整体的个体处于两极分化的不对等状态,那么,当下的文学作品则无法展现人民性的整体面貌。这两方面的弊端体现在文学创作中"便是宏大的人民叙事和个体性的公民叙事的

---

① 相应的文章有马建辉的《新世纪文艺人民性研究的三种倾向及其辨析》、陈晓明的《"人民性"与美学的脱身术——对当前小说艺术倾向的分析》、曾育辉的《人民性——文学创作应坚守的价值取向》、孟繁华的《新人民性的文学——当代中国文学经验的一个视角》、严昭柱的《关于文艺人民性的思考》、王晓华的《我们应该怎样建构文学的人民性?》、张胜利的《从"人民性"到"人性"——新时期以来文学评价标准转变之一》等。

屡弱乃至缺席".①

更有学者从汉语的角度将"人民性"理解为"人性"和"民性"的统一,人性讲求的是个人的肉身欲望、个体意识的觉醒,而"民性"指向人的社会身份,有着法律意义上的规定性。当下流行的方法论和思想观念使得诸多作家极力展现"人性",挖掘个体的自觉意识但忘却了"民性",因此,武汉大学学者冯黎明便提出了"从'民性'这一历史规定性出发重新倡导文学的人民性"②的观点。

孟繁华提出"新人民性"的概念,这一概念旨在揭露底层人民的生活真相,揭示底层生活中存在的问题,并对这些问题展开理性批判,在现实批判的同时要无情地暴露底层民众的"民族劣根性"和道德上"底层的陷落"。"新人民性文学"的最高正义是"维护社会的公平、公正、民主",因此它具有一定的启蒙意味。③

学者马建辉对上述几种观点进行考量后指出上述观点有泛化、窄化和虚化"人民性"的倾向。他认为人民性的窄化倾向应当以孟繁华的"新人民性"概念为例;对人民性理解的泛化倾向是指王晓华提出的人民性应当引入公民性概念的观点;虚化人民性的表现是指在人民性的理解上引入人性的观点,持这种观点的人主张在关注人民性的同时应当关注人性,人民性这一概念并非只关注群体,更要关注个体的价值、尊严和权利。马建辉显然是从唯物史观的角度理解文艺人民性的,他注重人民群众对社会发展的积极意义。

人民性概念直至当下仍不断引起学界争鸣,是因为时代发展和语境变迁需要文学人民性的复归,然而人民性概念逐渐被赋予新的意义,众多学者对人民性的具体内涵持各种不同意见。这种由于时代发展造成的概念的模糊必然

① 王晓华:《人民性的两个维度与文学的方向——与方维保、张丽军先生商榷》,《文艺争鸣》2006年第1期。
② 冯黎明:《人民性:从汉语的角度看》,《江汉论坛》2008年第1期。
③ 孟繁华:《新人民性的文学——当代文学经验的一个视角》,中国作家网,2007年12月15日。

不利于其主导文艺批评。文艺的品质,社会功能等都将得不到正常的发挥,有学者提出,当下需要做的是在"共时性"与"历时性"两个方面来重建文艺的人民性。① 这样才能够恢复文学人民性原初的功能和效用。

从众多有关文艺人民性争鸣的文章中大致可以总结出两种较为明晰的观点,一类学者坚持捍卫人民性原初的含义,认为人民性应当指毛泽东时代为大众的文艺;另一类学者将马克思话语体系中的人民性放置在当下社会语境中,使其生发出不同的含义,如上述提到的"人性"与"民性"的结合、"新人民性"等概念。

2. 陕西文学评论家理论探索中的困境与分歧

迄今为止,已有肖云儒、赵学勇、邢小利等多位评论家将陕西文学归入到西部文学之中,如陕西文学批评家邢小利在评论甘肃作家陈守仁的小说《白乌鸦》时,谈道:"西部文学精神是一种以民生和乡土为特色,充满诗性智慧和生命意识,凝结着深厚的孤独情结和苍凉感,代代更新,前赴后继的日新精神。"②陕西文学批评也可以按照此逻辑被纳入到西部文学中,与西部文学一样,陕西文学批评也有着优良的批评传统,由求真求实的《史记》传统和为民、为大众的红色延安革命传统影响下的陕西文学批评以现实主义为基本方法,聚焦于乡土,关注民生。陕西四代评论家王愚、畅广元、肖云儒、刘建军、李星、邢小利、梁向阳、周燕芬等在文学批评方面创下不俗的业绩。当然,陕西文学批评家在沿着现实主义道路探索前进的过程中也会遭遇一些挫折,并陷入困境。

2006 年,评论家李震在回答记者提出的"陕西文学批评家的头衔与责任是否匹配"这一问题时冷静地分析了其产生的原因。他认为,陕西文学批评

---

① 焦垣生、王哲:《符号视角下当代文艺人民性的迷局》,《西安交通大学学报(社会科学版)》2015 年第 2 期。

② 孙新峰:《也论当下陕西本土文学批评——兼与李徽昭先生商榷》,《商洛学院学报》2012 年第 3 期。

状态低迷的原因是批评家正处于转轨时期,批评队伍,批评家的角色、身份、知识结构,批评的形态和批评方法等都正处于过渡时期。以胡采为主的老一辈批评家的知识结构形成于五六十年代,这一时期的批评家群体是在新中国成立以来的作协、文联体制下形成的,然而当下国内外的批评家群体多集中在高等学府,大多文学批评属于学院式批评,陕西文学批评正处于从非学院向学院过渡的阶段。在批评方法上,先前的陕西文学批评家多采用的是印象式、跟读式的批评,当下的批评家的文学批评更多地强调学理化和逻辑思维。在价值观方面,批评家都在试图冲破旧有的价值观寻求新的突破。继而李震又谈到学界对文学创作与文学批评的关注产生的偏差已经"是一个全国性的问题,甚至是一个全球性的问题。"①他认为,自古文学创作与文学批评的不平衡问题是有目共睹的,文学创作和文学批评之间的本质区别等同于"明星行业"和"科学行业"的区别。

改革开放以来,文学批评与文学创作一齐接受了市场经济和经济全球化浪潮的冲击,文艺批评不仅受批评家自身知识结构的影响还受到市场经济的洗礼,因此批评家的思想观念在市场经济和全球化浪潮中自由整合,这样,每位批评家面对纷繁复杂的文坛现状都会发出自己不同的声音,出现批评缘由各异、批评品质良莠不齐,批评场面众声喧哗的状态。

近些年来,陕西文学批评史上出现了几次较为突出的争鸣与分歧。早在2000年10月7日,《三秦都市报》刊载了一篇题为《青年文学博士"直谏"陕西作家》的文章,分析了陕西籍评论家李建军对陈忠实的《白鹿原》和贾平凹的小说《怀念狼》的尖锐批评,这种毫不留情的批评方式打破了陕西文学批评的历史,在陕西文坛引起了巨大轰动,随后迅速波及全国,紧接着10月20日,《各界导报》又刊载了李建军对此事件的问答,题为《青年博士直面陕西文坛》,引起了全国各地评论家、媒体的参与,此事件在陕西文学批评史上引起

---

① 王淑玲、孙雅菲:《批评家对陕西文学批评的反思》,《陕西日报》2006年4月2日。

轩然大波。针对李建军对贾平凹所写的四篇批评文章①,陕西评论家邰科祥撰文②对李建军的观点针锋相对地进行批驳,认为当下流行的"酷评"这种批评方式存在一定的弊端,文学批评要对作家进行"满怀热情的敲打、告诫、指引和帮助"。③

2009 年,陕西青年批评家孙新峰发表文章④肯定了陕西文学批评的稳健态势和良好的发展前景。2011 年,陕西师范大学博士李徽昭撰文对孙新峰的观点进行了反驳,认为陕西文学批评界依然存在一系列问题⑤,最后又针对这些问题提出了解决对策,认为要使陕西文学批评重现活力,首先需要更新批评理念,重新重视文学批评地位,将文学批评视为文化活动的一部分。批评家要以独立自由的知识分子身份进行文学批评工作,在心理与精神上与批评对象保持适当的距离"进而建构起对位于对象的精神文化上的'反抗'关系。"⑥接着孙新峰对李徽昭提出的问题一一作了解答⑦,针对活跃在陕西本土的文联、作协专业批评群体、学院派批评群体、报刊媒体批评群体三股力量的批评业绩进行了分析,指出陕西文学评论家之所以不如东部地区如上海、江苏等地的评论家一样对文坛新生力量及时追踪的原因,即"人人诟病的各种全国性奖项"

---

① 李建军撰写的四篇文章分别是:《私有形态的反文化写作——评〈废都〉》《随意杜撰的反真实性写作——再评〈废都〉》《草率拟古的反现代性写作——三评〈废都〉》《消极写作的典型文本——再评〈怀念狼〉兼论一种写作模式》。上述四篇文章见李建军:《必要的反对》,山东文艺出版社 2005 年版。
② 邰科祥:《矫枉未必要过正——质疑李建军先生的"贾作四评"兼及文学批评的策略》,《西安建筑科技大学学报(社会科学版)》2004 年第 3 期。
③ 邰科祥:《矫枉未必要过正——质疑李建军先生的"贾作四评"兼及文学批评的策略》,《西安建筑科技大学学报(社会科学版)》2004 年第 3 期。
④ 孙新峰:《文学批评的三足鼎立局面观察》,《社会科学家》2009 年第 11 期。
⑤ 李徽昭:《当下文学批评问题及其理念思考——以陕本土文学批评为例》,《社会科学家》2011 年第 3 期。认为陕西文学批评界存在的问题有:"批评本体观念迷失、批评家身份认同迷茫、批评与对象间关系错位。"
⑥ 李徽昭:《当下文学批评问题及其理念思考——以陕西本土文学批评为例》,《社会科学家》2011 年第 3 期。
⑦ 孙新峰:《也论当下陕西本土文学批评——兼与李徽昭先生商榷》,《商洛学院学报》2012 年第 3 期。

"欠规范的机制",他认为正如颇具威望的文学史家集体不重视陕西小说一样,陕西文学评论也相应的受到冷落。在文章的最后,孙新峰指出陕西本土文学突出重围的方式:对接、对话、交响是与世界文学接轨的关键。

不得不说,以上的争鸣一方面凸显了陕西文学批评家敏锐的批评眼光和强烈的社会责任感;另一方面,有辩论和分歧则说明陕西文学批评界的确存在一些问题,"博士直谏陕西文坛"事件的发生一度使作家与批评家的关系降到冰点。事实上,当今文学批评界的确存在一些不良现象,严重阻碍着文学批评工作的顺利进行,例如:有些评论家因利益驱动所写的评论文章只是理论与方法的堆砌,生涩的词汇、咬文嚼字的批评方式使文章被束之高阁,得不到实际的批评效果;"红包批评""酷评"等批评方式的泛滥;传媒商业化炒作、无原则的吹捧等这些批评现状已不仅仅是某个区域的问题,而是全国性问题。对此,学者周成平曾针对全国性文学批评的尴尬局面和文学批评的误区提出过对策,认为当下中国的文学批评在取得一定成就的同时也存在一定的误区,例如文学批评过分强调表现自我而疏漏社会生活和人民群众;一味追求理论本身而忽视了现实意义;在借鉴西方文论时一味玩弄名词术语,加之有的文学评论缺乏真情实感。① 因此,当代的文学批评应当正确处理创作与批评的关系,批评家应当在批评实践中不断地自我反思和自我审视,批评家应当与社会各界配合,力图构建一个和谐、纯洁的批评环境。这样才能克服批评界出现的诸多不良现象。

3. 当下文学评论对文艺人民性的重构与超越

随着社会时代不断发生巨变,文艺人民性的内涵也必然发生变化。延安时期以及新中国成立后的五十年代,人民性的文艺基本是为大众为工农兵的文艺;六十年代到七十年代"文革"时期,文艺界固化、萧条的环境使得文艺人民性一度遭到扭曲;八九十年代,新思潮、新方法的冲击使文艺观念和批评方

---

① 周成平:《当代中国文学批评的困境与出路》,《江苏社会科学》2001 年第 3 期。

法向外转,作为马克思主义批评话语的文艺人民性在这一时期依然处于冷落状态;新世纪以来,随着经济全球化的影响,现代化进程逐渐加快,城乡差距、地域差距、贫富差距以及两极分化问题日趋严峻,在社会阶层上催生出一部分"社会底层",这一时期的人民性开始关注底层。作为社会底层民众,他们挣扎于城市的边缘,处于物质和精神的悬浮状态,在底层奋斗的弱势群体与其他社会阶层共同为社会创造着物质财富,共同推动着社会的现代化进程。一定程度上讲,"底层"是一个具有特殊内涵的名词,不仅体现在文学方面,在社会学、经济学方面都有其研究的价值。

由于现代化进程逐渐加快,大批乡村农民工涌入城市,使得城乡矛盾日益突出,环境问题、生态问题、人口素质问题连锁式地涌现出来,城市对乡村的收编和吞并,乡村的日益萧条和凋敝,是当下我们不得不面对的困境。一批目光敏锐的作家批评家将目光聚焦于失语的底层,"底层文学"这一题材应运而生。曹征路、刘庆邦、罗伟章、陈应松等成为公认的"底层文学"作家,贾平凹的小说《高兴》刻画了城市拾荒者刘高兴这一人物形象,通过透视人物的物质生活和精神生活两个方面来揭露底层民众的悲剧,这种书写方式区别于五四时期鲁迅开创的乡土文学。作家评论家不是以高高在上的姿态俯视底层,不是以知识分子的身份同情和怜悯底层,而是真实客观地将底层纳入自己现代性的视野,"切身体验着农民'向城市求生'的现代化追求,以一种反观的姿态审视这种发展过程。"[1]"底层文学"较为全面地反映出转型时期复杂的社会面貌,同时也反映出现代化浪潮中从乡村涌入城市的这一类"边缘人"的令人心酸的生活境况和心路历程,作家们对这一群体的用心书写"使得农民工题材小说深度触及了乡土中国现代性建构的价值困惑,引起人们对诸如资本权力乃至现代化'后果'的思考,准确地把握了乡土中国的现代性脉动。"[2]评论

---

[1] 周水涛、轩红芹、王文初:《新时期农民工题材小说研究》,社会科学文献出版社 2010 年版,第 245 页。

[2] 周水涛、轩红芹、王文初:《新时期农民工题材小说研究》,社会科学文献出版社 2010 年版,第 270 页。

家王晓明在探讨"我们应该追求怎样的现代化"这一问题时指出,广告和传媒的迅速崛起使现代人更多地追求成为拥有名车、豪宅的成功人士,这样的流行风潮遮蔽了经济发展背后的隐患,"更看不见'新富人'的掠夺和底层人民的苦难"①。陕西籍评论家李建军也呼吁当代文学亟须向外转,他认为作家们有责任了解和关注农民、关注底层。②

从社会学意义上讲,如今的"全球化""现代化""城镇化"应当是一个世界性的问题,作家与批评家的眼界也逐渐扩大,思维更加开阔,由之前的关注区域到关注民族再到关注世界,经济全球化浪潮的来袭势不可挡,给我们带来的不仅仅是经济的互相融通,在政治、思想观念、文化等各方面均受到冲击,关注身体、关注个体、关注欲望的现代化思潮使得集体意识越来越淡薄,本民族文化水土流失越来越严重。文学创作方法不能一味地以洋为标杆,认为一切外国的方法都是好的,皆能为我所用。人民性的重申与复归常被误解为重走意识形态的老路,如今看来,人民性是一种符合当下潮流的文艺批评标准。因为当下的文学语境需要我们寻求一种方法来引导文学朝着健康的道路迈进。

纵观四代陕西文学评论家的文学批评历程,他们在对深厚的古典文化传统和延安文艺传统进行整合的基础上又有着一定程度的超越,他们的文艺评论观在为民、重写实的基础上又努力适应现实社会的语境,他们对文艺人民性的含义进行了拓展,使得人民性不仅仅囿于人民大众这一固定的圈子,他们认为文学艺术应当以写实的精神表现现实社会的方方面面,人民性不仅考虑本土或本国家的社会性问题,还应当有世界性的眼光和视野。

文学评论家赵学勇在探讨西部小说与精神重构这一问题时曾指出,21世纪的西部小说面临的一个叙事转变是"从'地域'到'民族'再到'人类'"的转变,对西部小说的研究应当以"地域"为出发点,以进入"人类"这一领域为终

---

① 王晓明:《半张脸的神话:九十年代批判》,南方日报出版社2000年版,第9页。
② 《当代文学亟需向外转》,载李建军:《必要的反对》,山东文艺出版社2005年版,第196页。

极目的。"中国文学要走向世界,要展示中国的文化,必然要在这样一条路上走出自己的轨迹。"①文学批评也应当如此,文艺批评的人民性是中国化之后的马克思思想体系中的一个概念,不同时代的人民性概念的内涵也随时代发生着微妙变化,当下的人民性融入了中国社会发展沉淀的经验,应当适应巨变的社会潮流。回顾中外文学史上任何一种文学批评理论或方法,都应当是那一时代的产物,应与当时社会发展的现状相适应。因此,当下学界呼吁的人民性早已在人民性原有的基础上进行了超越,评论家关注的不仅仅只是包括"人民群众",现代化进程中的"人道""人性""公民""底层""生态""环境"等这类与人民生存息息相关的概念被恰当地纳入其中。

时至今日,陕西文艺界已有众多学者、评论家为陕西文学的发展建言献策,一方面为了寻求合理的文学批评标准,另一方面为陕西文学的健康发展寻求出路。陕西青年文学评论家杨辉曾指出:陕西文学批评在一定程度上可以考虑"返本"或"开新"(即对陕西文学批评的现实主义传统进行深入探讨,使其出现新境界、新格局),他还指出面对纷繁复杂的国外批评理论所出现的问题与困境,可以考虑"回归"中国古典文学批评方法,从中寻找新的出路与契机②。这也是文学评论可采取的一种方式,陕西文学评论家当下所持有的文学批评观念,尤其是他们对传统文学批评方法中"人民性"这一因素的继承与发展是真正符合当下文学发展潮流的。不过,在坚持文艺人民性的批评方法时还应将区域文学与中国文学或世界文学联系起来,在相互借鉴中更好地促进文学的良性发展。总之,区域文学要进步,绝不能藏身一隅、闭门造车,必然要跟上社会发展的潮流,试图与世界文学接轨。因此,如何将时代催生的新概念、新问题与文艺人民性相融合,文艺工作者如何以开放的姿态、以人民性的眼光从对地域的关注上升到对民族对人类的关怀,是当下文艺工作者亟待考

---

① 赵学勇、王贵禄:《守望·追寻·创生:中国西部小说的历史形态与精神重构》,北京大学出版社2012年版,第362页。

② 见杨辉的两篇文章,分别是《陕派文艺批评:"返本"与"开新"》《"回归"古典批评的思路与方法》。

虑的问题。

十三朝古都西安是西北内陆一个较为特殊的存在,加之盘踞正北的延安红色革命圣地,中共中央领导人驻守延安十三年成就了如今国泰民安的大中国。古典文化传统和延安红色革命传统影响下的陕西文学更是具有其特殊性,它有着深厚的历史、革命、民间文化资源,古老的农耕文化使得这块土地上的人民固根守本,文学上形成了以现实主义为主的书写流派,90 年代叱咤文坛的陕军东征曾引起不小轰动,学界将陕西誉为文学的重镇,《延河》《小说评论》等杂志的创刊使得陕西文坛汇聚了一批杰出的文艺工作者,文学创作与批评两支队伍并驾齐驱,共同构筑陕西文学的平稳发展。

就全国文学界来说,对文学创作与批评的研究一直处于失衡状态,对作家的研究专著、论文等成果颇丰,然而对文学评论的研究却寥寥可数,与陕西文学创作相对应的四代评论队伍之间在代际传承的历史节点上撞击出的精神火花有诸多视点可供开掘。文艺人民性这一马克思主义批评话语自传入中国,经历了延安时期与中国经验的融合与打磨,深刻地冲击着陕西文艺工作者的精神领地。本章对文艺人民性这一概念进行了历史追溯,梳理了四代评论家对人民性的代际传承和价值坚守,指出了陕西文学批评领域在探索中遇到的困境与分歧,以及人民性这一因素在代际传承过程中的整合与发展。文艺人民性这一概念从俄苏传入中国,随时局变化,内涵一直在悄然改变。近年来,学界对这一命题的重申不得不引起我们思考。

社会转型速度加快,中国很快被卷入全球化经济浪潮,转型时期遭遇的不少社会问题在文学上都有不同程度的体现,寻求一种适时的理论批评方法有利于促进文学的良性发展,有利于促成区域文学和世界文学的和谐对话。总结陕西四代评论家的文学评论,可以看出后辈评论家在对先辈们文艺人民性评论观继承的基础上有了一定的超越,他们结合当下时代语境,以现代性的视野审视人民性,丰富了人民性的内涵。

在全球化的今天,作为文学活动中的另一主体,评论家必须要有责任和担当以及问题意识。如何理性地对待"人民性"的复归,如何对这一理论资源予以科学合理的价值定位,使其在当前文学创作中发挥积极的作用,是目前文艺批评界仍需要面对的迫切问题。文学评论要在现代性的视野中坚持人民性的方法,这样才能够促进中国文学长远发展。

第五章　延安文学经验的
　　　　承传与发展

　　陕西是延安文学的诞生地与发祥地,延安文学的萌生与发展和陕西当地的文化资源密不可分,陕西文学在对延安文学的承传与发展方面积累了丰富经验。"延安革命文艺的精神及方向,一直是陕西老、中、青三代作家丰富而宝贵的精神背景,也是陕西文学得天独厚、用之不竭的营养源。当代陕西文学之所以呈现出以现实主义方向为主流的创作追求,以关注时代、关注社会变革、关注历史进步和民族命运为主调的价值持守,得益于陕西这块深涵博纳的民族文化沃土和革命文化热土的双重滋养,这是我们离整个民族的血脉根基近距离相处相融的优势,是陕西文学过去、现在和未来不断辉煌的特有秘诀。"①陕西作家代际精神承传、陕西文学对现实主义创作方法的坚守与突破、陕西文学浓厚的乡土文化情结与强烈的底层写作、陕西作家对《讲话》包含的"经"与"权"理念的独特感悟与成功实践等均体现出陕西文学独特的审美经验与价值取向。总结和评估陕西文学对延安文学的承传与发展经验,从中汲取延安文学所包含的现代性优良质素,可以为当下文坛提供鲜活的中国文学经验。

---

　　① 蒋惠莉:《把握历史机遇　打造文学强省》,《陕西文学界》2013 年第 3 期。

一、陕西作家代际精神承传

20世纪陕西第一代作家以柳青、杜鹏程等作家为代表,包括王汶石、李若冰、胡采、柯仲平、马健翎等作家,他们在延安时期便有文艺作品或者文艺评论面世,代表作品出现于新中国成立前后的延安时期、"十七年"时期。这批作家普遍经历过艰苦卓绝的革命岁月,经受住了革命的严峻考验,普遍追求文学创作的党性立场与党性原则,以文艺工作者的身份进行创作,努力践行文艺为革命、政治服务的文学理念。新中国成立伊始,陕西第一代作家年富力强,感受着新生的社会主义祖国的新气象与新面貌,文学思想受毛泽东文艺思想与《讲话》精神影响较深,执着于革命现实主义与社会主义现实主义文学创作方法,着力讴歌新生的社会主义道路与工农兵新人,对陕西当代作家有着重要而深远的影响。

路遥、贾平凹、陈忠实是陕西第二代作家的杰出代表。成员包括高建群、京夫、程海、邹志安、冯积岐等实力派作家。这批作家普遍出生于新中国成立前后,很多作家有着工农兵大学的求学经历。上大学之前,他们普遍有过长期的农村生活经历,如果没有上大学或者提干的经历,他们很多人就是地道的农民,有评论家把这批作家称为"农裔城籍"作家。虽然他们中的很多人后来生活与工作的地方是省城西安或者陕西的一些地方城市,却经常把目光投向自己生活过的秦巴山区、黄土高原或者关中平原,秦地农村永远是他们取之不竭的生活源泉。他们寓居大城市,但是思考的焦点从来没有偏移出对三秦父老乡亲的关注,作品集中反思批判改革开放以后陕西城乡巨变,探讨"文革"之后中国百姓的喜怒哀乐与沉浮变迁,对现实充满疑虑与困惑,有着批判现实主义作家的清醒与警觉。"现在都在说建设社会主义新农村,谁来建设?年轻人宁愿在城里漂泊,吃了上顿没下顿,也不愿回村庄去了。这些问题是太大了。"①因为有

---

① 江雪:《贾平凹 上书房里常低眉》,《人物》2013年第4期。

着深厚的乡村生活经验与知识分子特有的理性思考,他们拥有大批忠实读者,一度将陕西文学推向高峰并在全国屡次获奖,引起文坛瞩目,获得"陕军"殊荣。

陕西第三代作家以叶广芩、杨争光等为代表,包括红柯、王观胜、方英文、高鸿、厚夫、爱琴海、寇挥、侯波等,成员数量较多,但是文名普遍逊于第一代、第二代作家,这与文学逐渐边缘化的时代背景有极大关系,当然也与作家生活基础、禀赋、写作姿态等均有关系。这代作家普遍出生于 20 世纪五六十年代,改革开放初期有着大学求学经历,文学活动受到 20 世纪 90 年代市场经济体制在中国确立的影响与冲击,商业化浪潮对文学的冲击尤为严峻,影视、网络等新兴传媒对文学也形成不小的压力,分流了传统意义上的文学读者,文学在社会中的地位逐渐边缘化,社会关注度进一步降低。在这种社会背景下,第三代陕西作家创作心态、创作姿态均受到影响,部分很有创作天赋和潜力的作家下海经商,部分作家写作活动与商业出版、宣传、策划联系起来,呈现出低俗化、媚俗化倾向。也有部分作家成功转型,在影视制作与传统文学创作间寻找平衡,在影视荧屏中成功嫁接改编纯文学作品,取得良好的经济效益与社会效益,让处于衰退和边缘化的纯文学作家看到了希望和信心,如陕西第三代作家杨争光等。还有的作家在文学边缘化的颓境中积累学养,沉潜研究,走上学院派的道路,如陕西作家高鸿、厚夫等。

陕西第四代作家基本以 70 后、80 后、90 后作家为主,尚未形成公认的代表作家,呈现出众声喧哗、各自为营的纷繁局面。因为没有出现重量级的、在全国有影响的实力派作家,因而被评论界认为是陕西文学青黄不接的尴尬代表。"陕西文学,既有骄人的过去和也还灿烂的当下,但也有后劲乏力、后继无人之隐忧。"究其原因,"时风对于文风的影响乃至塑造不可小视。所谓'时风',不外是官风、名风和利风。作家也好,或称文人、知识分子也好,本来应该是熟知历史而胸怀天下、放眼未来的社会精英,但曾几何时,时风吹得文人醉,很多身影本来也还巍峨的作家也汲汲于当下,戚戚于眼前,扑扑于名利。时风所及,导致价值观念混乱,文学的神圣性和价值都被人质疑,文学创作的后劲乏力和后继乏人也就是逻辑的必然。"①21 世纪以来,文学边缘化趋势更加严重,网络写作、手机短信、微电影、博客与微博写作等新型传媒方式吸引了大批文学受众与文学写家的目光与精力,世纪之交浮躁文风充斥文坛,年轻的陕西第四代作家在物质实利化的旋涡中挣扎拼杀,容易迷失方向与自我,缺少上一辈作家对文学的执着与坚韧,导致厚重作品的缺失也在情理之中。陕西文学要重振雄风,迎来辉煌的未来,除了整肃浮躁文风,还要继承陕西前辈作家的优良文风,做好代际精神传承。

20 世纪陕西文学缘起于延安文学,陕西第一代文学作家柳青、杜鹏程、王汶石、李若冰、马健翎、胡采、柯仲平等本身就是延安文学作家群的重要成员,他们均以自己的勤奋和才智建构了延安文学的皇皇大厦。20 世纪 40 年代,陕西第一代作家在面临抗日救亡与民族解放的危急关口,投笔从戎,在战火中淬砺,奉献出自己的青春和热情,确立了以新的战时环境为写作背景的延安文艺工作者身份。

20 世纪陕西文学的领军人物与精神领袖柳青,1938 年 5 月由西安来到延安,在陕甘宁边区文协任"海燕"诗歌社秘书,开始走上文学创作道路。柳青一生特别重视和强调生活实践经验对文学创作的巨大作用。到延安后不久,他就不辞辛苦奔赴晋西北前线体验生活,在延安与周边各根据地之间奔波往复,勤奋写作。先后创作出《误会》《牺牲者》《一天的伙伴》《废物》《被侮辱的女人》《土地的儿子》《三坰地的买主》等 10 多篇短篇小说以及中篇小说《恨透铁》和长篇小说《种谷记》《铜墙铁壁》。新中国成立后,柳青担任了《中国青年报》的编委和文艺副刊的主编职务,完全有理由名正言顺地在物质充裕、文化优越的首都北京工作,但他始终关心家乡陕西父老乡亲们的农村生活,主动放弃安逸舒适的城市生活,由北京到西安,由西安到长安(县),由长安到皇甫(村),亲身躬行"文学是愚人的事业"的神圣理念,最终完成了"十七年"文学的扛鼎之作《创业史》第一部、第二部,"先辈柳青的这种守土创作的地域心理

---

① 邢小利:《文学陕西:也曾灿烂 也有迷茫》,《人民日报》2013 年 5 月 3 日。

积淀看似寻常却奇崛,看似容易却艰难,其间蕴含了莫大的自我超越的人生选择,从而奠定了 20 世纪陕西地缘文学的黄土地精神史线,对后辈的潜移默化是巨大深远的。"①

陕西第二代作家中的核心成员路遥、贾平凹、陈忠实、邹志安、京夫等无不受到以柳青为代表的陕西第一代作家的精神滋养与提携栽培。他们曾经都将柳青作为自己文学道路上的榜样和标杆,从"柳青体"上寻找自己的创作道路,在对柳青文学精神的感悟中定位自己的文学立场。

陕西高原型作家的代表路遥,这个把文学看作比生命还要金贵的当代著名作家,一直把柳青看作自己的精神导师和文学教父。路遥早在延川上中学时就接触到柳青的《创业史》,从此爱不释手,反复阅读体味,成为柳青的铁杆粉丝,同为陕北老乡的柳青从此成为少年路遥心中神圣的文学偶像。路遥的代表作品《人生》《平凡的世界》都有着柳青文学的深刻印痕,"坦率地说,在中国当代老一辈作家中,我最敬爱的是两位。一位是已故的柳青,一位是健在的秦兆阳。我曾在一篇文章中称他们为我的文学'教父'。柳青生前我接触过多次。《创业史》第二部在《延河》发表时,我还做过他的责任编辑。每次见到他,他都海阔天空地给我讲许多独到的见解。我细心地研究过他的著作、他的言论和他本人的一举一动。他帮助我提升了一个作家所必备的精神素质……《人生》《平凡的世界》这两部作品正是我给柳青和秦兆阳两位导师交出的一份答卷。"②"在现当代中国的长篇小说中……我比较重视柳青的《创业史》……这次,我在中国的长卷作品中重点研读《红楼梦》和《创业史》,这是我第三次阅读《红楼梦》,第七次阅读《创业史》。"③"杰出的现实主义作家柳青……他一生辛劳所创造的财富,对于今天和以后的人们都是极其宝贵的。作为晚辈,我们怀着感激的心情接受他的馈赠。"④

---

① 冯肖华:《文学气象与民族精神——20 世纪陕西地缘文学审美形态》,中国社会科学出版社 2010 年版,第 76—77 页。

② 路遥:《路遥文集》,陕西人民出版社 1995 年版,第 340 页。

③ 路遥:《路遥文集》,陕西人民出版社 1995 年版,第 324 页。

④ 路遥:《路遥文集》,陕西人民出版社 1995 年版,第 562 页。

陈忠实曾直言不讳地讲道:"在众多作家里头,柳青对我的影响应该说是最重要的。这有种种因素,包括我对他作品的喜欢,我对他本人的喜欢,等等,所以我最初在'文革'中间写了四个短篇后,人们为什么喊我为'小柳青',主要就是我那些小说的味道像柳青,包括文字的味道像柳青,柳青对当时我的文字的影响,句式的影响都是存在的。"①

陕籍文艺评论家李建军认为:"陕西是当代有影响的作家最多的一个省份。其中柳青对陕西作家的影响最为巨大,他至少影响了陈忠实、路遥这一代人的创作。他长期在农村生活和写作,写普通的农民,写渭河平原上五月阳光下的蒲公英。这让那些有志于从事文学创作的农村青年觉得亲切而熟悉,消除了他们对于创作的神秘感,增强了他们像柳青一样通过长期努力,把自己熟悉的人物和生活写入小说的信心。柳青也通过各种方式,向青年人介绍自己的创作经验,甚至还亲自给陈忠实密密麻麻地改过一篇小说稿子。其实,即使不这样做,他的存在本身就是一种影响。陕西的作家如路遥、陈忠实,几乎都是通过反复阅读、揣摩《创业史》来学习写作的。从某种程度上讲,没有柳青,就不会有陈忠实、路遥这一代作家,至少,在后来的成长过程中,他们肯定要花费更多的时间,要经过更多的摸索。"②

陕西第一代作家以他们对文学和革命的痴情和忠诚,深深影响和感化了第二代作家,他们的文学殉道精神、文学的主旋律意识、文学的现实主义写作方法、关注广大工农兵底层人群的生存状态等优良质朴作风都被后来的陕西作家所敬重和学习,也影响到风格多样化的陕西第三代作家如叶广芩、杨争光、红柯、王观胜、方英文、爱琴海、寇挥、厚夫等。

叶广芩、杨争光就写作资历和年龄来说也可划入陕西第二代作家行列,这里把他们归入陕西第三代作家是就其创作风格和创作题材与陕西第二代作家有着巨大差异而言的。叶广芩离奇的皇室贵胄出身和系列家族题材小说使她

---

① 陈忠实:《陈忠实文集》,广州出版社 2004 年版,第 426 页。
② 李建军:《时代及其文学的敌人》,中国工人出版社 2004 年版,第 356 页。

在同类作家中备受读者关注,出生于陕西乾县的作家杨争光和传统陕西作家迥异之处在于他除了写作还长期从事影视编剧工作,担纲电影《双旗镇刀客》与电视连续剧《水浒传》编剧以及长篇电视连续剧《激情燃烧的岁月》总策划的工作,让作家杨争光在社会上具有不弱于叶广芩的知名度和关注度。叶广芩和杨争光之外的其他陕西第三代、第四代作家就没有这两人那么幸运了,一度让外人和陕西评论界认为陕西第三代、第四代作家"后继无人""陕军断层"。关于陕西作家是否断层或者已经进入青黄不接的危险境地,评论家李建军、王仲生、李震、周燕芬、邢小利、常智奇等均有所关注和评论。表面看,陕西第三代、第四代作家确实没有出现(文学实力和知名度)足以和柳青、杜鹏程、路遥、陈忠实、贾平凹等陕西第一代、第二代作家相抗衡的代表作家,昭示出陕军后继乏人的冷门现象,但是,细想之下,陕西第三代、第四代作家所处文学环境与陕西第一代、第二代作家所处的文学环境确实已是今非昔比。第一代作家的创作高峰出现在20世纪50年代,第二代作家的创作高峰出现在20世纪80年代,这两个时代文学均处于社会的瞩目位置。50年代文学继承了《讲话》精神,继续为无产阶级政治服务,文学担负着政治宣传的光荣使命,自然处于社会的中心位置;80年代,中国社会进入"文革"后的拨乱反正与思想大解放时期,学术界此时已经开始反思和意识到"文学为政治服务"给中国文学带来的不良影响,但是,中国社会的未来走向、西方思潮的大量涌入、改革与发展、姓资与姓社、计划与市场等尖锐复杂的社会焦点问题首先反映在文学领域,"文学依然神圣",文学讨论着社会焦点问题,文学依然是社会瞩目的重要领域。陕西第一代、第二代作家以他们的勤奋执着,加上可遇而不可求的文学环境,使他们中的很多人仅靠一部作品便可一夜成名,这绝非夸张之语。陕西第三代、第四代作家就没有那么幸运了,20世纪90年代后期以来,商品经济带给中国社会的冲击有目共睹,文学在社会中的地位不断走向边缘,这时候的作家很难凭借一部(篇)作品"一夜成名",许多作家甚至出版过十几部作品集,但在社会上还是默默无名。陕西第一代、第二代作家之间也有很好的代际精神承传,路遥、陈忠实等陕西第二代作家都基本承传了第一代作家柳青、杜鹏程的现实主义衣钵以及文学奉献精神,陕西第三代、第四代作家在新的时代背景下,在承传陕西文学优良传统之时,往往显得力有不逮,更多的是变异与突破。现实主义、乡土题材、主旋律、奉献与殉道对他们而言,弃之可惜、食之无味,往往成为精神上的沉重包袱,但是要走一条新路,谈何容易?所以,陕西第三代、第四代作家怎样走文学之路、走怎样的文学路才能重振陕西文学雄风,迎来陕军辉煌未来,确实还需较长时间的探索和思考。

二、现实主义的坚守与突破

1. 陕西地域文化与现实主义

陕西是中华民族的发祥地,华夏民族的始祖黄帝与炎帝都曾经在这片神奇的土地上生活创业,以他们卓越的智慧和才能开启了源远流长的中华文明。发源于陕西境内的姜炎文化、周秦文化、汉唐文化、延安精神对陕西民众有着根深蒂固的影响和熏染。姜炎文化的代表人物神农氏炎帝本为姜水流域姜姓部落首领,后发明农具以木制耒,教民稼穑饲养、制陶纺织及使用火,以功绩显赫、以火得王,故为炎帝,并被后世尊为农业之神,姜炎文化可以说代表了中华民族农耕文明的高峰,农耕文明的核心理念包蕴着"种瓜得瓜,种豆得豆"的务实信条。周人尚礼,秦人崇武。周人作为农耕部落,生活在今陕西岐山、武功一带,相传周文王姬昌推演出《周易》,周(文王)孔(子)同为儒家文化的创始人。秦人最早生活在今甘肃天水与陕西交界地区,以狩猎为生,英勇好战,秦文化与战争有着密切的关系,"秦人好战彪悍、讲求实用、好功利。"[①]可见,周秦文化的核心内涵仍然包孕了实用、功利的指向。汉唐文化是姜炎文化以及周秦文化在陕西境内的升华和高潮,汉唐气象是中国封建王朝和封建文化

---

① 冯肖华:《文学气象与民族精神——20世纪陕西地缘文学审美形态》,中国社会科学出版社2010年版,第54页。

的集大成之作,文学上迎来了唐诗的辉煌阶段,杜甫、白居易等杰出的现实主义诗人均在这一时期生活在陕西这片沃土之上。当历史的时钟指向20世纪30年代时候,陕西又迎来了文化的辉煌时期,形成了伟大的"延安精神"。延安精神是中国共产党在延安时期培育和形成的伟大时代精神,内涵十分丰富,但最本质的思想精髓还是实事求是、理论联系实际。19世纪30年代,以王明为代表的党内"左"倾教条主义者借共产国际之威指导中国革命,生吞活剥马克思主义经典原著字句,把马克思主义著作看成可以到处套用的僵死教条。针对"左"倾教条主义者以反马克思主义的态度对待真正的马克思主义者,毛泽东历来深恶痛绝:"直到现在,还有不少的人,把马克思列宁主义书本上的某些个别字句看作现成的灵丹圣药,似乎只要得了它,就可以不费力气地包医百病。这是一种幼稚者的蒙昧。"①延安整风主张共产党人不把迷信当忠诚,不受马克思列宁主义书本上的条条框框的束缚,大胆探索马列主义基本原理同中国革命具体实践相结合的具有中国特色无产阶级革命道路。以毛泽东同志为主要代表的中国共产党人,根据马克思列宁主义的基本原理,把中国革命实践中的一系列独创性经验作了理论概括,形成了适合中国情况的科学的指导思想——毛泽东思想。1941年3月,党的理论工作者张如新在《论布尔什维克的教育家》一文中首次使用了"毛泽东同志的思想"这一提法,1943年7月5日,刘少奇发表文章使用了"毛泽东同志的思想"和"毛泽东同志的思想体系"两个概念。王稼祥于1943年7月5日在《解放日报》上发表的《中国共产党与中国民族解放的道路》一文中第一次提出了"毛泽东思想"这一概念。1945年刘少奇在中共七大所作的报告里首次对"毛泽东思想"做了系统论述,中共七大首次规定"毛泽东思想"为中国共产党的指导思想。

"毛泽东思想"形成于大革命后的中国各个具体革命实践历程中,但为什么"毛泽东思想"的提出、使用、确立均在革命圣地延安完成,这其中自然包含复杂的原因,陕西本土的文化特质提供了"毛泽东思想"提出、使用、确立的氛

---

① 毛泽东:《整顿党的作风》,《毛泽东选集》第三卷,人民出版社1991年版,第820页。

围确是不容置疑的,陕西文化包孕的勤劳务实内核确实是"毛泽东思想"、延安精神形成的温床。所以,要研究、读透陕西地域文化,无法避开"务实"二字,可以说务实贯穿了在陕西境内形成的姜炎文化、周秦文化、汉唐文化、延安精神等诸多精神财富。

现实主义本身就是一个驳杂多义且有争议的概念,虽然现实主义的批评者和支持者经常将其视为一个统一的思想整体,但实际上,现实主义并不是一个单一或统一的理论。广义的现实主义是一种世界观,狭义的现实主义作为一种文学创作方法,这种创作方法虽然成熟于19世纪30年代的英法诸国流行的批判现实主义,但是真实客观地再现社会现实、"求实"确是中古早期朴素现实主义文学和源于苏联的社会主义现实主义文学的题中应有之义。因之,现实主义这种世界观或创作方法自然最能与务实的陕西民众、陕西作家神交,以这种方法创作的艺术作品对陕西民众是那样亲切、熟悉,丝毫没有花里胡哨,流露的是稳重、大气、威严、崇高的精神余绪。远至《诗经》《周礼》,中至《史记》、唐诗,近至延安文学,及至《创业史》《保卫延安》《人生》《平凡的世界》《白鹿原》《农民父亲》,这中间均贯穿着强大的现实主义优良传统。可以说,现实主义的文学创作方法契合着陕西人的文化审美特质,这一审美文化特质沿着姜炎文化、周秦文化、汉唐文化、延安精神的文化流脉,已经渗透至陕西人的文化血液中。陕西文人普遍具有使命感、社会责任感、忧患意识、苦难意识、悲剧意识和史诗情结,注重文学的社会教化功能,文风苍凉悲壮,刚健硬朗,较少空灵婉约之气,绝无颓靡浮夸之词。陕西文学大厦如抽掉现实主义精神与现实主义作品,那无疑于釜底抽薪,只会剩下残垣断壁,随时有轰然倒坍的可能。

20世纪陕西文学长河始终贯穿着现实主义文学创作的优良传统,陕西三代作家均在现实主义这面旗帜下辛勤耕耘,付出了艰辛的努力,也获取了丰硕的成果。陕西第一代作家柳青、杜鹏程、王汶石、魏钢焰等本身就是延安文学作家群的重要力量,坚持革命现实主义优良传统,以毛泽东文艺思想为旗帜,深入基层,深入生活,创作出了反映时代精神的革命英雄人物和社会主义新人以及建设者形象,从郭凤英(《一个女英雄》)、周大勇(《保卫延安》)到王加扶(《种谷记》)、梁生宝(《创业史》),再到阎兴(《在和平的日子里》)、慕生忠(《青春路上的剪影》)、赵梦桃(《红桃是怎么开的》),这一个个鲜活的艺术形象,勾画出代表人民群众先进力量的英雄群阵。

“新时期文学以来,大多数作家唯西方思潮马首是瞻,三秦大地上仍有一些作家如陈忠实、贾平凹等对此保持着谨慎态度,切切实实‘深入生活’,充满热情地书写能够代表‘三秦文化’的文学作品。他们的现实主义文学创作一方面形成了对中国现代现实主义文学传统的有效接续,一方面创作中所反映的人的生存问题,思考人之存在的价值与意义问题,也是中国当代现实主义小说的共同母题。”①陕西第二代、第三代作家承传和发展了现实主义优良传统,路遥、陈忠实、贾平凹、邹志安、赵熙等的作品着力点在农村,关注20世纪80年代以来中国城乡农民的生活变迁与心灵颤动,体现出浓厚的乡村现实主义特色,叶广芩、杨争光对流民史、剿匪史、家族史的关注与摹写,体现出浓厚的文化现实主义特色。红柯的《西去的骑手》、高建群的《最后一个匈奴》、王观胜的《北方,我的北方》《放马天山》等作品洋溢着西部特有的浪漫奇幻特色,往往通过虚构的带有强烈传奇色彩的故事表现出他们对人生、命运的思考,体现出浓厚诗意现实主义特色。爱琴海与寇挥的作品重在表现处于绝境中的生命样态和人的灵魂,作品多有变形夸张的艺术色调,体现出强烈的超现实主义倾向。

2.路遥的现实主义文学

陕北籍著名作家路遥对现实主义的痴迷与执着最能代表陕西作家对现实主义的态度了。1949年路遥出生于陕北清涧一个贫穷农民家庭,1956年因家庭经济原因过继给陕北延川农村的伯父,延川中学毕业后回乡务农,这期间做

①　赵林:《地方知识与文化形构——20世纪陕西文学、区域文化研究的一种思路》,《陕西师范大学学报(哲学社会科学版)》2014年第1期。

过临时工,当过民办教师,1973年进入延安大学中文系学习,1976年7月大学毕业后分配至《延河》杂志社工作,担任文学编辑并从事文学创作工作。路遥走上文学道路的时间正是"文革"结束、中国社会处于大变动的历史时期,文学界也遇到了前所未有的思想大解放氛围,各种西方文艺思潮纷至沓来,让作家与读者目不暇接,眼花缭乱。文艺界开始对新中国成立以来的文艺体制进行反思,自《讲话》发表以来树立起来的毛泽东文艺思想的权威性开始受到许多学者的质疑,现实主义文学创作方法被很多作家认为是陈旧、过时的方法,一些具有先锋意识的作家开始尝试用现代主义甚至后现代主义的文学创作方法来寻求文学的创新与突破。

现代主义文艺思潮的兴起有其历史必然性,随着现代工业化体制在欧美的建立与兴起,世界经济高速发展,物质社会高度繁荣。人们在短短的几十年时间里享受到了这种工业化体制带来的不断翻新的物质享受,所有的人在这种理性化的工业化秩序中,都有可能沦为生产工具,人遭遇被物化的命运。人与人之间的关系越来越疏远、冷漠与孤僻,社会变成了一种异己的力量,作为个体的人感到无比的孤独。现代主义文学虽然不否定美好东西的存在,但又不情愿以那种虽然极为善良却是非常简单甚至幼稚的眼光来反映这个世界,在这种观念的支配下,许多作家热衷于表现荒谬、混乱、猥琐、邪恶等心理意识,作品表现出颓废或玩世不恭的倾向。以陌生、另类、奇异的面貌,以"非连续性"实现了对过去文学传统的大改写,意象派、意识流、黑色幽默、未来主义、象征主义、存在主义、荒诞派、新体小说、魔幻现实主义等形形色色的现代主义文学派别以其大胆、另类的写作特征备受读者瞩目。欧美现代主义文艺思潮对20世纪初正寻求文学变革的中国文坛具有相当大的诱惑力,萨特、卡夫卡、安特莱夫、加缪、贝克特、弗洛伊德等作家与哲学家对中国现代作家鲁迅、郭沫若、郁达夫、向培良、叶灵风、李金发等人均有较大影响。但由于中国文学所处具体环境如启蒙与救亡的时代主题、读者的阅读期待视野、作家的写作习惯等因素的限制与制约,现代主义文艺思潮在五四时代并没有形成强大的文艺主潮,只是潜流涌动。20世纪80年代,随着"四人帮"的倒台,摆脱政治桎梏的人们开始意识到思想大解放的必要与紧迫性,文艺界开始清算自延安时期形成并延续至新中国成立后的"文艺为政治服务""政治标准第一,艺术标准第二"文艺创作标准,文坛普遍流行"文学审美本质论"。一时间,文学创作与评价标准迅速向内转、向内看,"在'现代化'的旗帜下,文学凭借西方移植资源与'走出国门'之诉求的闪电式结合,一度出现此起彼伏式的繁荣昌盛。"①西方形形色色、众声喧哗的现代主义、后现代主义西方文艺思潮及其文艺作品涌现在国内读者眼前。承载政治、历史、文化、道德的现实主义文学已经被读者与文学评论家看作是陈旧与落后的代名词,具有暧昧、无聊、陈腐、堕落甚至色情的游戏文学、原生态写作似乎才能代表纯文学的审美特质。文学正在远离普通群众的真实生活,与普通民众的情感生活渐行渐远,逐渐成为圈内人独享的精神食粮。

陕籍作家路遥的文学创作生涯正起步 20 世纪 80 年代,路遥之所以在众声喧哗、光怪陆离的 20 世纪 80 年代坚守现实主义文学创作,与他对生他养他的厚重的三秦黄土地以及淳朴善良的父老乡亲的真挚情感分不开,与他坎坷的童年生活与悲苦的人生经历分不开,与他"像牛一样劳动,像土地一样奉献"的人生信条分不开,更与他视文学如生命、读者如上帝的虔诚态度分不开,所有这些因素都使这位作家执着于对人生现实的探索而疏于对现代主义等西方文学思潮与文学形式的关切。针对一些文学评论家鄙视现实主义文学创作,指责其创作方法的陈旧过时,路遥认为:"考察一种文学现象是否'过时',目光应投向读者大众。一般情况下,读者仍然接受和欢迎的东西,就说明它有理由继续存在……'现代派'作品的读者群小,这在当前的中国是事实……出色的现实主义作品甚至可以满足各个层面的读者,而新潮作品至少在目前的中国还做不到这一点。"②这表明路遥对当时的文坛有着清醒的判断和认识,也流露出作者强烈的读者本位意识,坚信"只要读者不遗弃你,就证

---

① 张宏:《重走现实主义道路——论路遥的文学意义》,《文艺理论与批评》2007 年第 6 期。
② 路遥:《早晨从中午开始》,见《路遥文集》第 2 卷,陕西人民出版社 1993 年版,第 15 页。

明你能够存在,这才是问题的关键"。① 确实,任何作家的文学作品都是为读者而创作的,都需要获得读者的认可,除此而外,文坛上众声喧哗的音调均需历史来判断和检验。路遥的坚守与执着,获得丰厚的回馈。具不完全统计,仅北京十月文艺出版社自 2010 年获得路遥作品的出版授权以来,当年因为坚持现实主义创作方法而备受评论家批评的路遥代表作《平凡的世界》已经发行250 多万册,已经成为中国当代文学中不可多得的长销书与畅销书。2008 年10 月,新浪网"读者最喜爱的茅盾文学奖获奖作品"调查中,路遥的《平凡的世界》以 71.46%的比例高居榜首;2012 年 2 月,山东大学文学院在全国十省城乡进行"茅盾文学奖获奖作品"调查,读过路遥《平凡的世界》的读者占被调查者的 38.6%,位列所有茅盾文学奖作品第一位,而《平凡的世界》的读者以在校学生和青年人居多。② 路遥的作品以其深沉的格调与质朴的语言打动了经历过苦难与磨砺的人们,向读者传达了积极向上的社会正能量,得到广大读者尤其青年读者的认可和喜爱。陕西青年作家秦岳认为,路遥的文学是典型的现实主义文学,现实主义文学在中国这样的土壤里必定还会是文学的主流,中国目前的大众文学正在经历一个没有理想,对现实的描写走样甚至躲避的尴尬境地,主流大众文学正在向穿越、戏说、玄幻等虚无文化寻找题材。这个时候,以弘扬现实主义文学创作为宗旨的路遥文学奖的设立必定会激励文学向现实要题材,对中国当今文学的走向将起到一个非常好的引导作用。③

现在看来,路遥在 20 世纪 80 年代坚守的现实主义文学创作获得了巨大成功,那么路遥的现实主义文学创作包含了怎样的艺术创新与突破呢?

首先,路遥创造了令读者难忘但却真实的城乡"交叉地带"。

如果说鲁迅因在其作品中率先描写普通农民的生存状态而开创了中国乡土文学的优良传统,那么路遥则在新时期文学创作中首创"城乡交叉地带"把

① 路遥:《路遥中短篇小说·随笔卷》,陕西人民出版社 1993 年版,第 119 页。
② 厚夫:《为什么路遥作品历久弥新》,《文艺报》2013 年 5 月 27 日。
③ 《公平公正公开的最后结果得等时间说话》,《西部时报》2013 年 1 月 22 日。

传统现实主义乡土文学推向了又一高潮。1981年10月,在西安召开的"关于农村题材小说的创作座谈会"上,路遥第一次提出了城乡"交叉地带"的概念,"交叉地带"绝非简单的地域地理概念,在路遥的思想意识与文学世界中,它凝聚着政治、文化、道德、伦理等错综复杂的因素,集结了各种关系、力量、矛盾,乡土文明与都市文明在这个开放的空间碰撞、冲突、交融。路遥认为:"我国当代社会如同北京新建的立体交叉桥,层层叠叠,复杂万端。而在农村和城市的'交叉地带',可以说是立体交叉桥上的立体交叉桥……由于现代生产力的发展……使得城市之间、农村之间,尤其是城市和农村之间相互交往日渐广泛……由此产生出现代生活方式和古老生活方式的冲突,文明与落后、现代意识与传统观念的冲突等等。它们构成了当代生活的一些极其重要的方面,这一切矛盾在我们社会的政治、经济、文化、思想意识、精神道德方面都表现出来,又是那么突出和复杂。"[1]

　　城乡交叉地带是那个时代特有的敏感地带,也理应成为中国作家文学创作的焦点与热点,但由于西方各种文艺思潮的涌入,吸引了众多新潮作家的目光和精力,使他们过度关注城市文明异化下都市人的精神状态,这是经历了漫长工业文明社会的欧美作家创作和关注的焦点,并非当时中国社会发展中的主要问题。80年代的中国因为改革开放,城乡之间过去固有的壁垒渐次打破,但是长期的城乡隔膜导致城乡差别依然巨大,通过"城乡交叉地带"这一独特的视角可以充分揭示人们面对城乡不断交融产生的矛盾的生存状态。不单是农村青年高加林、孙少平难抵城市文明高度发达的物质诱惑而背井离乡拼命融入,就是城市中的黄亚萍、克南妈等也感受到了农村人进城带给自己的冲击与威胁。作为一个始终脚踏现实、热爱生活的作家,路遥以其特有的时代敏锐性率先发现充满矛盾但却五光十色的"城乡交叉地带"。城乡交叉地带不仅代表了城乡矛盾的交锋,而且还是新旧时代文化观念的交锋。乡村文明更多的保有中国传统社会的文化因子,具有封闭、保守、落后的特征,但也包含

---

① 路遥:《关于〈人生〉和阎纲的通信》,《作品与争鸣》1982年第2期。

了义气、古道热肠、牺牲奉献等因素,城市文明更多借鉴与吸收了西方文化因子,具有开放、新潮、先进的特征,但也充斥着拜金、寡情薄意、虚荣浮躁等因素,路遥把城乡交叉地带作为自己文学创作的核心地带,可以把改革与传统、全球化与本土性、西方与东方、农耕文明与商业文化、法律与道德、爱情与婚姻等时代要素集结于此,把高加林、孙少平、孙少安等时代的奋进者,高明楼、田福堂、孙玉亭等受"左"倾思潮影响的农村基层干部,田福军、乔伯年等矗立在改革浪潮当中的高级干部,德顺爷、高玉德、孙玉厚、刘巧珍等传统道德的坚守者,黄亚萍、田晓霞等敢作敢为的城市女青年等人物形象聚集于这样一个文学创作的审美敏感地带,使得不同人物形象的思想、观念、情感、理想在此碰撞、交锋,全景、立体、真实地反映了改革开放初期的中国城乡社会生活状况与人民群众真实的内心情感与心理状况,以强大的现实主义艺术魅力征服了广大读者,得到他们的认可与喜爱。

其次,路遥向读者传达了深沉的苦难意识与执着的奋斗精神。

苦难可以打倒人,但也可以磨砺人,有些人遇到苦难便会怨天尤人甚至自暴自弃,但有些人会迎难而上,在苦难中学会忍耐、学会顽强、学会勇敢,路遥显然是后者。作为共和国的同龄人,1949年路遥出生在陕北清涧一个世代务农的穷苦家庭,7岁那年,父母因为家境太过贫寒实在无力养活众多孩子,忍痛将大儿子王卫国(路遥原名)过继给自己的大哥(路遥伯父),这是童年路遥经历的人生第一次磨难。眼瞅着父亲在清早的雾霭中像贼一样逃离延川,早熟的路遥忍受着巨大的屈辱咬紧牙关咽下被遗弃的苦水,坚强而乐观地在延川开始了自己依然苦难、贫穷的童年生活。伯父贫穷的家境使路遥在少年求学历程中备受煎熬,时常面临着辍学的危险,学校关于饭菜的甲乙丙等级划分也时常挠刮着少年路遥敏感而自尊的神经,坚强的路遥唯有以学习成绩来证明自己的优秀,苦难使得这个少年逆势成长,脱颖而出。"文革"的特殊历史时期,少年得志的路遥竟然阴差阳错地当上了延川县造反派"红四野"军长,并被吸收进延川县"革委会",官至县"革委会"副主任。初中毕业返乡的知青路遥成为当时延川县城知名度最高的人物之一,延川县城好几个声势浩大、气派宏伟的群众对敌斗争批判大会都由他主持,此时的路遥好像平步青云,前途无量,但是上天好像并不钟情这个生平坎坷多舛的陕北后生,县"革委会"副主任的履历随着"文革"的结束成为路遥一生中难以释怀的伤疤与原罪,直接影响到他后来的求学与事业,好在后来总有一些"贵人"(如大学录取过程中不拘一格选拔人才的延安大学原校长申沛昌等)的提携和帮助,路遥才幸而被延安大学录取并得以在《延河》杂志社工作,"文革"的经历是路遥苦难人生的又一次磨砺。自由恋爱、两情相悦的知青婚姻并未给路遥带来多少欢乐与幸福,个性气质、出身背景、生活习惯等原因导致路遥与林达最终离异,带给路遥一生无法弥合的伤害与遗憾,使作家路遥在写作事业的巅峰时期忍受着别人难以察觉和体验的情感折磨。除此而外,贫苦家族庞大的包袱和拖累也使路遥不堪重负,虽说路遥靠着自己的坚韧与顽强,最终成为"农裔城籍"的《延河》杂志社的编辑,成为老家人羡慕的"公家人",但是家族中其他兄弟仍然需要"长兄如父"的路遥接济与帮助,特殊的生平经历使得路遥对于延川与清涧的事情必须倾尽全力帮助。如他后来所说:"从十几岁开始,我就作为一个庞大家庭的主事人,百事缠身,担负着沉重的责任。"①梁向阳《新近发现的路遥1980 年前后致谷溪的六封信》②一文也充分证明了路遥所言不假。

　　贫穷、"文革"、婚姻、家庭负担等众多苦难没有压倒路遥,相反却磨砺了他坚韧的性格、挑战的勇气、顽强的意志、高傲的心性与磅礴的野心。路遥对苦难的钟情成为他文学创作的深厚底气,从《惊心动魄的一幕》《在困难的日子里》到《人生》《平凡的世界》,对苦难的书写始终贯穿路遥所有文本的始终,读者会看到马延雄、马健强、高加林、孙少平等一个个经受苦难浸润但是精神越发崇高、斗志更加昂扬的弘扬真气、传递正能量的时代主人公出现在广大读者面前,给人以激励、鼓舞和力量。苦难是一剂药,用好了可以防病健体,用不好则会贻误终身。别林斯基说过,不幸是一所最好的学校;叔本华认为人生即

---

① 路遥:《早晨从中午开始》,《路遥全集》,北京十月文艺出版社 2010 年版,第 104 页。

② 梁向阳:《新近发现的路遥 1980 年前后致谷溪的六封信》,《新文学史料》2013 年第3 期。

是痛苦,智力愈发达,痛苦的程度愈高。承受过多苦难的路遥深知人生尤其平凡世界里的人们不如意事十有八九,他珍惜自己的农村出身,始终认定自己是一个农民血统的儿子,认为"只有在无比沉重的劳动中,人才活得更为充实"。他始终关注和热恋着生他养他、贫瘠苍茫但却博大精深的陕北高原,每当创作需要汲取灵感时,他总会背起行囊,独自去陕北故乡的"毛乌素沙漠",思考生活于这片热土中受尽磨难但却豁达开朗的"受苦人"。

也许现实主义文学特别钟情于作家对苦难的抒写,因为世间本质上受苦的人多、处于低层的人多、人生在世经受磨难的事情就多,如果说浪漫主义文学寄情于对理想和未来的憧憬,那么现实主义注定要挖掘和剖露现实生活中的磨难、痛苦、坎坷,这也正是现实主义深沉的魅力所在,路遥现实主义文学创作中对饥饿、贫困、屈辱、折磨、疾病等事象的逼真反映,贴近了生活的真实气息,透过这些原生态现象,作者通过鲜活的艺术形象又向广大读者传达了奋斗、拼搏、坚韧、乐观、追求、理想、光明等励志的正能量,路遥的现实主义文学充溢着深沉的苦难意识但也蕴含了执着的奋斗精神。

总之,以路遥为代表的陕西作家在继承先辈革命现实主义优良传统基础上,与时俱进,积极探索,大胆尝试,把现实主义文学精神发扬光大,大大提升、丰富、发展了陕西文学创作的现实主义传统,走出了无愧时代精神,高扬陕西地域文化特色的文学新路。

三、浓厚的乡土文化情结与
强烈的底层写作

延安文学的纲领性文件——毛泽东《在延安文艺座谈会上的讲话》成功地解决了"文学为什么人服务"以及"怎样为"这两个事关文学本体的基本问题,而解决这两大问题的立足点却都体现出以毛泽东同志为主要代表的中国共产党人对农村和农民问题的极端重视。毛泽东思想的精髓在于把马克思列宁主义与中国革命实践相结合,走具有中国特色的无产阶级革命道路,而这个

"中国特色"就体现在中国革命的主体是农民而不是其他,中国革命要成功必须要走农村包围城市这样一条不同于别国的革命道路。凝聚毛泽东文艺思想光辉的延安文学必然体现出对农村和农民问题的高度重视,在延安文学的服务对象与如何服务的问题上,农民都是首要考虑的对象。"许多文艺工作者由于自己脱离群众、生活空虚,当然也就不熟悉人民的语言,因此他们的作品不但显得语言无味,而且里面常常夹着一些生造出来的和人民的语言相对立的不三不四的词句……我们的文艺工作者的思想感情和工农兵大众的思想感情打成一片。而要打成一片,就应当认真学习群众的语言。如果连群众的语言都有许多不懂,还讲什么文艺创造呢?""拿未曾改造的知识分子和工人农民比较,就觉得知识分子不干净了,最干净的还是工人农民,尽管他们手是黑的,脚上有牛屎,还是比资产阶级和小资产阶级知识分子都干净。"①不难看出,延安文学是以农民为出发点、着眼点的新型文学。《讲话》发表后不久,就涌现出了赵树理的《小二黑结婚》《李有才板话》、孔厥的《一个女人翻身的故事》、孙犁的《荷花淀》、丁玲的《我在霞村的时候》与《田保霖》(报告文学)、欧阳山的《活在新社会里》(报告文学)、艾青的《吴满有》(叙事长诗)以及秧歌剧《夫妻识字》《兄妹开荒》、歌剧《白毛女》等乡村气息浓厚颇受群众喜闻乐见的农村题材文艺作品。陕西第一代作家对此也是积极响应,柳青在《讲话》后不久就深入米脂县民丰区吕家硷乡政府担任文书,一住就是两年,写作和发表了《三垧地的买主》《土地的儿子》,积累搜集了《种谷记》的创作素材,马健翎创作了他的代表作《血泪仇》(戏曲),毛泽东号召广大文艺工作者的思想感情和工农大众的思想感情打成一片,这对陕西作家来说并非难事,因为此前他们的写作就是农村题材的作品,他们此前的文艺活动就是围绕农民与农村展开的,陕西历来就有重农尊农的习俗和耕读传家的风尚。

---

① 毛泽东:《在延安文艺座谈会上的讲话》,《毛泽东选集》第三卷,人民出版社 1991 年版,第 850—851 页。

1. 农耕文明与乡土文化情结

前文说过,发源于陕西境内的姜炎文化、周礼文化就是我国农耕文明的代表阶段,奠定与深化了陕西乡党以农业为本的思想观念和深层乡土文化心理积淀,农业文明发展、农村社会的变迁、农民命运的演变自然成为陕西地域文学书写的重要领域。"纵观陕西三代作家的整体创作面貌,绝大部分涉猎的是关于乡土农村、农民生存、农业文明的题材,对此题材的表现都不同程度地取得了巨大的成就,形成了作家自身较为稳定的生活基地、叙事方式,以及乡土农村文明伦理价值取向的选择。"①蛤蟆滩、双水村、白鹿原、清风街、古炉村这些分布在陕西不同区域的普通村落,反映出 20 世纪 50 年代以来中国农村、农民的农事更迭与心理变迁,凝聚着陕西农民的喜怒哀乐、婚丧嫁娶、茶米油盐、鸡零狗碎,寄寓着陕西作家对三秦父老乡亲的挚爱与感动。陕西作家在作品中书写的是自己儿时温馨的记忆,吐露的是自己作为农家子弟最为质朴的情怀,唯其如此,《创业史》《平凡的世界》《白鹿原》《秦腔》这些书写陕西乡村的史诗巨著代表着陕西文学的最高荣誉,也体现着中国文学的最高水准,《平凡的世界》《白鹿原》《秦腔》分获第三、四、七届茅盾文学奖,且位列各届获奖作品之首,这在各获(茅盾文学)奖省市是绝无仅有的现象。《创业史》未获茅盾文学奖,不是作品本身的问题,而囿于第一届茅盾文学奖的评选范围限于1977—1981 年发表的作品,《创业史》不在授奖时间范围,如果把"十七年"文学纳入中国文学最高奖的评选范围,作为"十七年"文学"三红一歌一创"②的标志性作品,获奖是必然的,以笔者的理解,力拔头筹也未尝不可。

陕西作家的乡村题材作品缘何得到茅盾文学奖的频频眷顾,来源于陕西作家对农村、农事、农民、土地的深厚感情和质朴情怀。陕西文学精神领袖柳

---

① 冯肖华:《文学气象与民族精神——20 世纪陕西地缘文学审美形态》,中国社会科学出版社 2010 年版,第 49 页。
② "三红"指吴强的《红日》,罗广斌、杨益言的《红岩》,梁斌的《红旗谱》。"一歌"指杨沫的《青春之歌》。"一创"指柳青的《创业史》。

青在这方面做出了杰出的表率。新中国成立后,柳青完全有条件和资格留在生活条件优越的首都北京,为了写作,他自愿请求回陕西农村工作,后又主动放弃陕西长安县委副书记的领导职务,开始定居皇甫村,与当地农民共同生活、共同劳动,过着陕西普通农民的生活。1960 年 4 月,柳青将长篇小说《创业史》(第一部)稿费 16065 元全部捐给长安县王曲公社做工业基建费用;1961 年柳青向中国青年出版社预支《创业史》(第二部)5500 元稿费,为皇甫村的农民兄弟支付高压电线及电杆费用。柳青在长安县生活期间,除了文学创作之外,还为农民兄弟撰写了《关于王曲人民公社的田间生产点》《耕畜饲养三字经》《怎样沤青肥》等文章。"文革"期间,柳青生命几度垂危,仍然惦念陕北的父老乡亲,在病床上给陕西省委写下了《建议改变陕北的土地经营方针》。20 世纪中国文学史上,乡土文学有着深厚的文学传统,也涌现出一大批杰出的乡土文学大师,但是像柳青这样全身心地投入农村生产,把农民兄弟的利益牵挂于心间,与农民兄弟攀谈于炕头灶间,以陕西地道农民的着装打扮、言谈举止把自己的干部身份完全消融于农民大众之间,把自己的家庭、事业甚至生命与中国农村、农民、农业融为一体的作家是绝无仅有的。作家柳青对农村的无限眷恋情怀和痴迷状态深深影响和感动了陕西其他作家。

出生于农村的作家王汶石和柳青一样,在革命胜利后一头扎进陕西渭北农舍,出于对农民和农村的深厚感情,写作上自然"钟情于农村田野,钟情于农民"[1],倾力塑造出赵承绪(《春节前后》)、芒芒(《黑凤》)、彦三(《新任队长彦三》)、吴淑兰(《新结识的伙伴》)、王运河(《卖菜者》)等社会主义农村新人形象。出身陕北贫穷乡村的路遥在他的作品中热情讴歌农民与土地:"我本身就是农民的儿子,我在农村长大,所以我对像刘巧珍、德胜爷爷这样的农民有一种深厚的感情,通过他们寄托了对养育我的父亲、兄弟、姊妹的一种感情。"[2]"作为一个农民的儿子,我对中国农村的状况和农民命运的关注尤为深

---

① 《王汶石文集》第四卷,陕西人民出版社 2004 年版,第 462 页。
② 路遥:《路遥中短篇小说·随笔卷》,陕西人民出版社 1993 年版,第 446 页。

切。不用说,这是一种带着强烈感情色彩的关注。'为什么我的眼里常含泪水?因为我对这土地爱得深沉。'"①"土地是不会嫌我们的。是的,我们将在这亲爱的土地上,用劳动和汗水创造我们自己的幸福。""就是这山,这水,这土地,一代一代养活了我们。没有这土地,世界上就什么也不会有!"②长期担任农村基层干部和乡村教员的陈忠实,为写出"死后能当枕头"的文学巨著,长期蜗居乡下老屋,每隔一段时间要从乡下赶到城里去背妻子擀好的面条和蒸好的馒头来充饥,过着苦行僧的艰苦生活,而唯有在乡下老屋,陈忠实才能"守住自己的心灵",接到文学地气,寻找到属于自己的文学语言,足见农村生活对陈忠实的重要意义。

陕军东征"五虎上将"之一、被誉为陕西浪漫派文学"最后的骑士"的高建群以长篇小说《最后一个匈奴》被全国读者所熟知,他的文学创作充满古典精神和史诗风格,是陕西文坛罕见的一位具有崇高感和理想主义色彩的写作者,他的作品在关注少数民族的离奇匪事的同时,仍然钟情于对陕西民间乡俗的关注。长篇小说《古道天机》"刻意追求"赵树理小说及"三言二拍"的"语言与风格"。③ 这部小说是从流行于陕北民间的婚俗契约"回头约"引发、扩展而来,"回头约"指陕北女人改嫁时要与原婆家签订一个生前随后夫共同生活,死后须与前夫一块安葬的契约。《六六镇》讲述了主人公张家山在六六镇上开办民事调解所,为周围百姓调解民事纠纷的故事。张家山曾经在乡村的公共事务中发挥过巨大的作用,他们既是调解者,又是仲裁者,依靠的不仅是法律,而且是约定俗成的民间道德规范和风俗习惯,当然也包含他自身的人格魅力。作者将农村小镇发生的一系列鸡零狗碎如家庭不睦、男女偷情、翁媳乱伦乃至开棺验尸等故事,通过张家山这个传奇式的人物串在一起,原生态地展现了改革开放以来陕西农民的生存状态和精神风貌。高建群在接受记者采访

---

① 路遥:《生活的大树万古长青》,《路遥文集》第 2 卷,陕西人民出版社 1993 年版,第376 页。

② 冯肖华:《文学气象与民族精神——20 世纪陕西地缘文学审美形态》,中国社会科学出版社 2010 年版,第 55 页。

③ 高建群:《我在北方收割思想》,四川文艺出版社 2000 年版,第 287—288 页。

时曾动情地说过:"农耕文明是中华民族的立国之本,但工业化的发展,将会使像农耕文明一样久远的古老村庄渐渐消失。我感到了这一点,所以想在世界进入工业化时代来临后,为农耕文明,也为古老村庄中那些既崇高又滑稽,既善良聪明又可笑的民间英雄们唱一曲挽歌。"①

陕南作家京夫、王蓬、蒋金彦等的作品也都洋溢着浓郁的陕南民间乡土风俗气息。京夫的早期小说代表作《白喜事》以陕南农村丧葬习俗"白喜事"作为故事情节的依托,王蓬的短篇小说《油菜花开的夜晚》以陕南乡村姑娘"相亲认门"作为情节发展的外在线索,蒋金彦的长篇小说《最后那个父亲》穿插叙述了陕南乡村的婚嫁习俗与男女对歌等,小说乡土气息浓郁。"新时期陕西小说的民间化叙事倾向是比较普遍的,或者描写民间的风俗民情,或者引述民间的传说、故事、歌谣、戏曲,或者采录民间的方言土语,或者改造民间文艺中的原型人物,或者借鉴民间故事和说唱文学的叙事方式,等等,不一而足。"②

2. 贾平凹文学创作中的农民视角

贾平凹在《秦腔·后记》里直言不讳地写道:"我是个农民⋯⋯我感激着故乡的水土,它使我如芦苇丛里的萤火虫,夜里自带了一盏小灯,如满山遍野的棠棣花,鲜艳的颜色是自染的⋯⋯对于农村农民和土地,我们从小接受教育,也从中生存体验,形成了固有的观念,即我们是农业国家,土地供养了我们一切,农民善良和勤劳⋯⋯现在我为故乡写这本书,却是为了忘却的回忆。我决心以这本书为故乡竖起一块碑子。"③贾平凹作品中流露出的农民视角充分体现出陕西作家浓厚的乡土文化情结与强烈的底层写作气息。

---

① 《高建群　像赵树理那样写作(图)》,《山西晚报》2007年11月27日。
② 费团结:《论新时期陕西小说的民间化叙事倾向》,《陕西理工学院学报(社会科学版)》2013年第4期。
③ 贾平凹:《秦腔·后记》,作家出版社2005年版,第561页。

陕西省丹凤县棣花乡是贾平凹的故乡,他是地道的农民出身,初中毕业回乡务农五年,其间上山砍过柴、放过牛、在生产队做过小工,60年代闹饥荒饿过肚子,办过工地战报……贾平凹对农村的一切是熟悉的。十九年农村生活的快乐和苦难,将他磨砺成了一名真正的社员,一位地道的农民。可以说这些生长经历为他以后的文学创作奠定了坚实的生活基础。他笔下的农民都带着他自己根深蒂固的乡土观念,长期的农村生活经历使他对这片土地有着深厚的感情,农民身上爽朗、义气、朴实等美好的品行都为他所熟知。即使他成为城里人后对农村也充满了留恋。在他的"商州系列"中,《天狗》《商州初录》《商州又录》《黑氏》等作品关于穷山野乡的描写,展现了令人流连忘返的乡土民情,作品中的人物关系、道德风尚也都充满了乡间泥土的淳朴气息。贾平凹曾说:"对于商州的山川地貌、地理风情我是比较注意的,它是构成我的作品的一个很重要的因素。一个地区的文学,山水的作用是很大的,我曾经体味过陕北民歌与黄土高原的和谐统一,也曾经体味过陕南民歌与秦巴山峰的和谐统一。不同的地理环境制约着各自的风情民俗,风俗民情的不同则保持了各地文学的差异。我在商州每到一地,一是翻阅县志,二是观看戏曲演出,三是收集民间歌谣和传说故事,四是寻吃当地小吃,五是找机会参加一些红白喜事活动。这一切都渗透着当地的文化啊!"① 不难看出作者对于故乡民间乡土文化的重视与喜爱,当然贾平凹作品中的人物也有着各种各样的缺点,但瑕不掩玉,如小说《浮躁》中作者在写了人物金狗冲动浮躁、名利熏心这些缺点的同时更大程度上是对这个农村年轻小伙刚毅、大胆、上进等品质的欣赏。

文学创作贵在真实,即便对农村有着浓厚的感情寄托,贾平凹也是毫不避讳农村的污点的,他曾说:"农村是一片大树林子……我在其中长高了,什么辛苦都能耐得……但农村同时也是个大染缸,它使我学会了贪婪自私、狭隘和小小的狡猾。"② 贫穷与闭塞的农村生活使农民身上的劣根性在贾平凹身上也

---

① 贾平凹:《贾平凹文集·求缺卷》,中国文联出版公司1995年版,第334页。
② 贾平凹:《我是农民》,陕西旅游出版社2000年版,第65页。

有存留,十九年的农村生活经历深深地烙印在他的生命里,他也有庄稼人的爱贪小便宜、嫉妒日子比自己过得好的人、嘲笑别人日子过得糟的生命体验。不同的是,当他的阅历随着年龄和学识的增长,走出农村成为作家后开始对这些缺点和毛病产生了深刻的思考。《土门》中仁厚村的村民大部分是人格残缺的,作者以艺术的虚构和想象淋漓尽致地表现了农民身上的顽劣与迂腐;《高老庄》中作者借西夏的眼睛放大了农村的贫穷与肮脏,给人以震撼。

贾平凹的小说《秦腔》宣告了农耕文化在现代文明的飞黄腾达中趋于萧条,农民熙熙攘攘涌入城市的角角落落,被贴上另一个身份标签:农民工。进城务工真的就能改变农民的底层命运? 未来的农民工又将何去何从? 贾平凹的《高兴》就体现了作者对进城务工农民命运的高度关注。

刘高兴是作品的主人公,作者试图与故事中的高兴进行平等的交流,以民间的视角来表现农民工的生存境界,讲述他们的悲欢离合与人情世态,不露声色间倾注了作者的情感及判断。刘高兴出身农村,但他的梦想却是做一个体面的城里人,所以他背井离乡,离开农村,在陌生的城市里寻找自己的坐标,想摆脱低贱甚至略带耻辱的农村身份,用他的话说"活该要做西安人"。刘高兴虽然来自农村,但他的衣着、行为、思维方式、处世哲学都迥异于普通的农民,他极力表现自己的优雅,充满诙谐的优雅,他自忖"我这一身皮肉是清风镇的,是刘哈娃,可我一只肾早卖给了西安,那我当然要算是西安人。是西安人!我很得意自己的想法了,因此有了那么一点孤,也有了一点的傲,挺直了脖子,大方的踱步子,一步一个声响"①。紧接着罗列了刘高兴的确贵气的七大证据! 有着近似阿Q痴人说梦的姿态,事实上也是现代农民工进城寻梦的真实心态,将草根一族的辛酸和天真的城市梦幽默地表现出来。刘高兴穿起了城里人的皮鞋,说着农村腔的普通话,吃饭相也要学着城里人的模样,把自己装成个文化人,发财致富也要从城里人的做派开始,名字也从刘哈娃改成了刘高兴,并且还要求同伴五富注意自己的形象,刻意遮掩农村人的粗鄙、随意的生

---

① 贾平凹:《高兴》,作家出版社 2007 年版,第 45 页。

活习惯。在精神上,刘高兴凭借自然的天性保持着对纯洁、美好爱情的向往,他坚信妓女孟夷纯是纯洁、善良的,并以卑微方式制造着浪漫的爱情,虔诚地倾尽所有地帮助着孟夷纯。在认识孟夷纯之前,他能在贫瘠的物质生活环境中自娱自乐,可是他的爱情又逼迫他以强大的物质作为砝码来换取,他的浪漫精神在现实的打磨中挫败了下去。表面上,刘高兴在向他的城市梦靠近的过程中像他的名字一样在高兴着;实质上,他是在强大的城市压力下找了种种诙谐幽默的方式在替自己开脱内心的不安与躁动。他努力给自己贴上各种城市符号,用皮鞋、西装、发财梦给自己以城市的外包装,在精神上常借助融入城市的幻觉在祛除身份的焦虑。刘高兴命运的悲剧性和内心缺失感在他的乐观、幽默中更加暴露,他越是挣扎着成为城里人,越是清醒自己在城市里的无足轻重,内心总有一种声音在提醒自己终究是出身农村,是漂泊在城里的孤魂野鬼。他只是执着地想融入城市,不带攻击性,而城市总是在揭露他的努力是徒劳的,伙伴五富的死就给了高兴狠狠的一巴掌,让他更加清醒自己的无能为力。他是痛苦的,因为他的自我意识比其他人更强烈,他对自己的农民工身份从自知自觉走向了自愿否定,他承受了自己内心深处本不可承受的尴尬身份之重。

贾平凹的长篇小说《土门》写了城乡接合部的仁厚村的城市化过程。城郊地带的土地已经被征用了,日益现代化的城市逼向了代表农民特征的最后一块堡垒——农村的土地和住房。一方要拆房子,一方要拼死保护,小说主要描写了村民在此种境况中的心理挣扎过程,这些城郊农民在失去了土地之后已经褪失了农民的原本含义,但他们的社会身份尚没有被定型,社会使他们成为"边缘人",他们失去土地,失去正常职业,他们为了生存而苦苦奔波,有人浪迹天涯(如成义),有人自我进取成为城里人(如老冉),有人做上小生意,虽无衣食之忧,但他们的精神灵魂已无处安放,他们为了保住"脉根",甚至不惜为村里的每户活人修造陵墓。小说的价值在于实现了双重意义的批判,一方面批判了农民的落后与愚昧,他们对仁厚村的崇拜近乎一种神性的信仰,面对村口轰隆的推土机,全村人都陷入了即将失去家园的恐慌之中。当修牌楼时,村民先祖巨富贾三万的碑刻被意外挖出来后,全村人突然表现出一种炫耀的傲慢姿态而形成巨大的凝聚力,他们组成声势浩荡的游行队伍,摆起气势恢宏的明朝阵鼓表示誓死保住仁厚村的决心。更具戏剧性的是他们仅仅因为四处神游的惯偷成义貌似是个能扛得住事儿的人,竟推选他担任他们的村长。显然,即使村长带领村民保住了村子,也只能是保住了土皇帝手下的土庄园罢了。另一方面作品也批判了城市文明中不文明的成分,如对城市生活中的足球骚乱事件的叙写,揭露了城市发展中人们的躁动不安与不择手段。在小说《土门》中,贾平凹对传统文化还是留有一丝希望的,小说中的老者云林爷是传统文化的化身,他有着悬壶济世的神秘医术,其治病救人的品行和医术文化暗示着传统文化的救世作用,文本中的叙事者梅梅对"神禾塬"的憧憬明确地表达出作家的理想:"它是城市,有完整的城市功能,却没有像西京这样的那样的弊害;它是农村,但更没有农村的种种落后,那里的交通方便,通讯方便,贸易方便,生活方便,文化娱乐方便,环境优美,水不污染,空气新鲜。"①

《高老庄》中的高老庄无疑是城市化了的仁厚村的象征,城市中的各种丑陋相开始在高老庄上演。作品中充满了暗示:返乡的大学教授高子路代表的是传统的儒家文化;西夏代表的是城市文化中健康、明媚的一面;蔡老黑敢作敢为却又不乏土匪气的做派则代表着中国古代"侠盗精神"在现代农村的遗存。

高子路抱着"换种"的打算带着城里来的新任妻子西夏返还故乡,西夏身材高大,身段优美,高子路想用西夏身上的生理优势以及城市文化的长处生出新的高老庄人,改变矮小、粗鄙的高老庄人形象。然而,在城里生活多年,已是大学教授且养成了良好生活习惯的他,刚回到故乡,就被城市化的农村人的粗鄙习气迅速地感染、同化了。高子路一下子变得自私迂腐、慵懒又肮脏,甚至失去了生殖能力,这种变化显然象征着传统文化在当今已受城市文明侵袭,很

---

① 贾平凹:《土门》,春风文艺出版社1996年版,第201—202页。

容易被同化甚至异化,从而失去自身的建构能力。在物欲横流的时代背景下,传统的非主流的"侠盗"精神在蔡老黑身上也演变成一种流氓气。对家乡的混乱状况,高子路心中激起一股悲怆之情,他无奈又悲痛地决定逃离乡村,在父亲的坟前哭喊着说我恐怕再也不回来了。与之形成对比的是城里人西夏来到高老庄后,到处收集村民们随意丢弃的大量碑刻,热衷于发现高老庄曾经艰难而辉煌的过去,她以包容的胸怀看待、接受农村的一切,和村民们融洽相处,与选择逃离自己故乡的高子路不同,她宁愿在高老庄留下。显然,贾平凹的文化重建理想以西夏的表现为传声筒:将传统文化作为基础,结合城市文化的包容性,二者相互取长补短,相融而生出一种崭新的文化形态。

1996年贾平凹出版的《土门》表现了作家对当今农民身上依然存在的文化劣根性的清醒认识,1999年出版的《高老庄》与2005年出版的小说《秦腔》表现了在城乡文化的交锋下,传统文化被异化并逐渐失去创造力。

现代中国社会转型发展的城市化趋势已经在国家政策层面上愈加明晰,乡村的城市化正在轰轰烈烈地进行,乡民或被迫或自愿地"向城求生",成为城乡之间的特殊阶层——"农民工"。因为知识的缺乏,他们在城里干着最脏最累的活,却拿着最低的工钱;他们为城市挥洒血汗,盖起摩天大楼,自己却住在低矮简陋的屋舍下;他们做最危险的工作,意外受伤却不能得到及时救治;他们在陌生的城市里常遭歧视与不解。

贾平凹在《高兴》的"后记"中说:"我总是想象着我和刘高兴、白殿睿以及×××的年龄都差不多,如果我不是一九七二年以工农兵上大学那个偶然机会进了城,我肯定也是农民,到了五十多岁了,也肯定来拾垃圾,那又会是怎么个形状呢?"[1]显然城市化带给农村的重创触动了贾平凹,融入生命的"乡恋情结"使他对乡村有一种强烈的责任心和使命感,"农裔城籍"的身份使他们成为农民工最合适的"代言人"。

就底层群体如何被表述,作家把自己同农民工进行换位思考,想通过平等

---

① 贾平凹:《高兴》,作家出版社2007年版,第506页。

的视角介入写作,设身处地地写出农民工的苦难境遇,但知识分子的精英意识又使其对农民的审视保持距离,如此才能清晰地透视出农民身上的劣根性,这两种初衷必然会引起作家写作上的矛盾和痛苦,贾平凹在《高兴》的"后记"中说:"我虽然在城市里生活了几十年,平日里还自诩有现代意识,却有严重的农民意识,即内心深处厌恶城市,仇恨城市,我在作品里替我写的这些破烂人在厌恶城市,仇恨城市。"作为作家和市民,他知道,城市是人类最终的归宿,但是失去土地的农民工在城市生活的贫困和艰难又让他怀疑这种城市化的有效性。作家的这种矛盾心理在《高兴》中表现得很明显:刘高兴竭力认同城市,不但从外表把自己打扮得体面干净,而且在语言、行为上努力向城市人靠拢,而五富穿戴邋遢,说话粗鲁,典型的传统农民形象,仇恨城市,行为充满破坏力。刘高兴竭力对五富进行城市文明教育,要帮助五富在城市生存下来,誓死不离开城市,但最终在辛苦生活的折磨下,五富突然暴病而死,刘高兴也没有得到城市的接纳,偶尔也会产生这样的幻觉:"我已经认做自己是城里人了,但我的梦里,梦着的我为什么还依然走在清风街的田埂上。"①可见这种对城市的认知不仅折磨着故事里的人物,还依然纠缠着作家,使作家陷入无法自证的境地。

贾平凹极力以农民自身的视角去观察、言说城乡,说明他竭力想剔除自己的作家意识,"面对底层不是居高临下的俯视,也不是站在边缘的观赏与把玩,而是以平民意识和人道精神对于灰暗、复杂的生存境况发出质疑与批判,揭示底层人物的悲喜人生与人性之光。"②其实,在农民视角的使用中,贾平凹还是不可避免地出现了人物语言越位现象,这种现象的出现源于作者对农民工的深切关注。如《高兴》中刘高兴劝五富要爱西安城时说:"人穷了心思就多,人穷了见到肉就想连骨头也嚼下肚去,可咱既然来到西安了就要认同西安,西安城不像来时想象的那么好,却绝不是你恨得那么不好,不要怨恨,怨恨

---

① 贾平凹:《高兴》,作家出版社2007年版,第328页。
② 张韧:《从新写实走进底层文学》,《文艺报》2003年2月25日。

有什么用呢,而且你怨恨了就更难在西安生活。五富,咱要让西安认同咱,要相信咱能在西安活的好,你就觉得看啥都不一样了。比如,路边的一棵树被吹歪了,你要以为这是咱的树,去把它扶正,比如,前面即使停着一辆高级轿车,从车上下来了衣冠楚楚的人,你要欣赏那锃光瓦亮的轿车,欣赏他们优雅的握手,点头和微笑,欣赏那些女人的走姿,长长吸一口飘过来的香水味……"①一个农民工能否有这种关于人生的哲理性思考让人质疑,但是,农民工的先天局限以及国家体制方面的影响与介入,农民工无力结束群体失语的绝望状态。在这种情况下,作家的"代言"姿态尤为重要,可谓任重道远,贾平凹作品中的农民视角在一定程度上表现了农民工群体的现实处境,穿透了现代都市繁华的表象,呼唤社会良知的回归。作家对处在社会底层的人们真实生存境遇与命运的关注与代言包含了一种关爱悲悯的情感化伦理精神。

陕西其他作家如高建群、邹志安、京夫、赵熙、莫伸、叶广芩、杨争光、冯积岐、曹谷溪、李天芳、王蓬等谁人笔下没有体现出对乡村土地的眷恋,对农民的关注? 如果离开乡村书写,陕西作家将会普遍丧失文学创作的通灵宝玉,陕军雄风又怎会冲出潼关,走向全国?

四、"经"与"权"的领悟与实践

1. 延安文学包蕴"经权说"

延安文学产生于战时环境,包含有极强的策略性与功利性是题中应有之义。延安文艺座谈会后,党中央曾委派何其芳、林默涵同志到重庆向国统区的作家传达座谈会精神与《讲话》内容,郭沫若认为《讲话》"有经有权","毛泽东很欣赏这个说法,认为是得到了一个知音。'有经有权',即有经常之道理和权益之计。毛泽东之所以欣赏这个说法,大概是他也确实认为他的话有些

---

① 贾平凹:《高兴》,作家出版社 2007 年版,第 463 页。

是经常之道理,普遍的规律,有些则是适应一定环境和条件的权宜之计。"①"经权说"并非郭沫若首倡,它本是中国传统文化尤其儒家学说特别强调的人生处事方式。汉字的"经"原意为织布机上纵向的纱线,与"纬"相对,引申为时间的自上而下推移或永久不变的真理,"经过""经验""经典"等词均源于此,"经"指经常的、根本的、不变的、一般的原则。汉字的"权"原意为秤砣,既为秤砣,就要移来移去才能称重发挥"权"的作用,"权衡""权宜"等词均源于此,"权"指对原则的灵活运用。孔子最早提出"权"的概念,他说:"可与共学,未可与适道;可与适道,未可与立;可与立,未可权"(《论语·子罕》)。孔子提出的"从心所欲不逾矩"(《论语·为政》)就包含了朴素的"经权"思想,凡事适可而止,不可太过,没有原则。唐代大诗人柳宗元也曾对经与权作了精辟的解释。"经也者,常也。权也者,达经者也;皆仁智之事也。离之,滋惑矣。经非权则泥,权非经则悖。……知经而不知权,不知经者也。知权而不知经,不知权者也。"(《断刑论下》)说明没有权的经是拘泥的,而没有经的权是悖谬的。如果只知经而不知权,就是不知经。如果只知权而不知经,就是不知权。

成文于战时环境的《讲话》包含文艺的恒常道理与策略性方法应该是题中应有之义。马克思主义哲学是发展的哲学,毛泽东文艺思想本身是马克思恩格斯列宁文艺思想在中国特殊战时环境中酝酿形成的指导中国文艺健康发展的文艺思想,本身包含了辩证唯物主义思想和历史唯物主义思想,而毛泽东本人在中国革命实践过程中最反对的是本本主义与教条主义,毛泽东文艺思想本身就包含着发展的因素、与时俱进的理念。如果把毛泽东《讲话》看作是凝固不变的"经典",死搬硬套来指导后来的文学活动显然是违背毛泽东本人的一贯做法和根本立场的。新中国成立后的中国社会环境与40年代的延安革命根据地战时环境显然不同,如果不加分别地套用毛泽东在延安关于文艺的讲话、指示,势必会影响和破坏共和国文艺活动的健康发展,这样的情况在"十七年"文学、"文革"文学发展历程中时有发生,屡见不鲜,根本原因是文艺

---

① 胡乔木:《胡乔木回忆毛泽东》,人民出版社1994年版,第267页。

工作者太纠结于《讲话》这一经典文本的"经",忽视"权"的一面,没有把《讲话》的精髓领悟开来,貌似尊奉了毛泽东文艺思想,实则是对其的违背和偏离。

2. 承传与发展

陕西作家在领悟和贯彻毛泽东《讲话》的"经"与"权"方面,有着成功的实践经验。从柳青、杜鹏程到路遥、陈忠实、贾平凹再到叶广芩和杨争光等陕西三代作家均与时俱进,结合时代主题,反映人民心声,不唯上、不唯书、只唯实,继承延安文学优良传统,书写着陕西文学的辉煌。就如陕籍学者肖云儒所说:"《讲话》留给历史的财富,既包含着从'延安文艺'实践中提炼出来的一系列中国特色马克思主义的文艺思想和方针政策,也包含着毛泽东提出、阐释他的观点时那种开放的、创造的思维。"①也有陕西学者指出:"陕西文学一直受到延安文学精神的滋养……从延安文学到陕西第一代作家群再到第二代作家群,可以发现,文学的精神内核和价值理念是一脉相承的。延安文学的社会功能、民族性、民间性、关注农民的特点在当代陕西文学中都得到了很好的继承和发挥。"②

孕育陕西当代文学的社会环境与产生延安文学的特殊的战时环境不同,从农业合作化到土地联产承包责任制再到市场经济,中国经济体制的重大改革渐次在三秦大地演化推广,带给农村、农民不同的社会心理冲击与精神悸动,如果陕西作家亦步亦趋地模仿照搬产生于战时特殊环境、意识形态色彩较浓的延安文学体制,过度强调文学的教化功能,忽略读者阅读文学作品的娱乐性,漠视市场经济圈中文学应有的消费性,势必会造成文学形式的单一与艺术形象的干瘪,最终必会被读者大众所淘汰。令人高兴的是陕西第二代、第三代作家,都能正视当代社会文化的多样性、大众化、商品化特点,注重个体精神的张扬与自由情感的抒写,绝不故步自封,即坚持传统又不排斥流行、时尚元素,

---

① 肖云儒:《〈讲话〉的创造精神长青》,《中国艺术报》2012 年 5 月 28 日。
② 李明德、任虹、张双:《延安文学:当代文化视域下的价值重估》,《西安交通大学学报(社会科学版)》2011 年第 3 期。

在作品的出版策划、包装宣传、影视改编以及写作方法创新等方面,路遥、贾平凹、陈忠实、杨争光以及爱琴海、红柯等更年轻的陕西第三代青年作家都以自己的实际行动在这方面为全国作家做出了表率:路遥在《平凡的世界》尚未完成的情况下,冒着巨大风险,授权中央人民广播电台广播;贾平凹连续多年荣登中国作家富豪榜,谁能否认他文学创作中没有强烈的消费意识与市场意识?陈忠实在作品改编方面一直很开放大气,《白鹿原》出版后,被改编成秦腔、陶塑、连环画,现已改编成电视连续剧与电影;杨争光本身就是国内最早与影视结缘的作家,他的文学写作一直带有浓厚的影视编剧意识;爱琴海与寇挥是陕西文学的"异类",他们的作品重在表现处于绝境中的生命样态和人的灵魂,作品多有变形艺术处理,表现出强烈的现代主义倾向,如寇挥的《北京传说》就以丰富奇特的想象力创造了一幅幅关怀孤独无助的弱者、反抗邪恶专制的魔鬼的动人画面,以高超的诗性智慧获得第三届柳青文学奖;王观胜、红柯、马玉琛等三位青年作家善于从自然与人这两者中汲取崇高与激情,作品中洋溢出现代积极浪漫主义的精神内涵,体现出陕西第三代青年作家大胆借鉴和引进别样创作方法的探索精神。如果说,陕西第一代作家柳青、杜鹏程等更多地继承了延安文学的基本精神准则,那么陕西后来的作家在继承延安文学优良质素的基础上,又体现出"变"与"新"的面貌,这难能可贵的"变"与"新"保证了陕西文学的新鲜与灵动。陕西第一代作家以自己的勤奋、坚守,为陕西文学铸就了坚实的基座;陕西第二代、第三代作家又以自己的开放、超前为陕西文学注入时尚元素,陕西三代作家的文学创作活动深刻诠释了延安文学包含的"经"与"权"理念,唯其如此,才能保证陕军的一次次"东征"。

　　任何事物都有两面性,延安文学因其发源于陕西,对陕西文学自然有着强烈而不容忽视的巨大影响,这影响带来的好处前文已经作了深入的论述,那么负面影响有无?新世纪以来陕西文学队伍的青黄不接、作家创作视野相对狭隘局促、陕西文学对乡村文明的过度痴迷与都市叙写的扭曲变形等等是否也与延安文学的影响有关?这恐怕也值得广大文学研究者尤其陕西本土作家与评论家认真追问与思考。

结　　语

陕西是中华民族和华夏文化的发祥地,在中国文化版图上占据着举足轻重的地位,境内存留着丰富的文化遗产。陕西是延安文学的诞生地与发祥地,延安文学对陕西文学的影响必然持久而深远。延安文学在陕西的诞生与发展除过政治、历史等因素而外,与陕西丰富深厚的地域文化有着密切的联系。在"后延安时期",这些生动鲜活的地域文化依然承载着延安文学优良因子,影响并孕育了陕西当代文学。

虽然从生活经历、人文地理、个性气质等方面可对陕西作家作出不同类型的划分,但陕西作家在"文艺源于生活""文艺为大众服务""文学依然神圣"上却有着明显的代际承传特征。延安文学倡导的现实主义文学对柳青、路遥、陈忠实、冯积岐、叶广芩等作家均有重要而深刻的影响,他们在不同历史阶段承传、提升、丰富、发展了现实主义文学优良传统。延安文学解决了文学为什么人服务以及怎么为的问题,解决这两大问题的立足点都体现出以毛泽东同志为主要代表的中国共产党人对农村和农民问题的极端重视,因而延安文学从本质上来讲是以农民为出发点、着眼点的新型文学。纵观陕西三代作家的文学创作,绝大部分涉猎的是关于乡土农村、农民生存、农业文明的题材并取得巨大成就,形成了作家自身较为稳定的生活基地、叙事方式与话语风格。现实主义文学精神的承传与发展、浓厚的乡土文化情结与强烈的底层写作、对文学的痴迷与殉道精神、文学评论坚守文艺人民性的立场、作家类型生成的多样与代际精神承传等均体现出陕西文学在承传延安文学优良传统方面体现出的独特风格与鲜明特色。

　　本书较为系统地总结了延安文学对陕西文学的影响和启示,多角度探究陕西文学在承传延安文学现代质素的经验与教训,为当代文学(化)汲取中国文学(化)经验提供范本。从学科建设和学术史的历史和现状看,多年来,由于受意识形态(倚重政治)和当代文艺思潮(倚重审美)的双重制约,在中国现当代文学学科领域,对延安文学的研究和重视程度显得较为薄弱,延安文学的历史成就及巨大影响始终没有得到科学、公正、系统的研究和评估,因此,发掘和重新认识"延安文学经验"是摆在中国现当代文学研究者面前的一个重大的课题,要有效解决这个课题,必须发掘延安文学包含的现代性优良质素,探求"后延安时期"延安文学发展轨迹,为当代文坛健康持续发展提供有效精神资源。通过对陕西当代文学创作经验的总结,证明延安文学在时过境迁的当今岁月仍能焕发新的活力,为当代文学创作提供精神动力和智力支持,使延安文学这一诞生于特殊历史背景和特殊政治、经济环境下的马克思主义文艺理论中国化的产物在21世纪焕发出新的活力。

参 考 文 献

一、著作类

艾克恩编:《延安文艺回忆录》,中国社会科学出版社1992年版。

白进暄主编:《绥德文库·民歌卷》(上),中国文史出版社2004年版。

白烨:《文学新潮与文学新人》,陕西人民出版社1994年版。

[俄]别林斯基著,别列金娜选辑:《别林斯基论文学》,梁真译,新文艺出版社1958年版。

曹伯涛:《宝塔文典·曲艺卷》,陕西人民出版社2014年版。

曹伯植:《陕北说书概论》,陕西人民出版社2010年版。

曾鹿平、姚怀山主编:《延安文化思想概论》,陕西师范大学出版总社2015年版。

陈迩冬选注:《苏轼诗选》,人民文学出版社1957年版。

陈永龙:《黄土舞魂》,陕西旅游出版社2004年版。

陈忠实:《陈忠实文集》,广州出版社2004年版。

冯肖华:《文学气象与民族精神——20世纪陕西地缘文学审美形态》,中国社会科学出版社2010年版。

高杰、刘建德:《扭转乾坤——延安岁月纪事》,陕西人民出版社2007年版。

葛承雍:《秦陇文化志》,上海人民出版社1998年版。

何西来:《探寻者的心踪》,陕西人民出版社1987年版。

胡采:《从生活到艺术》,陕西人民出版社 1979 年版。

胡采:《新时期文艺论集》,陕西人民出版社 1983 年版。

胡乔木:《胡乔木回忆毛泽东》,人民出版社 1994 年版。

胡银州主编:《绥德文库·戏剧曲艺卷》,中国文史出版社 2004 年版。

黄科安:《延安文学研究》,文化艺术出版社 2009 年版。

惠西平主编:《突发的思想交锋——博士直谏陕西文坛及其他》,太白文艺出版社 2001 年版。

贾平凹:《高兴》,作家出版社 2007 年版。

贾平凹:《秦腔》,作家出版社 2005 年版。

贾平凹:《土门》,春风文艺出版社 1996 年版。

贾平凹:《我是农民》,陕西旅游出版社 2000 年版。

旷新年:《写在当代文学边上》,上海教育出版社 2005 年版。

蓝爱国:《解构十七年》,华东师范大学出版社 2003 年版。

雷达:《民族灵魂的重铸》,中国工人出版社 1992 年版。

李继凯:《秦地小说与"三秦文化"》,湖南教育出版社 1997 年版。

李建军:《时代及其文学的敌人》,中国工人出版社 2004 年版。

李建军:《文学的态度》,作家出版社 2011 年版。

李洁非、杨劼:《解读延安——文学、知识分子和文化》,当代中国出版社 2010 年版。

李书磊:《1942:走向民间》,山东教育出版社 1998 年版。

李星:《李星文集》,太白文艺出版社 2009 年版。

李星:《求索漫笔》,陕西人民教育出版社 1991 年版。

梁颖:《三个人的文学风景:多维视镜下的路遥、陈忠实、贾平凹比较论》,人民出版社 2009 年版。

林默涵:《中国解放区文学书系》,重庆出版社 1992 年版。

刘建军、蒙万夫等:《论柳青的艺术观》,上海文艺出版社 1981 年版。

刘增杰等编:《抗日战争时期延安及各抗日民主根据地文学运动资料》,

山西人民出版社 1983 年版。

柳青:《柳青文集》,人民文学出版社 2005 年版。

柳青:《柳青小说散文集》,中国青年出版社 1979 年版。

垄耘:《说陕北民歌》,文化艺术出版社 2011 年版。

陆贵山主编:《中国当代文艺思潮》,中国人民大学出版社 2002 年版。

路遥:《路遥文集》,陕西人民出版社 1993 年版。

马宽厚:《陕西文学史稿》,中国文学出版社 2002 年版。

马一夫、厚夫、宋学成主编:《路遥纪念集》,人民文学出版社 2007 年版。

《毛泽东选集》,人民出版社 1991 年版。

蒙万夫等编:《柳青写作生涯》,百花文艺出版社 1985 年版。

牛兴华、任学岭、高尚斌、杨延虎:《延安时代的毛泽东》,陕西人民出版社 1999 年版。

山东大学中文系编:《中国当代文学研究资料·柳青专集》,福建人民出版社 1982 年版。

陕西省文化厅、陕西省非物质文化遗产保护中心编:《陕西剪纸·延安卷》,陕西人民美术出版社 2012 年版。

石荣海主编:《黄陵文典·民间艺术卷》,陕西人民出版社 2008 年版。

唐小兵编:《再解读:大众文艺与意识形态》,北京大学出版社 2007 年版。

万国庆:《凝眸黄土地——延安文学史论》,湖北人民出版社 2003 年版。

王培元:《延安鲁艺风云录》,广西师范大学出版社 2004 年版。

王文权编著:《陕北民间剪纸精粹》,陕西人民美术出版社 2009 年版。

《王汶石文集》,陕西人民出版社 2004 年版。

王汶石:《亦云集》,陕西人民出版社 1983 年版。

肖汉初编:《王愚文学评论选》,湖南人民出版社 1985 年版。

吴妍妍:《现代性视野中的陕西当代乡土文学》,人民出版社 2010 年版。

肖云儒:《中国西部文学论》,青海人民出版社 1989 年版。

邢小利:《长安夜雨》,陕西人民教育出版社 2003 年版。

徐正英、常佩雨译注:《周礼》(上),中华书局 2014 年版。

阎纲:《小说创作谈》,人民文学出版社 1980 年版。

袁盛勇:《历史的召唤:延安文学的复杂化形成》,中国戏剧出版社 2007 年版。

张德祥:《繁花满眼看文坛——当代文艺潮流批评》,中国文联出版社 2006 年版。

张鸿才:《延安文艺论稿》,宁夏人民出版社 1999 年版。

张新德、张熙智编著:《安塞腰鼓》,陕西人民出版社 2013 年版。

张永祥译注:《国语译注》,上海三联书店 2014 年版。

赵德利:《情源黄土地——新时期陕西文学的民间文化阐释》,作家出版社 2006 年版。

赵登峰、王鼎志:《陕西省艺术馆馆藏民间美术精品集(综合卷)》,陕西省艺术馆 2014 年版。

周水涛、轩红芹、王文初:《新时期农民工题材小说研究》,社会科学文献出版社 2010 年版。

周振甫译注:《诗经译注》,中华书局 2013 年版。

朱鸿召编选:《众说纷纭话延安》,广东人民出版社 2001 年版。

二、报纸期刊类

艾禾:《试论文学人民性的现实意义》,《昆明师范学院学报(哲学社会科学版)》1982 年第 4 期。

白洁:《毛泽东〈在延安文艺座谈会上的讲话〉的人民性选择与延续》,《青年与社会》2014 年第 3 期。

蔡家园:《"人民性":文艺批评再思考》,《湖北日报》2014 年 11 月 16 日。

曾育辉:《人民性——文学创作应坚守的价值取向》,《湘潭师范学院学报(社会科学版)》2008 年第 5 期。

陈晨:《陕西文学研究十年纪略》,《延安大学学报(社会科学版)》1989 年第 4 期。

陈斐:《60 年社会批评视野下的古典文学研究——由人民性、阶级分析范畴切入的考察》,《学术研究》2009 年第 12 期。

陈建颖:《与时俱进的批评家》,陕西师范大学 2011 年硕士学位论文。

陈晓明:《"人民性"与美学的脱身术——对当前小说艺术倾向的分析》,《文学评论》2005 年第 2 期。

陈晓明:《当代文学批评:问题与挑战》,《当代作家评论》2011 年第 2 期。

陈忠实:《关于陕西长篇小说创作的回顾与展望》,《小说评论》1995 年第 4 期。

高慎盈、曹静、戴斯梦:《文学的心脏,不可或缺——〈解放周末〉独家对话著名作家陈忠实》,《解放日报》2012 年 9 月 14 日。

方维保:《人民·人民性与文学良知——对王晓华先生批评的回复》,《文艺争鸣》2005 年第 6 期。

方维保:《资本运作时代的人民和人民性思考》,《文艺理论与批评》2005 年第 6 期。

冯宪光:《论卢卡奇的文学人民性思想》,《文艺理论与批评》2008 年第 4 期。

高华:《从丁玲的命运看革命文艺生态中的文化、权力与政治》,《炎黄春秋》2008 年第 4 期。

郭世轩:《人民性:〈在延安文艺座谈会上的讲话〉之文化建构》,《江西社会科学》2016 年第 1 期。

韩鲁华:《理论建构——文学批评的基石——陕西当代文学批评扫描》,《陕西广播电视大学学报》2001 年第 1 期。

厚夫:《为什么路遥作品历久弥新》,《文艺报》2013 年 5 月 27 日。

胡亚敏:《论当今文学批评的功能》,《社会科学辑刊》2005 年第 6 期。

姜春:《新世纪文艺人民性的理论诉求》,《文艺理论与批评》2015 年第 4 期。

姜桂华：《新世纪文艺批评人民性标准建构述评》，《沈阳师范大学学报（社会科学版）》2016 年第 1 期。

璩珂：《论周恩来文艺思想中的人民性问题》，《山东师大学报（社会科学版）》1993 年第 6 期。

赖大仁：《当代文学批评价值观的嬗变与建构》，《中州学刊》2013 年第 3 期。

李春燕、张雪艳：《试论 90 年代以来陕西文学批评的多元化态势》，《榆林学院学报》2013 年第 1 期。

李春燕：《新时期 30 年陕西文学批评研究》，陕西师范大学 2010 年博士学位论文。

李徽昭：《当下文学批评问题及其理念思考——以陕西本土文学批评为例》，《社会科学家》2011 年第 3 期。

李建军：《关于文学批评和陕西作家创作的答问》，《文艺争鸣》2000 年第 6 期。

李建军：《论陕西文学的代际传承及其他》，《当代文坛》2008 年第 2 期。

李明德、任虹、张双：《延安文学：当代文化视域下的价值重估》，《西安交通大学学报（社会科学版）》2011 年第 3 期。

梁向阳：《新近发现的路遥 1980 年前后致谷溪的六封信》，《新文学史料》2013 年第 3 期。

刘宁：《当代陕西作家与秦地传统文化研究》，陕西师范大学 2011 年博士学位论文。

路遥：《关于〈人生〉和阎纲的通信》，《作品与争鸣》1982 年第 2 期。

马建辉：《新世纪文艺人民性研究的三种倾向及其辨析》，《文艺理论与批评》2013 年第 6 期。

孟繁华：《新人民性的文学——当代中国文学经验的一个视角》，中国作家网，2007 年 12 月 15 日。

萨支山：《试论五十至七十年代"农村题材"长篇小说——以〈三里湾〉、

〈山乡巨变〉、〈创业史〉为中心》,《文学评论》2001 年第 3 期。

孙新峰:《论中国文学批评的现状与出路——以"笔耕文学研究小组"为例》,《渭南师范学院学报》2012 年第 9 期。

孙新峰:《文学批评的三足鼎立局面观察》,《社会科学家》2009 年第 11 期。

王美丽:《斯拉夫派人民性观念及其历史影响》,曲阜师范大学 2011 年硕士学位论文。

王向峰:《论人民性的历史发展与现实意义》,《辽宁大学学报(哲学社会科学版)》2015 年第 3 期。

王晓华:《人民性的两个维度与文学的方向——与方维保、张丽军先生商榷》,《文艺争鸣》2006 年第 1 期。

王晓华:《我们应该怎样建构文学的人民性?》,《文艺争鸣》2005 年第 2 期。

吴进:《柳青的文学史意义》,《文学评论》2013 年第 2 期。

吴进:《柳青与革命文体的生成》,《中国现代文学研究丛刊》2013 年第 7 期。

吴元迈:《略论文艺的人民性》,《文学评论》1979 年第 2 期。

邢小利:《文学陕西:也曾灿烂　也有迷茫》,《人民日报》2013 年 5 月 3 日。

徐帆:《坚持人民性的毛泽东文艺观》,《中华少年》2015 年第 14 期。

徐中玉:《文学的民族意义、全人类意义和人民性的关系》,《学术月刊》1957 年第 5 期。

严昭柱:《关于文艺人民性的思考》,《文艺理论与批评》2005 年第 6 期。

永灏、张仲章:《建国后文艺的人民性理论发展脉象的历史考察》,《临沂师专学报》1994 年第 3 期。

张宏:《重走现实主义道路——论路遥的文学意义》,《文艺理论与批评》2007 年第 6 期。

张继红:《"工农兵的出场"与"人民性"的误读——延安文艺的当代诠释与新世纪文学的底层想象》,《当代作家评论》2015 年第 3 期。

张丽军:《新世纪文学人民性的溯源与重申——兼与王晓华先生商榷》,《文艺争鸣》2005 年第 5 期。

张韧:《从新写实走进底层文学》,《文艺报》2003 年 2 月 25 日。

张胜利:《从"人民性"到"人性"——新时期以来文学评价标准转变之一》,《烟台大学学报(哲学社会科学版)》2010 年第 1 期。

张晓帆:《历史性、主体性、人民性——别林斯基的文学实践观》,《魅力中国》2011 年第 17 期。

周成平:《当代中国文学批评的困境与出路》,《江苏社会科学》2001 年第 3 期。

周兴杰:《毛泽东与葛兰西的文化"人民性"认识之比较》,《湖南社会科学》2013 年第 2 期。

周兴杰:《人民性与民族性的统一——论葛兰西的"民族—人民的"文学观》,《湖南科技大学学报(社会科学版)》2012 年第 5 期。

朱鸿召:《延安文艺社会生态论》,《延安大学学报(社会科学版)》2012 年第 3 期。

后　记

　　延安,一个光辉而神圣的名称,从1935年10月19日中共中央、中央红军到达陕北吴起镇开始,到1948年3月23日中共中央东渡黄河离开陕北为止,共12年5个月又4天,史称"党中央在延安十三年"。这一时期,是中国共产党由弱变强、转败为胜的十三年,是毛泽东思想日益成熟、丰富发展的十三年,是延安精神孕育形成、发扬光大的十三年。延安作为中国革命的圣地,不仅孕育延安精神,也孕育了光照千秋的延安文学。延安文学虽以地域命名,但却是具有全国甚至世界意义的一种"超级文学",其对20世纪中国文学乃至当下文学的影响并不弱于五四新文学,尽管很多学者从文学审美本质论角度对延安文学评价并不高,但延安文学的生成自有其历史合理性和必然性。

　　延安文学是在特殊历史时期诞生的新型文学,是马克思主义文艺理论中国化的产物,是毛泽东思想在文艺领域结出的灿烂奇葩。延安文学这支绚丽奇葩诞生于三秦大地上,与秦地地貌、秦地文化与秦人作风密不可分。简言之,秦地北部绵延千里的山丘地貌易守难攻,这对于处于战争劣势的中国工农红军求之不得;秦地北部处于农耕文明与游牧文明交界地带,这里受正统文化熏陶较少,民风彪悍,人民仗义豪爽,善于接纳异质文化。刘志丹、谢子长、习仲勋等领导的西北工农红军始终顾全大局,坚持党的领导,在危急关口为党中央、中央红军提供了硕果仅存的陕甘边革命根据地,使我党革命事业前赴后继,星星之火在陕北黄土高原有燎原之势。延安文学在陕西的兴起绝非偶然,它在我国革命文艺发展历程上具有承前启后、继往开来的重要作用,延安文学是在继承五四新文学、左翼文学、苏区文艺优良传统基础上汇聚陕北革命根据地先进文艺经验的新型革命文学,陕西特殊的人文地理环境为无产阶级革命文学在特殊历史时期发展壮大提供了温床,使得诞生于陕西境内的这一区域文学引导了中国文学发展的方向,构建了新中国文艺体制雏形,其对中国文学的影响并不亚于五四新文学。在中国现当代文学的发展格局中,陕西既是一方文学热土,又是一处文学重镇。延安文学在陕西的诞生与发展除过政治、历史等因素而外,与陕西丰富的地域文化以及生动鲜活的民间民俗文化有着密切的联系,在"后延安时期",这些生动鲜活的地域文化与民间民俗文化依然承载着延安文学优良因子,孕育了陕西当代文学,因此无论就从地域文化、民间民俗文化还是代际精神承传、现实主义文学传统抑或陕西文学评论对文艺人民性的承传乃至作者对文学的痴迷与殉道精神等视域研究延安文学与陕西文学之间的关联不但可能而且非常必要。

　　本书由五个章节组成。第一章主要从地域文化视角审视延安文学与陕西文学之关联。陕西丰富深邃的物质文明和精神文明孕育了陕西文学的萌生、发展与辉煌。延安文学是在特殊历史时期诞生的新型文学,是马克思主义文艺理论中国化的产物,是毛泽东思想在文艺领域结出的灿烂奇葩。延安文学这支绚丽奇葩诞生于三秦大地上,与秦地地貌、秦地文化与秦人作风密不可分。第二章论述了在政治、战争、时代等多重因素的作用下,陕北民间文艺由最初仅仅活跃于陕北普通民众间的文艺形式,到逐渐成为被延安时期知识分子借鉴和改造的文艺。陕北民间文艺在知识分子的改造下,成为延安文艺的有机组成部分。延安文艺对陕北民间文艺的汲取与改造不仅拉近了作品与普通民众之间的距离,而且在其深层面上也消除了知识分子和普通民众的精神隔阂。第三章以陕西文学领军人物柳青为中心,挖掘柳青对于延安文学精神的承传及其对于陕西文学的贡献。柳青在延安时期便有丰富的生活实践与活跃的文学创作,其理论思想、创作观念也因为延安文艺运动发生了巨大的转变,他穷其一生秉承并发扬着延安文学精神,并将此精神始终贯穿于他的创作中。"柳青现象""柳青道路""柳青精神"是柳青遗留给陕西文坛的宝贵文化资源,研究柳青对当代秦地作家的影响,可以发掘延安文学包含的现代性优良质素,总结延安文学经验在陕西文坛的成功传承。第四章从文学评论的角度探究陕西文学对于延安文学人民性内核的承传与发展。第五章从现实主义文学创作、乡土文化情结与强烈的底层写作等方面系统总结陕西文学对延安文学的承传。

陕西是延安文学的诞生地与发祥地,延安文学对陕西文学的影响必然持久而深远。通过对陕西当代文学创作经验的总结,证明延安文学在时过境迁的当今岁月仍能焕发新的活力,为当代文学创作提供精神动力和智力支持,使延安文学这一诞生于特殊历史背景和特殊政治、经济环境下的马克思主义文艺理论中国化的产物在 21 世纪焕发出新的活力。

本书是国家社科基金项目"陕西文学对延安文学的承传与发展研究"(12XZW020)的研究成果,课题组成员邱跃强、董蕾、白璐等参与撰写了本书第二、三、四章部分内容,对他们付出的辛勤劳动表示感谢。衷心感谢我校中国语言文学学科带头人梁向阳教授对我平时的鞭策与鼓励并慷慨在学科建设经费中对本书的出版予以大力支持。延安大学研究生处、科研处、教务处等相关职能部门以及文学院同仁们对本书的写作与出版也提供了热情帮助,谢谢你们!还要特别感谢本书责任编辑柴晨清先生在本书出版过程中的大力支持与帮助,他勤奋、认真的敬业精神永远值得我学习。

人到中年,一地鸡毛,琐事缠身,精力体力大不如以前。在本课题研究过程中,慈母罹患重病,依然深情地关注着我的这项研究工作,可惜母亲未能等到本书出版已经去世,留下无法弥补的遗憾,此书出版将会告慰天堂上的母亲。我作为高校一线教师,既在三尺讲台上教书育人又承担了文学院繁重的本科教学管理工作,大量的时间投入到了本科教学审核评估、一流专业建设、师范专业引导评估、师范专业认证、课堂教学改革等工作中。繁重家务与一双尚未成年儿女的培养教育,全靠爱妻庞宝华女士辛苦操劳。多少个漫漫长夜、多少个不能陪伴家人的节假日,依然沉浸在写作与思考中的我常常倍感对家人的内疚与惭愧,所以此书凝结着爱妻与懂事儿女的深情,是她们克服重重困难,为我创造了宝贵的写作时间。因此本书的写作和出版有着她们艰辛的付出与巨大的功劳,在此我对我亲爱的家人们表示诚挚的感谢!书中存在的瑕疵、不足乃至错误之处还望广大读者与研究界同仁们不吝赐教!

王俊虎

2020 年 6 月 30 日于延安大学新校区文学楼

责任编辑：柴晨清

图书在版编目(CIP)数据

延安文学经验的当代承传:以陕西文学为中心/王俊虎 著. —北京：
　人民出版社,2020.9
ISBN 978－7－01－021927－1

Ⅰ.①延…　Ⅱ.①王…　Ⅲ.①中国文学-现代文学-文学研究
　Ⅳ.①I206.6

中国版本图书馆 CIP 数据核字(2020)第 037850 号

延安文学经验的当代承传

YAN'AN WENXUE JINGYAN DE DANGDAI CHENGCHUAN

——以陕西文学为中心

王俊虎　著

人民出版社 出版发行

(100706　北京市东城区隆福寺街 99 号)

北京盛通印刷股份有限公司印刷　新华书店经销

2020 年 9 月第 1 版　2020 年 9 月北京第 1 次印刷
开本:710 毫米×1000 毫米 1/16　印张:16.25
字数:251 千字

ISBN 978－7－01－021927－1　定价:59.00 元

邮购地址 100706　北京市东城区隆福寺街 99 号
人民东方图书销售中心　电话 (010)65250042　65289539

版权所有·侵权必究
凡购买本社图书,如有印制质量问题,我社负责调换。
服务电话:(010)65250042